Literary

伟大的虚构 Ⅱ

Landscapes

重回73部文学经典诞生之地

〔英〕约翰·萨瑟兰 John Sutherland 主编

杜菁菁 译

海峡出版发行集团 | 海峡文艺出版社

目录

现代主义地图
MAPPING MODERNISM

3 战后全景
POSTWAR PANORAMAS

4 当代地形
CONTEMPORARY GEOGRAPHIES

1975年至今

绪言

约翰·萨瑟兰/文

"那里毫无存在感。"格特鲁德·斯泰因曾经这样傲慢地提及她的家乡奥克兰，后来她选择成为巴黎人。斯泰因想要表达的是，这座位于加利福尼亚州的城市没有历史积淀，地理位置也平淡无奇，既没有值得记住的显著特色，也无法归于某个特殊类别，令人失望透顶。本书中介绍和研究的作品绝不会这样看待一个地方。但是，斯泰因提供了一个简单却不易理解的"地域感"的定义：一种基本的"存在感"，如果没有它，一座城市的边界就会消融。

我们的大脑会立即开始质疑，反驳这个看法。斯泰因生活过的那个奥克兰（和菲利普·拉金对他的家乡的看法一样，斯泰因在奥克兰也"没有童年"）和20世纪60年代发生嬉皮士[1]革命的那个奥克兰是同一个地方吗？"披头族"[2]赋予了奥克兰一种斯泰因的童年时期还不曾存在，因而无法预期的"存在感"吗？当"罐头厂街"不再生产鱼罐头，变成了约翰·斯坦贝克小说爱好者的朝圣地，它还是原来的罐头厂街吗？关于这些问题以及许多其他关于文学地形学的问题，本书中的文章给出了一些颇具启发性、丰富翔实的思考。

作为一本关于世界上最令人难忘的虚构地理的合集，本书可以说是对斯泰因提出的"存在感"——地域的持久不变性（"英格兰会一直存在"）——与地域潜在的流动性、消融性的一次调查。随着社会时间、历史时间和地理时间的变迁，地域会消融、自我革新。在时间和空间的维度下描述文学地域，需要采用一种精致的批评方法，在这方面，我对本书信心十足。

这本书涉及的所有作品都抓住了某个地方的地域特点，甚至可以说，它们就是建立在这些地域特点基础上的。这些地方是这些作家去过、看过、游历过的，作家能完美地将这些地域的特点与当地的文化和地理环境融为一体。从哈代的韦塞克斯到三岛由纪夫的日本，从布尔加科夫的莫斯科到安妮·普鲁的纽芬兰，书中收集的文学景观各自拥有独一无二的风景、声音、关联性和代表性，它们自成一格，无可替代。

"文学景观"的概念源自一个悖论。英语中的"landscape"是17世纪从荷兰语中的"landschap"借来的词语，本指一种纯粹的视觉呈现。后来，自然风景成了克劳德·洛兰和尼古拉斯·普桑笔下的主角，他们引领了一个艺术流派。作为曾经被低估的背景，自然世界的地位逐渐上升。不过，这里的自然风景仍然是停留在绘画技巧层面的描述。

相比之下，文学景观——这本有着丰富细节和插图的书之主题——不能像绘画艺术那样仅仅用图像来阐释。文学景观是由文字构成的，必须在想象的框架中重建。英国湖畔诗人威廉·华兹华斯称想象为"心灵的眼睛"，将它与视觉区分开。就像画家可以在作品的逼真性（视觉上的准确性）和创造性之间寻求平衡，作者也必须决定他"心灵的眼睛"会对所描绘的场景产生多大的影响。这种影响就是被我们称为"创造性偏见"的东西——主观色彩。这种影响有时也体现在道德判断上。比如班扬称伦敦为"名利场（一个徒有其表、毫无内涵、无所事事、消遣玩乐、轻佻浮夸的地方）"，但在道德层面上，他的所指与热爱伦敦的威廉·梅克比斯·萨克雷在小说《名利场》中想要表达的意思完全不同。萨克雷相当喜欢娱乐和轻浮。

有些作家会给予想象力更大的发挥空间，他们将"文学艺术家"的创造自由与充分的历史研究结合起来，比如钦努阿·阿契贝对尼日利亚前殖民地时期生活的记录，埃莉诺·卡顿对维多利亚时期霍基蒂卡史诗般的再现，京极夏彦把民间传说与战后东京的真实生活细节编织成了一幅在事实和虚构之间不断变换的城市图景，他创造了一个既熟悉又陌生、鬼怪横行的景观。

对于另外一些作家来说，如照片般真实、精确地再现某个地域是更有意义的做法。他们经常根据个人经历，在文学作品中重现他们亲身感知到的、独一无二的私密角落。奥古斯特·斯特林堡笔下的海姆素岛明显是他童年时度过了许多个夏天的克莫门多岛的另一版本，亚米斯德·莫平对旧金山的精彩记录中融入了很多他个人在这个城市的经历，自传色彩塑造并影响某个地方的特征，也使这些地方的特征变得更加迷人。

有些作家会选择创作巨幅油画，采用震撼人心、戏剧性强的文学景观来反衬人类的不堪一击；有些作家则更倾向于相对较小的画幅。本书提到的第一部作品《劝导》的作者简·奥斯丁就是后者，可以说，她就是一位"微景作家"。她小说中的地理位置设定范围狭小，只有从汉普郡到萨默塞特郡的距离，她本人也是一位"只知道英格兰"的作家。她的兄弟作为水手可以出去看世界，但是奥斯丁做不到，她从未离开过英格兰的海岸（除了可能偶尔去过邻近的怀特岛）。但是，正如沃尔特·司各特爵士评论《爱玛》时所说，奥斯丁的作品展现了"将普通生活中的自然与真实呈现给读者的艺术，没有虚构世界的华美场面，而是鲜明又准确地表现出了读者日常生活中的场景"。不过，即使是在"一小段（两英寸^[3]宽）象牙"上，奥斯丁有时也能为我们雕刻出宏大的景观，例如《爱玛》中的唐韦尔修道院野餐场景。野餐者之间无话可说，爱玛·伍德豪斯从山坡上向下望去：

> 从修道院的废墟到修道院磨坊农场有半英里^[4]路。风景很美，令人身心愉悦。英格兰的绿茵，英格兰的文化，英格兰的舒适，在明亮的阳光下，没有任何压抑感。

奥斯丁这段关于美景的"英格兰性"的颂词想要表达什么？爱玛·伍德豪斯对于她的祖国的乡村是世界上最好的乡村这一点，有一种平和的自信，可故事发生的日期却预示着不祥，我们知道，很快就会发生一连串事件：英法关系紧张、滑铁卢战役、拿破仑的流放、反法联盟的胜利、和平年代、"日不落帝国"的诞生。就连汉普郡乡村牧师的女儿都知道社会正在发生变革。简而言之，这优美精致的景观（对于象牙微雕艺术家而言是出色的成就）暗藏沉重的历史画外音。尽管小说是基于奥斯丁的观察创作的，可它却成了人们评论个人经历之外的世界以及证实"英格兰性"的媒介。

奥斯丁在作品中承认，任何"景观"的概念都与人类的存在、目标和特点密不可分。本书中提及的作品都在说明这一点——任何景观都是地域与人的综合体：从亚历山德罗·曼佐尼的《约婚夫妇》到詹姆斯·乔伊斯的《尤利西斯》，从杰拉德·里夫的《夜晚：冬天的故事》到埃莱娜·费兰特的《我的天才女友》，在国际视野下，地域的创造不仅依赖于实际的地理细节，还依赖于共同的习惯、风俗和价值观，即一系列离散的社会活动勾勒出的原始的、具体的、现实的轮廓。路易斯·厄德里克的《痕迹》、凯特·格伦维尔的《神秘的河流》和彼得·施耐德的《跳墙者》都非常清晰地说明了这一点：地理环境有助于创造人们的身份认同感，无论是在国家、区域还是部落。

像本书这样的文学作品选集不可能面面俱到，不过它做到了覆盖范围尽可能广。本书对于作品的选择基于如下三个标准：

第一，作品必须创造出一个真实存在或者曾经存在的地域。即使是"文学的"景观，其界限也应当超越文本本身，与实际存在的、视觉上"真实"的地点建立联系，如果作品没有直接提到具体名称，那作品中描述的特征也可以明确指向某个真实地点。

第二，鉴于巴尔扎克的巴黎和莫迪亚诺的巴黎是不同的，可以说这些作品既拥有地理位置，也拥有历史上的时间位置，文学景观的"存在感"由地理和时间两个因素决定。这本选集可以作为世界各个角落的旅行手册，也可以是一部时

[3] 1英寸=2.54厘米。

[4] 1英里=1.609 344千米。（下同，不再重复注释）

间机器，集合了同一座城市的不同景象。没有人会将伊迪丝·华顿的纽约和杰伊·麦金纳尼的纽约混为一谈。因此，本书提出的众多有趣的问题之一就是：是否存在一种所谓的"纽约性"？

最后，这本书在全球范围内选择的文学作品，其地域不总是局限于简单的"故事设定"。这样的描述暗示着"氛围"或"背景"，景观则会成为独立的主语，关于地域的想象甚至会在某种程度上奇迹般地影响它们所描述的环境本身。1958年，海景大道更名为"罐头厂街"，以纪念约翰·斯坦贝克的同名小说。帕特里夏·格雷斯的《失目宝贝》出版带来的后果之一就是，洪哥卡湾的开发商不再骚扰当地的毛利人社区，毛利人得以建起自己的宗祠。这些作家贡献了社会评论、批评和颂词，定义了他们所描述的国家和社区。

本书值得阅读、欣赏和学习，它的目的是与读者分享见解，这些见解浓缩了作者从伟大文学作品中获得的乐趣和回报。更重要的是，我们要把那些伟大文学作品诞生之地分享给读者。这本书的读者绝不会认为文学景观仅仅是"故事背景"。

在大多数情况下，今天的读者比以前的读者更有优势。我（已经80多岁了）在17岁之前从未离开过英国，我的祖父母更是一生都未曾离开。而我的儿子（1974年出生）在17岁之前，已经在这个星球上的四个地方旅行过了。他出生于伦敦，生活在洛杉矶，喜欢到南美洲度假。他是典型的"多元地域"一代中的一员。

我们与历史上任何时刻的人类都不同，我们是享受着步履不停、四处观光、了解各种地域的特权的一种人类。本书的论点（可能听起来有点儿宏大，但极其诚恳），是我们应当培养一种全新的、独特的地域感，并借助伟大的文学作品（和旅行一样，这也是我们比我们的祖先更容易获得的资源）来做到这一点。

好好享受阅读吧。

1 浪漫主义远景

ROMANTIC PROSPECTS

从崎岖粗犷乡村的壮丽远景到阴郁城市街道的污垢煤尘，19 世纪的小说开始与自然环境紧密相扣，人物心理生发于地理背景之中。在这些关于社会交际的戏剧性故事中，地域不仅是背景，在人物的互动中也扮演了轮廓分明的角色。

在1800年年末到1809年之间，简·奥斯丁（1775—1817）曾与家人居于巴斯，这里是《劝导》中的一个重要地点。她大部分的时间都生活在英格兰南部的汉普郡。

奥斯丁一共写了7部小说。《理智与情感》（1811）、《傲慢与偏见》（1813）、《曼斯菲尔德庄园》（1814）和《爱玛》（1815）是她生前出版的。她去世后，她的哥哥亨利于1818年将《劝导》和《诺桑觉寺》合并出版。她早期创作的短篇小说《苏珊夫人》于1794年写就，直到1871年才出版。

简·奥斯丁《劝导》（1817）

英格兰巴斯

Jane Austen, *Persuasion*, Bath, England

1815年，拿破仑战争结束，26岁的安妮·艾略特与皇家海军上校弗雷德里克·温特沃思重逢，在分开的时间内两人都没有结婚，他们重新订立婚约。这本小说讲述的是一个为获取更幸福的婚姻，给予彼此二次机会的故事。

在英格兰地图上画一条线，从多塞特郡最西侧的海滨度假区莱姆里吉斯到萨默塞特郡的巴斯，这60英里的范围，基本上就是简·奥斯丁在最后一部小说《劝导》中描绘的世界了。这条线上有三个主要的故事背景——传统的乡村、时尚的度假区和现代的城市——它们不仅代表了地理位置的改变，还标志着女主人公慢慢走向独立与成熟的人生历程。

在《劝导》的开篇，安妮·艾略特的活动受到地主乡绅社会的局限。她和家人住在凯林奇庄园，这座宅邸很可能是按照萨默塞特郡内都铎时期的巴林敦庄园设计建造的。七年前，安妮迫于家人的压力，与既没金钱又没背景的年轻海军军官弗雷德里克·温特沃思结束了婚约。

一次前往南部15英里处的莱姆里吉斯之旅改变了安妮的生活。19世纪初，莱姆里吉斯已然是一个休闲度假胜地，颇受上层和新兴中产阶级欢迎，奥斯丁曾于1803年和1804年至少去过莱姆里吉斯两次。正是在这里，安妮与她曾经的未婚夫重修旧好。

现在的莱姆里吉斯和奥斯丁访问时一样，最有名的地标仍然是科布港壮观的弧形城墙。奥斯丁用现实主义的笔触为莱姆里吉斯勾勒出画像：几乎笔直通到海滨的主街，通往科布的小路围绕着宜人的小海湾，在旺季，小海湾上到处都是更衣车和沐浴的人群，从经过了全新修缮的古老奇观，以及那道绝美的峭壁，一直延伸到城市的东面。

艾略特一家财务状况恶化，凯林奇庄园被出租，他们一家人搬到了巴斯——那是19世纪的第一个十年中，奥斯丁本人居住的地方。那时，以罗马浴场闻名的巴斯是英格兰最大的城镇之一，人口达到6万左右。巴斯正在进行一场文化复兴运动，一座独特的由金色巴斯石灰石砌成的新会议大厦成了时尚圈层的社交中心。

正如奥斯丁用讽刺的笔触所描述的，尽管巴斯是一座优雅的城市，却颇受社会阶级的桎梏，到处都是毫无意义的绯闻流言，社交竞争随处可见。不过，即使是在雨中，巴斯仍然是一座令人神清气爽的城市：

此后不久，一个雨天的下午，拉塞尔夫人来到了巴斯。马车沿着长长的街道，从老桥往卡姆登街驶去，只见别的马车横冲直撞的，大小货车发出沉重的轰隆声，卖报的、卖松饼的、送牛奶的，都在高声叫喊，木质套鞋咔嗒咔嗒地响个不停，可是她倒没有抱怨。不，这是冬季给人带来乐趣的声音，听到这些声音，她的情绪也跟着高涨起来。[1]

从象征意义上来讲，巴斯是安妮摆脱过去的价值观，与温特沃思上校共同创造未来的理想之地。温特沃思上校是奥斯丁笔下典型的"白手起家"的新绅士的原型，他的财富和前程都不是继承得来的，而是个人奋斗的结果。

在《劝导》中，简·奥斯丁描绘了处于社会和经济复兴中的英格兰图景，其中既有几个世纪几乎毫无变化的祖传庄园，也有欣欣向荣的巴斯——这座城市曾经属于罗马帝国，如今却成了正在崛起的大英帝国的象征。奥斯丁通过描绘女主人公安妮·艾略特的心理发展诠释了这种转变，而安妮这段解放自我的浪漫旅程，是创作者奥斯丁本人永远无法亲自体验的。

《巴斯全景图》，版画，选自画家约翰·希尔于1805年所著的《巴斯风景图册》，该版画的创作时间与《劝导》中的设定时间相仿。

[1] 引自《劝导》，孙致礼译，人民文学出版社，2017年版。

亚历山德罗·曼佐尼（1785—1873），意大利最著名的作家之一。他的父亲是一位富有的乡绅，祖父是世界闻名的启蒙运动知识分子。除了代表作《约婚夫妇》，他还写了两部重要的诗剧。

《约婚夫妇》于1827年首次出版，分为三部。小说的修订版出版于1842年，又将三部合为一部，这个版本迎合了曼佐尼对于佛罗伦萨方言的偏好。

这部作品是流传范围最广的意大利语小说之一。

亚历山德罗·曼佐尼《约婚夫妇》（1827）

意大利伦巴第

Alessandro Manzoni, *I Promessi Sposi*, Lombardy, Italy

曼佐尼这部经典的成长小说叙述了一个不朽的爱情故事。故事发生在17世纪意大利的动荡年代，主人公作为乡下的农民，经历了米兰这座城市的洗礼，逐渐长大成人。

亚历山德罗·曼佐尼的《约婚夫妇》的主人公伦佐是一个年轻的农民，从未离开过他出生的山村。但是，为了寻找深爱的未婚妻露琪娅，他走进了大都市。这对爱侣被意图引诱露琪娅的唐罗德里戈拆散了。来到米兰的伦佐得知，露琪娅因感染瘟疫被送去了检疫站。他必须体验这座城市——它的悲剧、危险和难以言状的吸引力，逃离它，然后回归，最后找到了已经痊愈的未婚妻，两人终成眷属。

故事的背景设定在1628年，即该书出版两个世纪之前。这一年的11月11日，年轻的伦佐第一次走进米兰这座城市，当时他正在躲避怒气冲天的唐罗德里戈。1630年8月31日，他再次来到这座城市寻找露琪娅。这两个日期的选择颇有深意，其间正好发生了两个重要的历史事件：面包暴动和大瘟疫。小说叙述了一段个人成长史，描绘了主人公如何面对这个全新的地理环境及其多灾多难的历史，并且在文学想象的版图上留下了一个新的米兰印象，这座城市自中世纪被意大利文学捧上圣坛以来，已经经历了数百年蓬勃的发展。伦佐对于这座城市的第一印象是那超凡脱俗的建筑尺寸比例：

> 伦佐拾级而上，到了高地，看到平原上高耸的大教堂[1]建筑，仿佛不在城市，而在沙漠里拔地而起。[2]

[1] 即米兰大教堂。

[2] 引自《约婚夫妇》，王永年译，人民文学出版社，1996年版。

对19世纪最有名的作家之一曼佐尼而言，米兰不只是《约婚夫妇》的背景设定（小说覆盖了整个伦巴第地区），还是一座再熟悉不过的城市，他的大半生都在这儿度过。他在这座城市出生，他居住的那座赤陶装饰的美丽宅邸仍然保存完好，现在是一座图书馆兼博物馆。包括《约婚夫妇》（首次出版于1825—1827年，修订本出版于1840—1842年）在内，他的全部作品都在米兰出版，他的生活和事业深深地植根于这座城市。米兰对这本书及其故事线的重要性在副标题中就能体现出来——"Storia milanese del secolo XⅦ secolo"（17世纪米兰历史），可惜这一细节被大部分译本忽略了。

小说里，伦佐从远处第一次看到大教堂之后，继续向城市前进，他逐渐分辨

出了塔楼，然后看到了一片房顶、一栋栋房子。他走过一长排低矮的建筑，那是被称作"lazzaretto"（意大利语，意为"检疫站"）的医院，然后从现在称为"威尼斯门"的东大门进入米兰城，沿着如今的威尼斯街走向那座杜莫主教堂[3]。

不过，他已经没有机会再往前走了，受到面包暴动的牵连，他不得不赶紧逃跑，被警察追出了米兰城，其间还感染了瘟疫。在经历各种奇遇之后，他终于打听到了露琪娅的消息。他得知她在米兰，再次向这座城市进发。

第二次进城时，主人公走了一条完全不同的路，这次从北边走，通过"名为纳维格利欧[4]的运河"抵达米兰城中心。每一个细节都符合事实，是作者从17世纪的史料中精心挑选呈现的。

自那之后，米兰的地图一直维持原样，但城市所处的时代背景却发生了变化。伦佐第一次进城时，他的旅程如同一台时光机：读者通过他的眼睛看到的满布尘土的小路将会变成小巷和果菜园；书中描述的浣衣女的小房子很快就会消失；还

《约婚夫妇》第二版中描绘17世纪伦巴第的插画，是作者弗朗切斯科·戈宁1840年的作品。曼佐尼一生都居住在伦巴第地区，他在米兰的故居现在是一座博物馆。

[3] The Duomo，即米兰大教堂。

[4] 即米兰大运河。

但是左右两侧是两段弯弯曲曲的路，对面是一堵墙，没有人迹，只不过土坡那里升起一股黑色的浓烟，越往上烟柱越粗，盘旋缭绕，然后在铅灰色的凝滞的空气中消散。[5]

有一个长了榆树的广场，在曼佐尼的时代已经被一座宏伟的宫殿所取代了。小说中的米兰为现代读者提供了一个可以充分发挥想象力对其进行重塑的对象，其中包含三个难解难分的现实主义层次：小说人物所处的17世纪米兰、作者所处的19世纪米兰，以及未来的读者即将体验到的米兰。

这种流动的背景是混乱的，也是令人不安的。伦佐首次进入米兰时，恰好赶上了一场民众暴动，而他第二次进城，又碰上了现代欧洲历史上最大的悲剧之一，那就是1630年的大瘟疫。这些非同寻常的历史事件让这座城市成了一幅幅末日图景的生动背景：一个动荡不安的世界，其中最具象征意义的画面可能是一驾装满瘟疫死尸的马车——"（尸体）摞得很高，缠成一团"——这一夸张手法呈现的怪诞场景令埃德加·爱伦·坡称赞有加，他在评论曼佐尼文字的力度时恰好提到了这一段，在此作为例证。

最后，当伦佐找到摆脱了瘟疫的露琪娅，这个故事终于圆满了：历经这座城市的灾难、险恶和难以言状的吸引力后，这部小说里年轻、谦逊的主人公完成了他的成人礼，为迎接他的新生活做好了准备。

[5] 引自《约婚夫妇》，王永年译，人民文学出版社，1996年版。

奥诺雷·德·巴尔扎克《人间喜剧》（1829—1848）

法国巴黎

Honoré de Balzac, *La Comédie Humaine*, Paris, France

《人间喜剧》由94部彼此独立又有联系的小说组成，其中大部分小说描绘的都是大革命结束后的法国巴黎的社会情况。

1799年，奥诺雷·德·巴尔扎克出生于图尔，一座位于卢瓦尔河谷中心地带的城市。后来，他常常以巴黎小说家的身份被人们提起。1813年，巴尔扎克第一次来到法国的首都，就读于玛莱区著名的查理曼中学。1819年完成学业后，他拒绝走上家人为他规划好的律师道路，住进了莱迪吉耶尔街的一间阁楼，在那里，他完成了第一部戏剧作品《克伦威尔》。在接下来的30年中，巴尔扎克在巴黎更换了18个住址。19世纪20年代，他试图做印刷生意，结果惨遭重创，背上了沉重的债务，自此，他在巴黎四处流浪，从一个地方搬到另一个地方，躲避债主上门催债。

巴黎令巴尔扎克着迷，他将这座城市的景观视作取之不尽、用之不竭的艺术灵感来源。他称巴黎为"十万小说之城"，每家每户都有等待讲述的故事。他最喜欢的娱乐消遣方式就是沿着巴黎的街道漫步，偷听人们的谈话，希望能够从中为他的作品找到一些思路或故事情节。街边的店铺招牌也会成为他虚构人物名称的灵感来源。

《人间喜剧》是巴尔扎克与巴黎终生牵系的宏伟纪念碑。这部选集包含了他创作于1829年至1848年的94部小说，是巴尔扎克对19世纪的法国社会方方面面的记录，它们汇聚起来构成了一幅巨型全景图。巴黎在这部最终未能完成的现实主义鸿篇巨制中占据了中心位置。对巴尔扎克而言，首都巴黎是一个拥有无穷无尽多样性的地方，他乐此不疲地带领读者在它的各种街区间穿行，从拉丁区的泥泞后街到圣日耳曼郊区的贵族沙龙。巴尔扎克还能敏锐地察觉到这座城市发生变化的方式。19世纪70年代，巴黎大部分中世纪的陋屋窄巷在奥斯曼男爵的城市改建项目中被推倒，代之以又宽又直的林荫大道。然而，巴尔扎克在他所处的时代就已经感觉到，这座老城正在工业化和新建筑项目的双重压力下逐渐消失。这位小说家在1845年的文章《从巴黎消失的东西》（*Ce qui disparaît de Paris*）中警告人们："昨日的巴黎，将只存在于愿意忠实地描绘我们祖先建筑最后的遗迹的那些小说家的作品之中，因为严肃的历史学家对这些事情不屑一顾。"

《人间喜剧》创作于1829年至1848年，直到1842年才正式配以书名。

巴尔扎克去世后，他的著作继续出版至1856年，其中一些作品是他生前的秘书夏尔·拉布代为整理完成的。

巴尔扎克被认为是19世纪伟大的社会历史学家之一。德国哲学家弗里德里希·恩格斯于1888年宣称，他"（向巴尔扎克）学到的东西，比从那个时代所有自称为历史学家、经济学家和统计学家的人那里学到的加起来都多"。

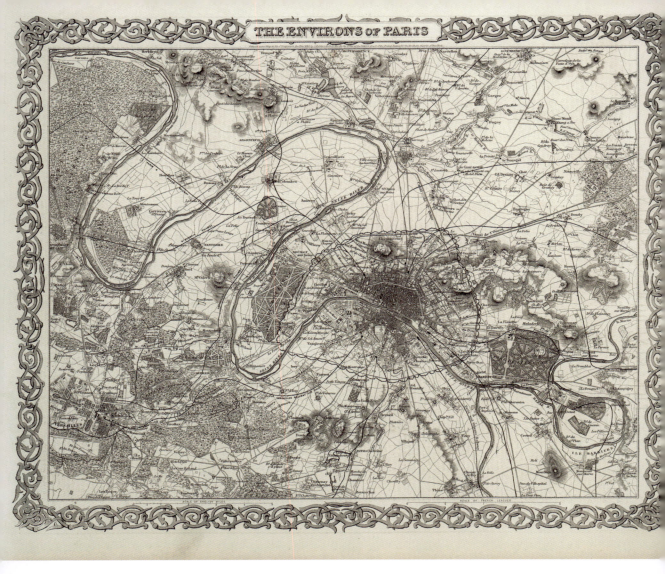

关于塞纳河谷的图片，巴黎位于河谷中心。该图选自作者 J. H. 科尔顿于 1855 年所著的《巴黎周边地区》。

    巴尔扎克那种通过小说来探索巴黎城市和生活的热忱，充分地体现在他的小说《高老头》中。这部 1835 年出版的小说标志着作者文学才华的全面盛放。小说从拉丁区的一栋寄宿公寓（被认为是巴尔扎克灵感来源的那栋建筑，至今还在，位于图尔内福尔街 24 号）讲起，高里奥是退休粮商，拉斯蒂涅是急切地想在巴黎成就一番事业的年轻法律学生，他们两个人的故事在这里有了交集。小说开篇就把巴黎肮脏破败的角落推到了舞台中央。由于长期的住房短缺，男人和女人不得不住进拥挤不堪的寄宿公寓，未处理的污水流到鹅卵石街道中央。"墙上的石灰老是在剥落，阳沟内全是漆黑的泥浆；到处是真苦难，空欢喜"，这就是巴尔扎克凄凉的笔触下的巴黎。巴尔扎克把自己定义为这座城市的向导，巴黎像迷宫一般复杂，他不知道那些不熟悉这座城市的读者能否理解一个彻头彻尾原生于巴黎的故事。

在《高老头》中，对于这座城市的无情揭露随处可见，它再次诠释了巴黎作为现代地狱之城的既定文学主题。巴尔扎克在1834年的小说《金眼女郎》中声称，巴黎人沉迷于追求财富和寻欢作乐，为了满足需求，他们连该遭天谴的事都会去做。正如犯罪大师伏脱冷向拉斯蒂涅解释的那样，巴黎人"你吞我，我吞你，像一个瓶里的许多蜘蛛"[1]，那些想要成功的人为了实现野心，必须无情地战斗。尽管巴黎作为一个既残酷又堕落的城市概念并不是巴尔扎克凭空虚构的，但是他相信法国大革命侵蚀了宗教和家庭价值观，促进了贪婪的疯狂蔓延和利己主义的滋长，这让他对巴黎的看法蒙上了一层主观色彩。

我们还发现，在《高老头》中，巴尔扎克将巴黎比喻为一个拥有独立规则和社会交往准则的战场。年轻的南方人拉斯蒂涅在这座城市里经历了一段痛苦的学习历程，正是他的故事让这部作品成为19世纪最典型的成长教育小说之一。他早期融入巴黎生活的尝试以一系列的失败告终，但是在伏脱冷和表姐鲍赛昂夫人的指导下，拉斯蒂涅逐渐学会了如何操纵这座城市以满足他的需求，尤其是如何操纵城市里的女人。小说的最后一节，拉斯蒂涅已经可以将巴黎玩弄于股掌之间，他站在山顶的拉雪兹神父公墓里俯瞰这座城市，描写这一场景的文字是法国文学史上有关巴黎的最令人难忘、最震撼人心的一段："他的欲火炎炎的眼睛停在王杜姆广场和安伐里特宫的穹隆之间。那便是他不胜向往的上流社会的区域。面对这个热闹的蜂房，他射了一眼，好像恨不得把其中的甘蜜一口吸尽。同时他气概非凡地说了句：'现在咱俩来拼一拼吧！'"[2]

[1] 引自《傅雷经典译文集：高老头》，傅雷译，天地出版社，2018年版。

[2] 同上。

巴黎曾被称作人间地狱。这是真的。四处烟雾弥漫，一切都在火光中闪烁、碎裂、燃烧、蒸发、消失，然后又燃烧起来，火星飞溅，消耗殆尽。在其他任何国家，生活都不曾如此热烈。

（选自《金眼女郎》）

《呼啸山庄》出版于1847年，作者化名为"埃利斯·贝尔"。这部作品是作为一部三卷本的前两卷和安妮·勃朗特的《艾格妮丝·格雷》一起出版的。

小说的第二版出版于1850年。夏洛蒂·勃朗特对小说进行了编辑，她纠正了妹妹的拼写和标点错误，将仆人约瑟夫的约克郡方言修改得更容易理解。

《呼啸山庄》的灵感可能来自多个建筑，其中之一是维新高地农舍，离霍思牧师寓所不远。牧师寓所是勃朗特一家的故居，现在是勃朗特姐妹故居博物馆。

[1] 即"山庄"，字面意思为"高地"。

[2] Heathcliff，即荒原 "heath" 和悬崖 "cliff" 的组合。

[3] 引自《呼啸山庄》，孙致礼译，译林出版社，2014年版。

艾米莉·勃朗特《呼啸山庄》(1847)

英格兰约克郡荒原

Emily Brontë, *Wuthering Heights*, Yorkshire Moors, England

勃朗特笔下感情激烈的爱情小说，笼罩在约克郡荒原阴暗、哥特式的神秘氛围之中，故事充满张力。《呼啸山庄》围绕凯瑟琳·恩肖、富有的埃德加·林敦和神秘的希思克利夫之间的三角恋情展开。

小说《呼啸山庄》的书名中包含了一个关于天气的警示。"Heights" [1] 的含义很明确：很多宅邸都被命名为"Heights"。那么，"Wuthering"又是什么呢？查一查词典你就会发现，这个词是约克郡方言，用来形容大风吹过屋顶发出的呼啸声，日常很少用。

《呼啸山庄》是一部关注景观的小说。艾米莉·勃朗特意识到地理位置与天气是不可分割的。没有任何一部小说比《呼啸山庄》更注重季节。词汇查询的结果显示，小说中提到了25次"春天"、23次"冬天"和22次"夏天"，并且配合了丰富的细节描写。有些事物不会随天气变化而变化——主要是荒原（沼泽地）和悬崖（佩尼斯通石崖）。小说中的反派主角希思克利夫 [2] 看起来不像女人所生，更像是当地景观在其最残暴时刻的产物。

小说的开端采用了洛克伍德日记的形式。洛克伍德是一位花花公子，他租用了画眉田庄的住宅。"这可真是个美丽的乡间啊！"他感叹道。可他的想法很快就会发生变化。

有一天，洛克伍德决定步行去拜访房东希思克利夫先生，他住在4英里开外的呼啸山庄。他发现那并不是一个美丽宜人的住所。画眉田庄，地如其名，是一处雅致的庄园。相较之下，呼啸山庄简直是一片荒野。这里能称为自然风光的只有"几棵矮小的枞树，一排瘦削的荆棘都朝一个方向伸展枝条，仿佛在乞求太阳的施舍" [3]。

洛克伍德被大雪困在了呼啸山庄，不得不在那里住上一夜。他的睡眠被一场噩梦惊扰，小说中隐藏的故事浮出水面——破碎的玻璃窗、刺骨的寒意和一条穿过碎玻璃、蹭得鲜血淋漓、幽灵般的手臂。恢复意识之后，他发现那并不是手臂（真的不是吗？），而是一棵矮枞树上的一根枝条，在呼啸的狂风中咔嗒咔嗒地敲击着窗户。

第二天早晨，洛克伍德发现外面变成了一片毫无特色的白色荒漠。庄园所坐落的山脊是"一片波涛滚滚的白色海洋"，而且是一个死亡陷阱。这片地区的冬季寒意肃杀。女主人公凯瑟琳是反派主角希思克利夫的挚爱，但她嫁给了他的对手埃德加·林敦。身患重病的她推开房间的窗户，想要呼吸一口荒原的新鲜空气。一阵"寒风"加速了她的死亡。临死前，她幻想着夏天，床边摆放着春天的花朵。"这是山庄上开得最早的花呀！"她惊叫道，"这些花让我想起了轻柔的暖风、和煦的阳光和快融化的残雪。"[4]

洛克伍德第一次去呼啸山庄染上的风寒也让他经历了一场类似的健康危机。在他康复期间，画眉田庄的管家内莉给他讲述了两座庄园之间的爱恨情仇。

但是致命的冬季并未胜出：将小说开头萧瑟的冬景与半年后小说结尾宁静的、济慈诗歌般的风景比较一下就知道了。那时正值夏末，希思克利夫死了，他被窗外凯瑟琳的鬼魂折磨至自我毁灭。对于内莉所讲述的希思克利夫试图占有两座庄园和凯瑟琳的漫长又最终失败的战役，洛克伍德一直难以忘怀。他绕道去教堂的墓园看望凯瑟琳、她的爱人和她的丈夫的坟墓：

> 在那晴和的天空下，我围着三块墓碑流连徘徊，望着飞蛾在石楠丛和风铃花中扑扑飞舞，听着柔风在草间瑟瑟吹过，不禁感到奇怪，有谁能想象在如此静谧的大地下面，那长眠者居然会睡不安稳。[5]

那杀死了凯瑟琳的景观会不会有温柔的一面？

小说中有一段文字捕捉到了天气与景观之间的紧密联系。凯瑟琳去世前生下了一个女儿，起名凯瑟琳，她的父亲是画眉田庄很有教养的庄主埃德加·林敦。希思克利夫和林敦的妹妹生了一个儿子，名为林敦·希思克利夫。希思克利夫绑架了这两个孩子，想让他们结婚，以巩固他对两个大庄园的所有权。凯瑟琳对内莉讲述道：

> 不过，有一次（林敦和我）差一点吵起来。他说，消磨七月酷暑天最惬意的方法，就是从早到晚躺在荒野中间的一片斜坡上……那蔚蓝的天空，始终是阳光灿烂，万里无云。那就是他心目中最理想的天堂之乐。我的理想则是坐在沙沙作响的绿树上摇荡，西风簌簌地吹着，明亮的白云一溜烟地从头顶上掠过……我说他的天堂是半死不活的，他说我的天堂要发酒疯……最后我们说定，一等到合适的天气，我们就两样都试一试；然后我们互相亲吻，又成了朋友。[6]

这段文字捕捉到了《呼啸山庄》中富于变化的景观，时而柔和温煦，时而疯狂暴戾，这是勃朗特小说中难得一见的和解时刻，其他时候都充满冲突和困扰，在约克郡荒原上骚动的狂风中得不到片刻安宁。

[4] 引自《呼啸山庄》，孙致礼译，译林出版社，2014年版。

[5] 同上。

[6] 同上，此处译文有改动。

"这可真是个美丽的乡间啊！我相信，在整个英格兰，我再也找不到一个如此远离尘嚣的去处了。"（引自《呼啸山庄》，孙致礼译，译林出版社，2014年版。）

《呼啸山庄》（维新高地农舍，霍沃思附近），由 L. S. 劳里于 1942 年绘制。

26

査尔斯·狄更斯（1812—1870）出生在朴茨茅斯，1822年移居伦敦。他生前就已经是著名的文学家，并一直是英格兰最受喜爱的作家，他出版了15部长篇小说、5部中篇小说以及无数短篇小说。

《荒凉山庄》是狄更斯的第9部小说，从1852年3月到1853年9月，它以连载的形式分19个部分依次出版。

《荒凉山庄》自从首次亮相就大获成功，受到广大读者的欢迎，平均每月每部分的销量达到34000本。

[1] 1英尺=30.48厘米。（下同，不再重复注释）

[2] 引自《荒凉山庄》，黄邦杰等译，上海译文出版社，2019年版。

查尔斯·狄更斯《荒凉山庄》（1852—1853）

英格兰伦敦

Charles Dickens, *Bleak House*, London, England

这部小说讲述了一个关于激情澎湃的爱情和神秘谋杀的故事，但是与狄更斯的其他作品一样，它更是对维多利亚时代的英国社会的批判。小说基于一段漫长的法庭审判过程展开，深刻地讽刺了英国的司法机构。

这是所有英国小说中最有名的开头之一，甚至可能是最有名的那一个：

> 无情的十一月天气。满街泥泞，好像洪水刚从大地上退去，如果这时遇到一条四十来英尺[1]长的斑龙，像一只庞大的蜥蜴似的，摇摇摆摆爬上荷尔蓬山，那也不足为奇。煤烟从烟囱顶上纷纷飘落，化作一阵黑色的毛毛雨，其中夹杂着一片片煤屑，像鹅毛大雪似的，人们也许会认为这是为死去的太阳志哀哩。狗，浑身泥浆，简直看不出是个什么东西。马，也好不了多少，连眼罩上都溅满了泥。行人，全都脾气暴躁，手里的雨伞，你碰我撞；一到拐角的地方就站不稳脚步，从破晓起（如果这样的天气也算破晓了的话）就有成千上万的行人在那里滑倒和跌跤，给一层层的泥浆添上新的淤积物；泥浆牢牢地粘在人行道上，愈积愈厚。[2]

那只蹒跚地爬上霍尔本山的巨齿龙展现出狄更斯惊人的想象力——而且他的想法相当新潮。在他创作《荒凉山庄》之前20年，人们才刚刚对18世纪发现的化石做完分类，所以在那时，恐龙同时拥有两个完全相反的特征：极为古老，又极为新奇。

在某种程度上，这也是狄更斯对于伦敦以及如何描绘伦敦的想法：一个永恒的罪恶之地，同时也是一个彻头彻尾的现代都市。就在他开始写《荒凉山庄》之前，1851年的人口普查显示，英国的城市人口已经超过了农村人口；一位关注时事的小说家必然意识到，一旦跨过这个门槛，这一趋势就再无回转的可能。狄更斯可能比如今人们印象中的他更现代，也更反传统。他的藏书中有一本《先祖的智慧》（*The Wisdom of Our Ancestors*），如果有客人翻开它，就会发现整本书里一个字也没有。

书中关于泥的描述常常被忽略。那并不是泥，或者说不全是泥，书里讲的是上千匹马和几十万人的粪便，它们汇聚在一个人口密集到无法想象的区域。在这种环境下"坏脾气传染病"正是瘟疫暴发的前兆。在他创作这部小说之前，伦敦

A COURT FOR KING CHOLERA.

已经出现了多次霍乱疫情；最著名的一次是小说完成一年之后（1854年）的苏荷区；直到那时，约翰·斯诺医生才发现这种疾病与粪便污染的饮用水之间的关联。他读过《荒凉山庄》吗？很有可能。

  狄更斯没有预测出疫情的暴发，但是即使他做了这样的预测，也不能算是伟大的洞察。同样，在读者的脑海里，泥和雾混合在一起，会形成一种类似瘴气的东西，事实上，它们真的造成了1858年的"大恶臭"。那段时间议会停转，排入泰晤士河的未处理污水臭气熏天，在那年夏天的高温中令人无法忍受。多亏了这一事件，巴扎尔格特才建造了排污系统，在极大的压力下运转至今，让伦敦免于成为一座令人难以呼吸的城市。狄更斯也没有预测出这一事件，但是任何居住在伦敦的人都知道它早晚会发生。外国客人都对一座城市的臭不可闻和其居民的忍受力感到惊讶和困惑。那可不仅是粪便，还有无数商铺、家庭、烟囱和工厂产生

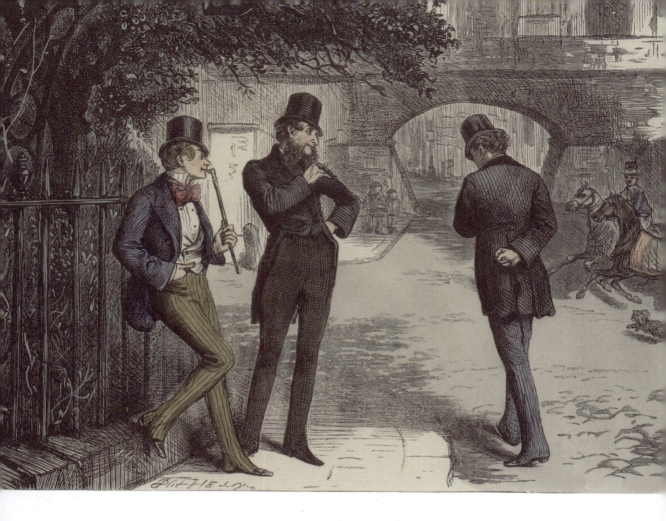

《林肯律师学院的树荫下》，弗雷德里克·L.伯纳德约1890年为《查尔斯·狄更斯作品集（家庭收藏版）》创作的插画。

的所有排泄物，而这座城市只有一套18世纪的基础设施——有些部分甚至是17世纪的——来应对这一切。

还有，泥和雾混在一起合称"泥雾"——是狄更斯给他出生的小镇查塔姆和奥利弗·特威斯特童年时期居住的济贫院（在《雾都孤儿》连载版本里，不是最终出版的版本）起的名字。无论是在连载出版物里，还是书里，狄更斯都不能直白地写出"泥"是什么，除非他想曝光这一令人反胃的丑闻。但是，与他同时代的读者明白他的意思。

狄更斯将城市的肮脏与司法、政府机构的腐败联系在了一起。《荒凉山庄》的重要性在于，它将上层的人（戴德洛克勋爵与夫人）和底层的人（开路清扫工乔）的命运系在了一起。我们最初见到戴德洛克夫妇时，由于大自然的排水系统发生了故障，他们位于林肯郡的庄园被洪水淹了。而这里是乔居住的地方：

> 乔就住在一个很破落的地方——这就是说，乔还没有死——像他这样的人都管这地方叫"托姆独院"。这是一条很不像样的街道，房屋破烂倒塌，而且被煤烟熏得污黑，体面的人都绕道而行。在这里，有些大胆的无业游民趁

那些房子破烂不堪的时候，搬了进去，把它们据为己有，并且出租给别人。现在，这些摇摇欲坠的房子到了晚间便住满了穷苦无告的人。正如穷人身上长虱子那样，这些破房子也住满了倒霉的家伙，他们从那些石头墙和木板墙的裂口爬进爬出；三五成群地在透风漏雨的地方缩成一团睡觉；他们来来去去，不仅染上了而且也传播了流行病，到处撒下罪恶的种子，使库都尔勋爵、托马斯·杜都尔爵士、富都尔公爵以及所有那些当权的优秀人物（一直到茹都尔）花上五百年的工夫，也不能把这些罪恶完全消除干净——尽管那些大人先生生来就是干这一行的。[3]

作者的描述让我们无从得知"热病"究竟是身体上的还是灵魂上的疾患；而这里离大法官法庭街仅有几步之遥（"从昨晚太阳下山开始，它一直在扩张，逐渐膨胀，直到占满了这个地方的每一处空间"；越黑暗，托姆独院就越大；也就是说，无知在黑暗的、充满泥与雾的环境里繁衍滋生；夏季到来时，天气更加干燥，大法官法庭的办公室里则会尘土飞扬）。

《荒凉山庄》里还写到了伦敦的其他地点，你可以在无数的书籍和文章中查到那些地方怎么去。我认识一位学生，他在论文的脚注里没写别的，写的全是关于如何找到这些地点的指引。但是狄更斯对写一本文学旅行指南并不感兴趣。他将这座城市当作一个隐喻，讲述人类的境遇在无人看管时如何每况愈下。就拿萨默斯镇的五边大楼来说吧，在《匹克威克外传》里，这是一个非常不错的地方，它毕竟是被当作样板房或者是公寓大楼设计的，而五边大楼出现在《荒凉山庄》里时（穷绅士斯林斯比先生的居所），它已经开始四分五裂了（1894年被拆除）。狄更斯将一切看得很清楚，那是他在写到伦敦时，对粗心大意和玩忽职守的讨伐。

[3] 引自《荒凉山庄》，黄邦杰等译，上海译文出版社，2019年版。

[4] 同上，此处译文有改动。

四处大雾弥漫。雾气笼罩着下游的河流，它流淌在清新空气和绿色草地之间；雾气包裹着下游的河流，它的脏水沿着船坞和这座伟大的（而且肮脏的）城市排到岸边，滚滚向前。[4]

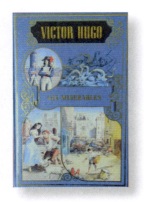

维克多·雨果《悲惨世界》（1862）

法国巴黎

Victor Hugo, Les Misérables, Paris, France

雨果这部野心勃勃的鸿篇巨制，记录了整个巴黎地下社会的暴力、贫穷和戏剧性。罪犯冉阿让不断变化的命运支撑起一个伟大的故事。小说涉及人物众多，并且随着城市的扩张逐渐步入高潮。

雨果是一个多才多艺的人：他不仅是诗人、画家和小说家，还是个政治家，并利用他的地位开展了人权运动。

《悲惨世界》是世界上改编最成功的音乐剧之一，也是演出时长世界第二长的音乐剧，由阿兰·鲍伯利和克劳德-米歇尔·勋伯格共同创作。

尽管大众常常误以为《悲惨世界》的故事背景是法国大革命，但事实并非如此。故事的主体设置在1789年大革命的几十年之后——1832年一场试图推翻路易·菲利普一世七月王朝的反君主制起义，最后以失败告终。

　　维克多·雨果的《悲惨世界》为我们讲述了善良的前罪犯冉阿让20年漫长而坎坷的人生故事，这位核心主人公躲避法网的逃亡和寻求救赎的旅程构成了本书的主线，其中还穿插着其他几个主人公的故事线，比如不幸的芳汀和女儿珂赛特（冉阿让最后收养了她）、流落街头的小淘气鬼加夫罗什，还有富有的学生马吕斯·彭迈西，他参加了1832年的巴黎起义（还被冉阿让救了一命）。《悲惨世界》是一部布局宏大、故事极其发散的小说，写了数不清的人、事、物。不过，在这些数不清的事与物中，有一座城市在整部书的背景里一直隐约可见，那就是巴黎：它的街道、房屋、街头流浪的儿童，它那狂风暴雨般的动荡局势，它的肮脏、阶级，还有残酷的不公。

　　巴黎不仅是维克多·雨果作品的故事背景，也是他写作的一个主题，一个他热爱的地方。之所以这么说，不仅是因为雨果把所有人物都引入同一座面积很大、人口密集的城市，并用丰富且不含感情色彩的细节再现它，使他能在一幅复杂的巨型全景图中展现社会、贫穷、法律、宗教、金钱和变化等主题；也许还因为他自己对于这座城市——他的城市——的情感，都因这本书实质上是他在巴黎外的流亡过程中写就的而更加浓烈。

　　直到今天，《悲惨世界》中的巴黎大部分仍然可以辨认出来。书中很多街道的名称，至今依然能在地图上找到，正是因为这样，我们才能在现实中追寻书中人物的踪迹。冉阿让租用过的那幢带花园的大房子就坐落在第15区安静的卜吕梅街上（他和珂赛特在附近看到了一群被铁链缚住的囚犯），后来他搬到了医院大道：21世纪的文学朝圣者很容易找到这两个地方。我们还可以去卢森堡花园散散步，马吕斯就是在那里看到了珂赛特，并与之坠入爱河。

　　然而，小说中的巴黎并不完全与现实吻合。维克多·雨果经常以一个准确的描述作为起点，后面再歪曲部分事实满足他的需要。没错，冉阿让住在某条真实的街道上，但他的门牌号实际并不存在，是作者编造出来的。这本书中最令人难忘的、具有巴黎特色的场景更多是想象力的产物，它们不是发生在城市的著名街

在花园里散步，在浩瀚中畅想——他还能有什么要求？
花朵在他脚边盛放，头顶是无垠的星空。[1]

道上，而是发生在地下，冉阿让背着不省人事的马吕斯（非常戏剧化，而且有点不合理）穿过巴黎的下水管道。雨果做过研究，读了一些关于下水管道的介绍，但是他没有实地考察过。不过现在，为了满足粉丝对这部小说的想象，这座城市的确夸口说它有一个几乎不可能存在的"下水管道博物馆"。

不可否认的是，几个世纪以来，这座城市的一些部分已经发生了变化。从某种程度上来说，《悲惨世界》描绘的不是它创作时代的巴黎，而是一个已经消失的巴黎。从书中事件发生的时间到出版日期之间，巴黎已经经历了太多变化，而维克多·雨果对此心知肚明。例如，在小说里，学生的街垒搭在了老圣美里街上，可在小说创作期间，这条街就已经不复存在。维克多·雨果甚至承认了这些变化，明确地谈到自己与这座城市之间的关系，他写道："由于拆除和重建，（作者）年轻时代的巴黎，他虔诚地铭记于心的那个巴黎，已经成了过去。"

其实那些对于巴黎往昔的丝丝怀念都是可以理解的。作者在巴黎的家中开始写这本书，中途停滞多年，直到1860年年末，在令人痛心的根西岛流放途中，他才重新提笔，并创作了该书主要的部分。因而他笔下的巴黎，是他身在远方时回忆中的城市（他乐于助人的朋友泰奥菲勒·介朗帮他进行了一些实地查证），根西岛的欧特维尔故居才是这部小说真正孕育和降生的地方。这样一来，这个文学朝圣的目的地于1927年被赠予巴黎市，也就合情合理了。

[1] 引文参考《悲惨世界》，潘丽珍译，译林出版社，2010年版。

前页："珂赛特被指使着跑腿、擦地、打扫院子和人行道、洗盘子，甚至要背一些又大又重的东西。"《扫地的珂赛特》，是埃米尔·贝亚德于1862年为初版书创作的插画。

列夫·托尔斯泰《安娜·卡列尼娜》（1875—1877）

俄国图拉州

Leo Tolstoy, *Анна Каренина*, Tula Oblast, Russia

《安娜·卡列尼娜》背景设定在圣彼得堡的上层社会和乡村庄园中，托尔斯泰这部讲述婚外情的伟大小说毫不留情地抛出了爱的本质和生命的意义两大命题（事实证明，两者都和农业管理有很大关系）。

《安娜·卡列尼娜》的一位早期批评者曾抱怨它"不是一部小说，而是一本完全随机挑选、拼凑而成的照片集，没有任何主旨或规划"。随着连载的各个部分依次出版，也有读者来信响应这一指控，对小说明显缺乏结构或设计的布局表示不满。读者们发现小说中的两个故事看上去毫无交集：一个是安娜和军官伏伦斯基的婚外情，另一个是地主康斯坦丁·列文对信仰、家庭生活和农业改革等问题的答案的坎坷求索之路。托尔斯泰曾为小说的结构进行了一次著名的辩护，声称它的含义深藏在"链环的迷宫"之中，只有通过"从头再写一遍这部小说"才能表达出来。

托尔斯泰的这部小说拥有世界文学史上最有名的开头之一："幸福的家庭是相似的，不幸的家庭各有各的不幸。"紧随其后的段落中有六处表述"房子"或"家"的俄语词。这句话中提出的对比原则为这部小说提供了一个有力的理解工具，尽管到最后，读者可能并不想得出如此非黑即白的权威式结论。对"家"的突出强调则宣告了这部小说最重视的基本设定。跟着小说中的人物，在不断切换故事线的过程中，读者需要比较几种不同的爱，不同的家庭生活的形式，比较不同的背景设定——这些家庭诞生的地方：莫斯科与圣彼得堡，城市与乡村，俄国与意大利，波克罗夫斯克与沃伏兹德维任斯克（分别对应列文的家和安娜与伏伦斯基所住的庄园）。

乡村站在城市的虚假性与现代性的对立面。如果说安娜最常活动的场所是室内，那么列文则经常出现在（最令他感到舒适的）室外和乡下。他和农民一起在牧场上割草，在广阔的天空下一边思索，一边沿着一条路走了出去。他在这些开放的空间里寻求慰藉，最终还找到了信仰。

列文对波克罗夫斯克庄园的热爱程度不亚于托尔斯泰对他的故乡亚斯纳亚-博利尔纳的喜爱。在小说里，列文眼中的波克罗夫斯克庄园近乎完美，尤其是在第六章与沃伏兹德维任斯克庄园进行对比的时候，因为安娜和伏伦斯基在后者建立了一个令人不安的虚假家庭。波克罗夫斯克庄园的名称来源于俄语词根

地主康斯坦丁·列文是小说作者半自传性质的化身，托尔斯泰的英文译名是利奥（Leo），原名列夫（Lev），看起来像"列文"（Levin）的简写。他们两者都经历了对超自然世界的探求和信仰危机。

《安娜·卡列尼娜》于1875年1月开始在《俄罗斯先驱报》上连载。1877年4月，该报编辑因为小说的最后一部中有涉及巴尔干战争的政治敏感言论而拒绝出版《安娜·卡列尼娜》。托尔斯泰为此非常愤怒，把终章做成了一个小册子单独出版。全卷本于1878年出版，终章作为第八部分包括在内。

农民们割完马施金高地，割净最后几行草，就穿起上衣，高高兴兴地走回家去……（列文）从高地上回头望了一下，看到洼地上升起一片迷雾，农民们已经看不见了，只听到他们快乐而粗野的说话声、笑声和镰刀互相碰击的声音。[1]

"pokrov"，意思是"保护"或"庇护所"。小说结尾处，波克罗夫斯克庄园已经自成体系，列文在生命的各个阶段中最关心的人和事都汇聚在这里，形成了一个条理清晰的整体：列文与他的妻子、孩子和一大家子人住在一起，每天与农民交流互动，处理家庭生活和庄园管理的各项事宜。

作为世界上最伟大的现实主义小说之一，《安娜·卡列尼娜》给我们留下了背景设定现实可靠、书中世界看似客观的印象。然而，由全知的叙述者统一描绘的背景在书中并不存在，《安娜·卡列尼娜》的环境描写一直依托某一个人物的经历或观点。

以田野里的割草场景为例，列文一边割草，一边抛开所有思绪，他失去了时间观念，全身心投入感受那种幸福的、纯粹属于当下的"忘我状态"，完全沉浸在割草这项有节奏的体力劳动之中。只有当列文从午后小睡中醒来，对周围环境的描述才会开始出现。他四下看了看，发现他"简直不认得这地方了"。

> 一切都变了样。有一大片草地割过了，它在夕阳的斜照下，连同一行行割下的芬芳的青草，闪出一种异样的光辉。那河边被割过的灌木，那原来看不清的泛出钢铁般光芒的弯弯曲曲的河流，那些站起来走动的农民，那片割到一半的草地上用青草堆起来的障壁，那些在割过的草地上空盘旋的苍鹰——一切都显得与原来不同了。[2]

他之前的经历和割草的感官体验被重新诠释。他用一种更广阔的时空视角，将已经取得的那些成就视作整体。列文看待事物的方式与他看到的东西同样重要：他望向那片牧场，眼中充满惊奇。

《安娜·卡列尼娜》中背景的流动与静止也同样重要。故事情节随着人物从一个地方移动到另一个地方向前发展，读者对故事的理解也在多条故事线的纵横交

[1] 引自《安娜·卡列尼娜》，草婴译，译林出版社，2014年版。

[2] 同上。

错中逐渐深入。或许托尔斯泰在心理现实主义方面的成就恰恰体现在他对意识的动态描写，他揭示了思想和感受产生、变化发生的过程。从这个层面来说，这部小说的文学景观与人物经历密不可分。

大约在1900年，列夫·托尔斯泰摄于亚斯纳亚-博利尔纳庄园中的照片。托尔斯泰将很大精力倾注在农场经营上，他把苹果园从25英亩[3]扩张到了100多英亩，育马场培育了超过4000匹种马。

[3]　1英亩=4 046.724平方米。(下同，不再重复注释)

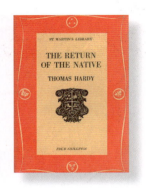

托马斯·哈代（1840—1928）是一名石匠的儿子，本来会被培训成一名建筑师。他主要是通过朋友贺拉斯·莫尔了解到经典文学作品的。

《还乡》最初分成了 12 部分，以每月连载的形式发表在 1878 年的《贝尔格莱维亚杂志》上。虽然刚开始时，这本书的出版遇到了困难，但最终还是在当年晚些时候得以正式出版，而且从当时的总体评价来看，还算是积极的。

托马斯·哈代《还乡》（1878）

英格兰多塞特郡

Thomas Hardy, *The Return of the Native*, Dorset, England

在哈代的想象中，位于韦塞克斯的爱敦荒原是阴暗的，是"还乡者"克林·姚伯和外来者游苔莎·斐伊之间爱情悲剧的支点。

地名"韦塞克斯"和哈代的小说不可分割。韦塞克斯是一个盎格鲁-撒克逊名称，现在的天气预报播报员用乏味的"西南"指代那片地域。这个被遗忘的词被哈代重新发掘出来，变成了他的专属词汇，用于描述那个他出生并度过大半生的，令他满怀崇敬的地方。

《还乡》是哈代出版的第六部小说。他开篇就强调我们都来自某个地域，即我们的"出生地"，而且大部分人都与之失去了联系。我们"移植"了自己。移动的能力对我们有明显的好处，可有些东西却因此消失了。托马斯·沃尔夫[1] 最著名的小说《无处还乡》中断言"你不能再回家"，哈代的《还乡》则反驳道："不，你能回家。"然而，其中暗藏玄机。"出生地"（对于你）还是同样的地域吗？可悲的是，正如小说所述，答案是否定的。

故事围绕着"还乡者"克林·姚伯展开。他刚从巴黎归来，是一位成功的宝石商人。他需要回到出生地寻找自我。他爱上了游苔莎，和她结了婚。她希望两人回到巴黎，过上层社会的生活，但他决心留下。事态每况愈下（哈代的小说一向如此），克林最后变成了爱敦荒原上一个卑微的砍荆条的人。这片"没有垣篱界断的荒山旷野"是围绕多切斯特镇的荒原的一部分，多切斯特镇是哈代长大的地方，也可以说是书中主角长大的地方。哈代在开篇对于荒原的描述令人感到浑身发冷，难以忘怀：

[1] Thomas Wolfe，20 世纪美国作家。

[2] 引自《还乡》，张谷若译，人民文学出版社，2018 年版。

> 十一月里一个星期六的后半天，越来越靠近暮色昏黄的时候了；那一大片没有垣篱界断的荒山旷野，提起来都叫它是爱敦荒原的，也一阵比一阵凄迷苍茫。抬头看来，弥漫长空的灰白浮云，遮断了青天，好像一座帐篷，把整个荒原当作了地席。
>
> 天上张的竟是这样灰白的帐幕，地上铺的又是一种最幽暗的灌莽，所以天边远处，天地交接的界线，分得清清楚楚。在这样的对比之下，那片荒原看起来，就好像是夜的前驱，还没到正式入夜的时候，就走上夜的岗位了：因为大地上夜色已经很浓了，长空里却分明还是白昼。[2]

自然景观被描述得越宏大，人就会显得越渺小。哪怕是闪耀着"神性光辉"、不可一世的游苔莎·斐伊也不得不奋起与这势不可当的爱敦荒原抗争。其他人和"还乡者"一样，都被它击溃了。

那么，有人可能会问，什么是"荒原"？哈代承认他在故事发展和背景设置上，受到了《李尔王》中"荒凉的旷野"[3]的影响，那是一个人类完全无法居住的地方。返乡的故人克林发现这片荒原并不是"没有垣篱界断的荒山旷野"，或者不毛之地。当一个人像挥动镰刀的克林那样贴近这片土地时，他就会发现它是丰富而鲜活的。它是未曾被玷污的处女地：

> 翠绿的蚂蚱成群结队地越过他的脚背，落下来的时候，有的倒栽葱，有的四脚朝天，有的屁股着地，活像些笨拙的杂技演员……从来没见过伙食房和铁丝网的野生大苍蝇十分猖狂，在他四周嗡嗡乱鸣，并不知道他是个人。蕨草丛中游动出没的小蛇，都披着最华丽的黄蓝伪装……一窝窝的小兔从洞穴里跑出来，蹲在小山坡上晒太阳，猛烈的日光把它们薄薄的耳朵都映透了……它们一点儿都不怕他。[4]

还乡者发现的不仅是"自然"——那个华兹华斯浪漫主义诗歌里的概念——还有弥尔顿[5]笔下的伊甸园，它甚至拥有属于自己的毒蛇（其中一条杀死了克林的母亲）。很难想象任何一个作家能像哈代这样，如此感情充沛地用文字绘出自然景观。即便是以哈代自己的超高标准来衡量，他创造出来的爱敦荒原也是文学地形中的杰作。

水彩画家沃尔特·廷代尔绘制了很多英格兰西南部景观的作品。作为哈代的同代人，他因"形式与色彩忠于现实"受到了哈代的称赞。这是廷代尔画的多塞特郡的贝里荒原（1906），它的部分灵感来源于韦塞克斯的爱敦荒原。

[3] 实际上是《麦克白》第一幕第三场。

[4] 引自《还乡》，张谷若译，人民文学出版社，2018年版。

[5] Milton，英国17世纪著名诗人，弥尔顿代表作《失乐园》讲述了亚当、夏娃受撒旦引诱堕落而被逐出伊甸园的故事。

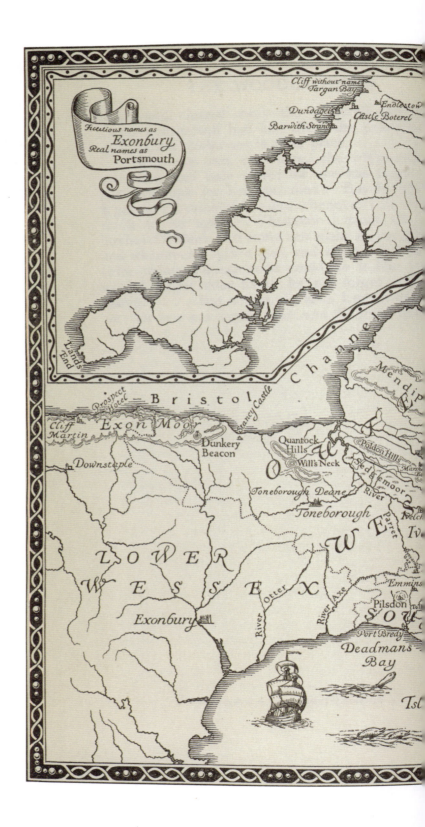

1912年的托马斯·哈代的韦塞克斯地图，也是哈代所有主要小说作品的虚构地理背景。哈代将韦塞克斯描述为"一个亦真亦幻的国度"。

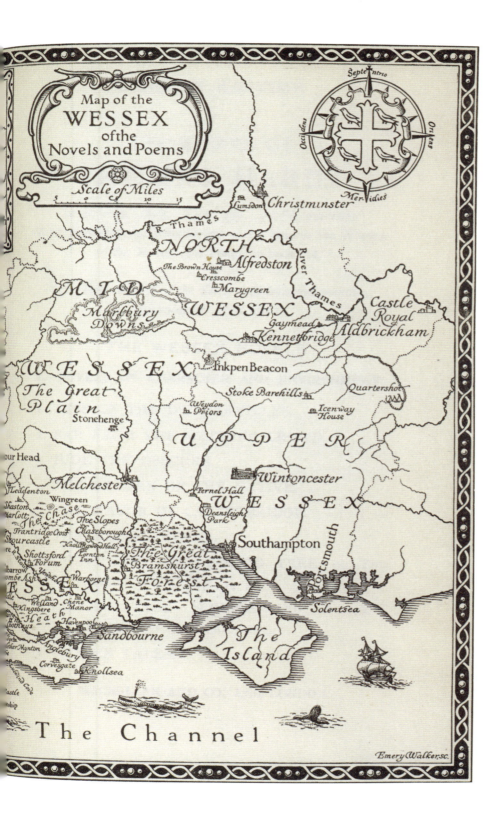

Map of the
WESSEX
of the
Novels and Poems

Scale of Miles

Septentrio

Occidens

Oriens

Mer. Vidies

Lumsdon Christminster

R. Thames NORTH

The Brown House Alfredston
Cresscombe
Marygreen

MID

WESSEX

River Thames

Castle Royal

Marlbury Downs

Gaymead Aldbrickham

Kennetbridge

WESSEX

Inkpen Beacon

The Great Plain

Stoke Barehills Quartershot

Weydon Priors

Icenway House

Stonehenge

UPPER

Our Head

Wintoncester

Melchester

Fernel Hall

WESSEX

Leddenton Wingreen

Deansleigh Park

Shaston
Marlott The Chase
Trantridge Cross The Slopes Chaseborough

Portsmouth

Shourcastle

Knollingwood Hall

Southampton

Shottsford Forum Trenton Inn

Abarrow Warborne Ash

The Great
Bramshurst
Forest

ESSEX

Welland Chene Manor
Kingsbere

Havenpool

Heath

Solentsea

Nether Mynton

Sandbourne

The
Island

Corvesgate Knollsea

Castle ship

The Channel

Emery Walker.sc.

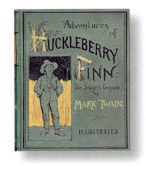

马克·吐温《哈克贝利·费恩历险记》（1884）

美国密西西比河

Mark Twain, *The Adventures of Huckleberry Finn*, Mississippi River, USA

作为一个穿越美国南部的曲折故事，马克·吐温的这部经典作品试图完成一个几乎不可能的任务，那就是将壮观的密西西比河的精华提炼出来，呈于纸上。

马克·吐温，原名萨缪尔·克莱门斯，年轻时当过轮船领航员。哈克贝利·费恩和汤姆·索亚的家圣彼得堡的灵感来自吐温年少时成长的地方——密苏里州的汉尼拔镇。

自1884年首次出版以来，这部小说仅在美国就已经出版了超过150个版本，每年销售量高达20万册。

密西西比河的长度为2320英里。相较之下，爱尔兰和乌克兰之间的距离——也就是整个欧洲的横向宽度——仅为1700英里，巴西和塞拉利昂之间的距离——横跨大西洋——是1770英里。

[1] Styx，希腊神话中人世与冥府的分界之河。

[2] Lethe，希腊神话中冥府的遗忘之河。

[3] Acheron，希腊神话中冥府的愁苦之河，河上有船夫卡隆帮助亡魂渡河。

马克·吐温在密西西比河上长大、工作，他在那里度过了大半生。当他还是个孩子的时候，吐温把密西西比河视作一个机会：轮船领航员的生活光鲜而优渥。作为一个年轻人，他在河上工作，同时收集故事、四处探险，并亲眼看见弟弟丧命于此。吐温逐渐学会了欣赏和敬畏这条大河。

《哈克贝利·费恩历险记》讲述了一个年轻人逐渐走向成熟的故事，它的叙述冗长而杂乱。年轻的哈克是吐温的代言人：年轻让他能对着大河发出幼稚的赞叹，他满口称颂、充满敬畏，随口就能说出些多愁善感的话，而吐温极度不浪漫的性格令他无法做到这些。

我们读这部作品时有一种地域感，部分原因在于它直接触及了美国的社会问题：它终归是一本怒斥奴隶制，试图解释为什么文化隔断是美国内战成因的书。吐温还用了一些美学元素来传达地理信息，其中对各种中西部、南部口音的地域偏见与沃尔特·司各特爵士对苏格兰粗喉音的描写有异曲同工之妙：要领悟这一点，对现代读者来说有一定难度，但是知道这一点对理解故事的背景有一定帮助。不过，最重要的是，《哈克贝利·费恩历险记》内生的美国性——无可争议的地域感——来自密西西比河本身。

在长度上，只有亚马孙河、长江和尼罗河可以与这条美国大河相提并论，而且对于吐温时代的读者而言，密西西比河和这三条河一样遥远且充满异域风情。神秘莫测的尼罗河可能是密西西比河的最佳比较对象：吐温笔下的密西西比河不仅代表无法驯服的自然力量，而且掌握着岸边依靠它生存的人们的生死存亡。哈克对密西西比河沿岸城镇的描述听起来就像史前历史课一样：靠河谋生的拾荒者定居此处，命运全由它主宰，他们的房子摇摇欲坠，逐渐被河水侵蚀。

为了进一步强调密西西比河无可比拟的自然属性，《哈克贝利·费恩历险记》借用了很多神话中的河流。密西西比河有时是斯提克斯河 [1]，有时是忘川 [2]，有时甚至是《神曲：地狱篇》中提到的阿刻戎河 [3]。就好像吐温知道读者想象不出这条大河有多么雄伟壮观，必须请神话传说来帮忙一样。

WATCHIING THE BOAT

全书从头到尾，这条河流都在为哈克和吉姆提供逃亡和生存的手段——却也吞噬了一些人的生命。在这本以哈克命名的书里，哈克一直在"死去"。哈克跟汤姆·索亚学了一招，靠假死逃离了虐待狂父亲：他留下了一些假线索，然后走进河里，漂流到了未知的远方。直到在一个小岛上，一块完全被流水包围的河心小岛，哈克遇见了吉姆，他才"复活"。此后，哈克就一直在两种状态间切换：在河里，哈克一直是"死去"的；只要他碰到河岸，就不得不活过来，他必须再投个胎（他有很多极其荒谬的假身份），或者重生一次（比如遇见汤姆·索亚的时候）。

"我在树丛里挑了个好位置，坐在了一截树干上，一边啃面包一边看着那艘渡船，感到满意极了。"[4]《看船》，插画作者 E. W. 肯布尔于 1855 年所作。

[4] 引自《哈克贝利·费恩历险记》，潘庆舲译，浙江文艺出版社，2016年版。

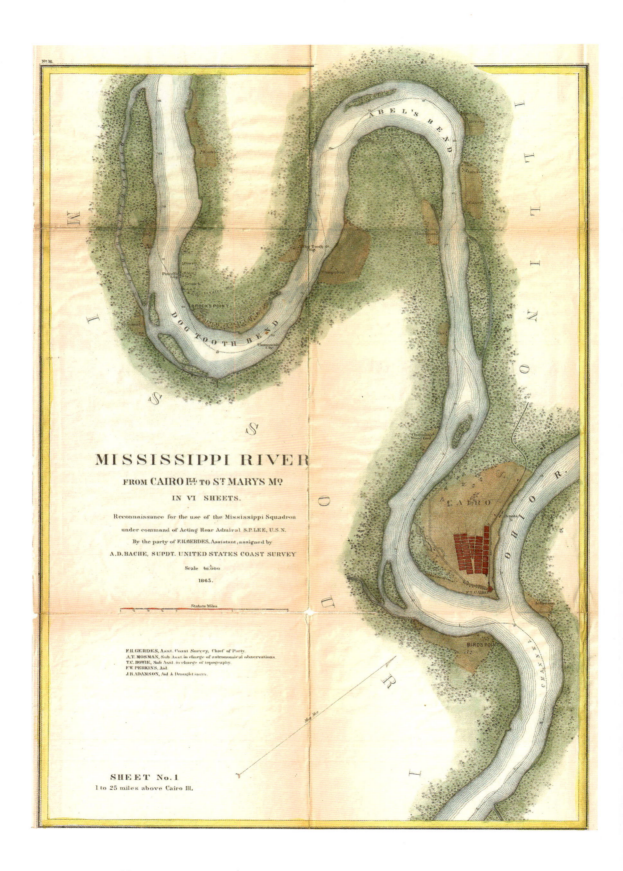

MISSISSIPPI RIVER

FROM CAIRO I:ᴸ TO S.ᵗ MARYS M.ᵒ

IN VI SHEETS.

Reconnaissance for the use of the Mississippi Squadron

under command of Acting Rear Admiral S.P. LEE, U.S.N.

By the party of F.H.GERDES, Assistant, assigned by

A.D.BACHE, SUPDT. UNITED STATES COAST SURVEY

Scale 40.000

1865.

Statute Miles

F.H.GERDES, Asst. Coast Survey, Chief of Party.
A.T. MOSMAN, Sub Asst.in charge of astronomical observations.
T.C. BOWIE, Sub Asst.in charge of topography.
F.W. PERKINS, Aid.
J.B.ADAMSON, Aid & Draughtsman.

SHEET No. 1
1 to 25 miles above Cairo Ill.

密西西比河不仅可以帮哈克和吉姆"死亡"，还可以让他们被遗忘，这就是忘川的比喻了。哈克和吉姆都急于逃脱道格拉斯寡妇的"教化"——被教化是哈克最害怕的事。在岸上，哈克必须穿上衣服，谨记举止得体，还得记住所有与宗教和名誉有关的那些晦涩难懂的法则。在这里，马克·吐温有最无情的抨击。书中经常出现一些有意无意的旁白，谈论哈克在各处游荡时遇见的文化和社会现象。两个世仇家族，因为一些没人记得的理由而互相残杀；一群愤怒的暴民，因为没人记得"如何做人"而无法完成他们血淋淋的使命。这些都是记忆的陷阱、行为的习惯，既不合理也没有任何意义。有时候，整个镇子的人都像计划越狱的汤姆·索亚一样愚蠢，做了他们"应该做"的事，却从不想想为什么要这么做。

哈克希望那位寡妇不要悼念他。吉姆希望他不会被抓回去。对于他们而言，记忆是一个负担，只有忘记才能获得自由。在河里，记忆失效了：他们可以自己编造故事和理由，而且能够不受任何妨碍地享受当下。在河上的时候，哈克不需要做决定，他四处漂流，不用表态，也不必为他那些凡尘俗事或不朽的灵魂而担惊受怕。但是，他再次踏上险恶的河岸[5]后，就不得不有所行动：结交或背叛骗子，帮助或欺骗私奔的情侣，协助或阻碍吉姆的逃亡。

历险开始时，哈克还相信父亲的话："和（坏）人相处的最佳策略是让他们各行其道。"只是经过了在河上的这段经历，他学会了相信自己。

《哈克贝利·费恩历险记》是第一部真正属于美国的经典之作。此前的美国文学著作从地域性上讲至多算是横跨大西洋两岸的文学，仍然保留着明显的英国特色。吐温出现的时候，美国大革命的果实终于成熟，前殖民时期史诗般的历险故事不再旧事重提。吐温的作品独特、大胆、精彩，拥有真正的美国性。他的作品写就了西部和中西部的新篇章，让美国重新认识了自己。

[5] riva malvagia，但丁在《神曲：地狱篇》中对阿刻戎河的河岸的描述。

[6] 引自《哈克贝利·费恩历险记》，潘庆舲译，浙江文艺出版社，2016年版。

对页：1865年，《美国海岸调查地图》，从伊利诺伊州的开罗到密苏里州的圣玛丽部分的密西西比河。

两三个昼夜一晃就过去了；我觉得不妨可以说好像是漂过去了，而且又是那么安静地、平稳地、极妙地溜过去了。先说说我们打发时间的方式：那是一条大河，流到这儿，特别让人害怕——有时河面宽达一英里半；我们常常昼伏夜行……[6]

罗伯特·路易斯·史蒂文森《诱拐》(1886)

苏格兰高地

Robert Louis Stevenson, *Kidnapped*, Highlands, Scotland

史蒂文森的作品将18世纪的历史与虚构的冒险故事编织在一起，讲述了一个十几岁的男孩大卫·巴尔福试图从绑架者手中逃出来的故事。崎岖陡峭的苏格兰高地和即将发生的詹姆斯党人叛乱为小说提供了一个充满张力的背景设定。

罗伯特·路易斯·史蒂文森1850年在爱丁堡出生。《诱拐》于1886年以连载的形式首次在《年轻人》杂志上面世，当时的标题是《诱拐：或，银扣小伙》。

创作《诱拐》时，史蒂文森生活在英格兰伯恩茅斯，他根据叔叔和父亲设计建造的灯塔，为当时的居所命名为斯凯里沃尔。

路易斯·里德为《诱拐》创作了100多幅插画，将史蒂文森的"文字图景"——雄伟壮丽的高地乡野——转成绘画。

《诱拐》的故事在爱丁堡及其周围的苏格兰低地开始，也在这里结束。小说的叙述者、正值青少年的孤儿大卫·巴尔福，正是在这里侥幸逃脱了他的叔叔埃比尼泽的阴谋。在阴险狡诈的叔叔的要求下，大卫被胁迫着登上了"契约号"双桅帆船。埃比尼泽想把大卫卖到卡罗来纳州去做奴隶，但大卫·巴尔福并未抵达美国。

故事讲到一半的时候，小说突然出现了戏剧性的反转。"契约号"沿着大雾弥漫的苏格兰西海岸航行时，撞上了一艘神秘的手划船，船上唯一的幸存者、高地人艾伦·布雷克-斯图尔特也登上了"契约号"。

小说同时代的读者如果对苏格兰历史有所了解，就会知道艾伦·布雷克-斯图尔特是个真实存在但应该早已失踪了的人：他就是策划了1752年著名的阿平谋杀案的刺客，他在莱特莫尔岛上的森林里袭击并杀死了国王的代理人柯林·坎贝尔。

《诱拐》一定会以某种方式穿越苏格兰高地。史蒂文森在接受土木工程师的培训时，他经常陪父亲前往遥远的苏格兰海岸线考察。有一年夏天，他在埃赖德岛上住了三周，这样看来，当读者读到"契约号"在姆尔岛旁边的埃赖德岛附近沉没、大卫·巴尔福和艾伦·布雷克-斯图尔特逃往高地时，就不该感到奇怪了。

继詹姆斯·麦克弗森翻译的《奥西恩的盖尔语诗歌集》(*Ossian's Cycle of Gaelic Poems*)和沃尔特·司各特于18世纪末、19世纪初创作的小说《威弗利》之后，这是高地景观第一次被如此生动地描绘出来。读者可能会想到那些令人目不暇接的群山、峡谷和湖泊，而除了这些美景外，我们还能在书中读到更多。在大卫·巴尔福的描述中，寂静荒凉的高沼地散发着一种由内而外的美：

> 雾气升了起来，又散去，如同大海一般荒寂的国度在我们眼前展开；只有松鸡和小燕子在上空鸣叫，在东边远处，小黑点似的鹿群悄悄地移动着。

此前，史蒂文森曾凭借他突破性的连载冒险小说《金银岛》和他在哥特风格的中篇小说《化身博士》中精彩的角色塑造获得好评。不过，正是因为《诱拐》

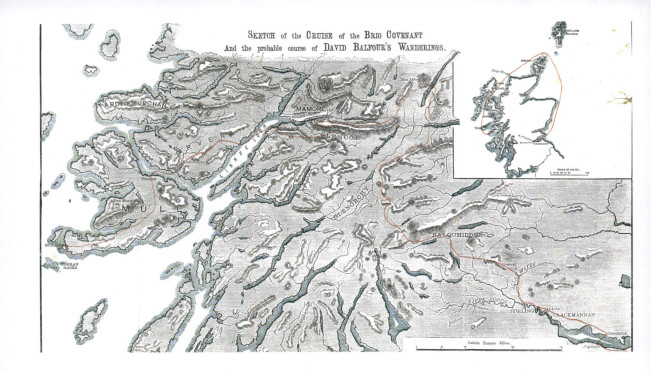

SKETCH of the CRUISE of the BRIG COVENANT
And the probable course of DAVID BALFOUR'S WANDERINGS.

前页:"埃赖德岛的西北部有一块高耸的岩石,是我常去的地方(因为它顶部很平,站在上面可以俯瞰峡湾)。"《在埃赖德岛上》,由插画作者 N. C. 怀斯于1913年所作。

上图:"契约号"双桅船的航线图,以及大卫·巴尔福穿越苏格兰高地的大致路线图,选自1886年首版《诱拐》。

这部作品,史蒂文森才真正开始以景观描绘而闻名,尤其是其中关于苏格兰高地的描述。最重要也是他最珍视的一点是,《诱拐》让他得以与他非常尊敬的沃尔特·司各特爵士相提并论。

多亏了《诱拐》及其续篇的众多广播、电视节目和电影改编版本,苏格兰高地仍然保持着一种神秘的、史蒂文森式的魅力,牢牢地抓住了我们的想象力。现代读者仍然可以沿着按《诱拐》中的描述开发出来的"史蒂文森之路",来一场徒步旅行,这条令人惊叹的步道长达230英里,人们可以背上防雨背包,沿路指认出那些山岳、高沼地和湖泊的盖尔语名称。在这片高地上,还有比史蒂文森更好的旅伴吗?虽然出生在低地,但这位游历颇广、擅长撰写游记、诗歌和小说的多面手作家无疑是书写这个故事的最佳人选。

史蒂文森了解苏格兰,了解它的人民和历史,所以当大卫·巴尔福描述那些高沼地"几乎都是灌木丛生的荒地;这儿一片沼泽,那儿一个泥坑,还有满是污泥的水塘……一丛死掉的枞树耸立在那里,形同枯骨"时,巴尔福是通过史蒂文森的眼睛来看这番景观的,事实上,这些都是史蒂文森多年以来陪伴父亲(一名灯塔建造工人)穿越高地、他在这片土地上度过许多暑假、沿着那些路线徒步的经历复写。更重要的是,史蒂文森借助文字诉说了高地人对这片土地的热爱与深情。

奥古斯特·斯特林堡《海姆素岛居民》（1887）

瑞典斯德哥尔摩群岛，克莫门多

August Strindberg, *Hemsöborna*, Kymmendö, Stockholm Archipelago, Sweden

《海姆素岛居民》是一部滑稽却美妙的作品，没有斯特林堡作品中一贯的悲剧色彩。主人公卡尔松作为一个岛外人，蒙混进岛上的捕鱼社区，诱骗了一位可怜寡妇，最后因为过于自信，卡尔松身败名裂。

> 我既难过又疲惫，心情烦躁，还像一头野兽一样被四处追捕，于是去年8月，我在书桌前坐了下来，想给自己找点乐子。我写道：一个农夫的故事——我在斯德哥尔摩群岛度过的难忘的夏日时光（因为我的生活中也有很多愉快的经历）。我把女人的问题扔到脑后，把一切社会主义、政治和其他各种蠢话忘得一干二净，并且决定写一本属于瑞典的、离奇又搞笑的书，来告诉大家一个精神健全的好脾气农夫如何心胸宽广地过他的日子。是他的，他就欣然接受；不是他的，他也毫不计较。[1]

上面这封信是奥古斯特·斯特林堡在1887年秋天写的，它道出了被誉为滑稽小说典范的《海姆素岛居民》背后的创作动机。对于熟悉斯特林堡的暗黑自然主义风格的人来说，这部小说与《死魂舞》和《朱莉小姐》这些戏剧作品相比，基调可能会有点儿出乎意料。斯特林堡曾在德国和法国过了一段近乎流放般漫长而艰难的日子，他在这期间创作了《海姆素岛居民》。海姆素岛的原型是克莫门多岛。克莫门多岛位于斯德哥尔摩群岛南部，那里有一片散落在海里的小岛，或者说是碎礁，斯特林堡还是个小男孩的时候，就经常在那里过夏天。不过，故事中的人物特点过于写实，以致岛民们因为他写的故事中虚构成分太少而愤愤不平，使他再也无法踏足这片避难天堂。"海湾、岛屿、海湾、岛屿……一直延伸到无穷无尽的远方。"斯特林堡在自传中回忆道。在1884年的一系列文章里，他写道，当他望着窗外广阔的地中海时，内心向往的景观却是"粗砺的片麻岩小山丘，上面长着刺手的云杉和冷杉树，点缀着红色小房子"。

作为一部不含任何悲剧元素的娱乐作品，《海姆素岛居民》讲述了一个外来人卡尔松的故事。卡尔松受雇于一位还算富裕的中年寡妇安娜·伊娃·福洛德太太，帮她打理岛上小渔村附近一座快要破产的农庄。她的儿子和继承人古斯滕怀疑卡尔松的动机，对这个经验不足的欧洲大陆人卡尔松心怀鄙夷，而且他不想经营农场，只想享受捕鱼的乐趣；当地人都是水手和渔民，他们对外来者怀有天然

奥古斯特·斯特林堡（1849—1912），瑞典剧作家、诗人、小说家、散文家和画家。他把心理学和自然主义结合起来，在19世纪后期创造了一种新的欧洲戏剧形式——表现主义戏剧。

斯特林堡的作品以风格暗黑著称，而且经常从个人生活经历中取材。《海姆素岛居民》是基于他对斯德哥尔摩群岛中一座岛屿的景观及岛民的深入了解而创作的。作品的瑞典语原名是"Hemsöborna"。

[1] 引文参考《海姆素岛居民》，王晔译，上海文艺出版社，2016年版。

农舍的客厅里烧着炉火，白色木桌上铺了一块干净的布。桌布上立着一瓶杜松子酒，酒瓶中间收窄，像一只沙漏，四周摆着画了玫瑰花和勿忘我图案的古斯塔夫斯堡牌瓷制咖啡器具。桌上还摆了一条新烤的面包、几块脆饼干、一碟黄油、糖罐和奶壶，这个场景在卡尔松看来显得还挺阔气，他可没指望天涯海角还能有这些。[2]

的敌意。大家都抱有一个疑问：卡尔松到底是个心怀鬼胎的大骗子，还是真诚的好人？卡尔松很快就变成了福洛德夫人不可或缺的得力助手和感情依托，还吸引了年轻厨师伊达的注意力。伊达是一位教授家里的随从，有一年夏天，她作为租客住进了农场。

《海姆素岛居民》是斯特林堡的作品中写作风格最传统、最不带个人色彩的一部，它喜剧效果十足、滑稽可笑，充满了各种生动的岛民生活场景。斯特林堡本人和他的目标读者对以上这些都感到亲切和熟悉——很多读者每年夏天都会去"海姆素岛"类似的地方度3个月的假。斯特林堡称《海姆素岛居民》是他"精神最正常"的作品。这部小说描写的对象包括与世隔绝的乡下生活、大自然，以及那些从大陆和大城市来到这里、试图混迹岛中为自己谋利的人。故事的时间跨度为三年，在这个故事里，作者用优美的语言描绘了岛上的动植物。深冬的冰原迅速融化，7月的极昼正是晒干草和举办舞会的好时机，卡尔松正是在一场舞会上第一次牵起了伊达的手。小说的语言细致而准确，无论是描述某处特定的景观，还是室内的装潢结构，都弥漫着繁盛而富足的生命力："鲷鱼产卵，刺柏撒下花粉，稠李花朵盛放，卡尔松在冰冻的秋谷上面撒下了春天的麦种。"

卡尔松是个实用主义者，也是个流氓，斯特林堡称他为"一个上进的小伙子。他如同4月夜晚的暴风雪一样席卷了海姆素岛……不靠谱，但是能量十足"。小说结尾，我们看到他在追求财产和稳定的生活时制定了无法企及的目标，最后以失

[2] 引文参考《海姆素岛居民》，王晔译，上海文艺出版社，2016年版。

败告终。他的尝试与失利的过程正好符合季节的轮换：春季初来乍到，夏季运势红火，秋季一团混乱，冬季遭到致命打击，他从未真正理解大海，而最后大海完胜了他。不过，生活必须继续。在小说结尾，斯特林堡让古斯滕回到了本就属于他的地方。"他（卡尔松）得到了应得的，一分也不多，"古斯滕说道，"重新掌舵的海姆素岛新主人被他的仆人送回了家，他指挥着自己的船，历经生活的风浪，穿过绿荫蔽日的狭窄水道。"

《水手》，奥古斯特·斯特林堡于1873年的绘画作品。这幅画描绘了风暴中的大海，很像卡尔松在小说里遭遇的场景。

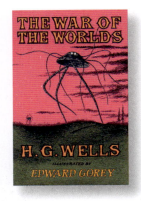

H. G. 威尔斯《世界之战》（1898）

英格兰萨里郡

H. G. Wells, *The War of the Worlds*, Surrey, England

火星人入侵维多利亚时期的萨里郡，摧毁了沃金镇，沿着泰晤士河向伦敦市中心长驱直入，沿路播撒的红草在大地上蔓延，最后感染地球上的病菌，火星人全军覆没。

　　威尔斯和妻子简新婚后，于1895年搬到位于伦敦西南方向二十英里处的萨里郡沃金镇，住进了一幢小房子。威尔斯那时还没出名，他一边给伦敦的报纸写评论文章勉强维持生计，一边构思着一部小说：来自火星的入侵者毁掉了英格兰东南部舒适惬意的中产生活。威尔斯并不富裕，买不起汽车，只有一辆自行车；他骑着这辆车逛遍了乡村，酝酿着这本即将让他大赚一笔的小说。"我骑车在这片区域转来转去，"他后来回忆道，"记下一些适合被我的火星人毁灭的人和地点。"

　　《世界之战》一举成名，至今仍然是有史以来最著名的科幻小说之一。故事一开始，火星太空飞船撞上了地球，落在了离沃金镇一英里开外的霍塞尔公地上：那里既有林地，又有荒野和沙坑，现在成了科幻小说粉丝的朝圣地。长得像胖章鱼的外星人在他们降落时撞出的陨石坑里潜伏了一段时间，建造他们的战争机器，很快，那些标志性的火星三脚架耸立了起来，那是些比树还高的巨型金属机器，每个机器都由一个火星人驾驶。这些机器迈着三条长腿游走在乡村间，用类似激光的"热射线"把反抗的人类烧死，还会释放一种有毒的"黑烟"。他们迅速地击败英国军队，向东北方向进军，进入伦敦中心区。

　　威尔斯对火星机器大军的行进路线描述得非常精确，读者可以很容易地找出地图上对应的地点，按照他们的路线重走一遍也不是什么难事。从威尔斯的时代开始到现在，那片地区的景观除了多加了三条高速公路（M3、M4和M25）外，没有任何变化。你可以开车或者骑车从沃金出发，沿着外星人入侵的路线，到韦布里奇，沿着泰晤士河走，经过汉普敦宫、金斯顿和里士满，抵达伦敦中心区——故事达到高潮时，回荡着撼天动地的轰鸣的地方。

　　萨里郡的村庄保留着很多19世纪的建筑，就是书中火星人大肆摧毁的那种（科伯姆故事的叙述者汇报了"热射线一扫而过，削掉了所有烟囱帽"这一令人震惊的细节），基本没变，泰晤士河沿岸从汉普敦宫到汉普敦和里士满的路现在还能走，而且远比小说里描述的更宜人：

我们沿着熏得黑乎乎的路朝森伯里走去，（沿途）到处躺着身体扭曲的尸体，有人的，也有马匹的，还有翻倒的马车和行李，一切都蒙了一层厚厚的黑灰。到了汉普敦宫，我们看到了一块幸免于难的绿地，大松了一口气。我们穿过布歇公园，园子里的鹿在栗子树下走来走去，远处有几个男女正匆匆地往汉普敦方向赶路。

威尔斯的故事在樱草山结束，他笔下的叙述者在那里找到了一个停摆的三脚机器，而它的驾驶员已经被地球的病菌杀死了。从如今的樱草山上眺望伦敦中心区，视野仍然和故事中一样好。

威尔斯知道，将外星人放置在一个人们熟悉的、舒适的环境里，会让这些奇异的外来物种的形象显得生动和饱满，这是这部小说拥有如此强大影响力的原因之一。威尔斯笔下南部丘陵地带的人类过着温馨的小日子，火星人的突然出现代表着一种陌生力量，它强烈而无情地冲击着人类习以为常的生活。这种戏剧性的对比贯穿了威尔斯塑造的整片地域景观，这赋予故事一种张力。

小说中从未提到叙述者的名字，他只代表一个视角，而且是个观察敏锐的视角，并不是一个有血有肉的角色。他眼中的入侵者不仅主导了景观的呈现，而且在规模上也与景观相应。那些火星三脚机器比房子和树都高：

> 一个巨大的三脚架，比很多房子都高，它跨过小松树，所经之处树木都被踩倒在一边……忽然，我前边的松树林一下子被分开了，就像有人把脆弱的芦苇秆扒开、强行穿过来一样；树纷纷被折断、向前倒了下去，接着第二个巨型三脚机器出现了，好像径直朝我冲了过来。

火星人不仅侵略了萨里郡，还彻底改造了它。威尔斯从当时的科学共识中借鉴了一个错误但颇具戏剧效果的观点：火星呈现红色是因为一种红色的草遍布整个星球表面（事实上火星寸草不生，红色是氧化的尘土的颜色。红色的尘土覆盖整个星球，形成了红色沙漠）。在威尔斯的小说里，入侵者携带着这种草，随着故事情节的推进，萨里郡绿色的田野和树林逐渐变成了一片可怕的亮红色，泰晤士河的水流也因猩红色的芦苇淤塞。如果我们沿着火星入侵者的进攻路线走一遭，很容易就能想象那些熟悉的绿色小山丘和小村庄通通被毁掉、染成红色的景象。就这样，一部小说以巧妙的方式，将我们熟知的景观变得疏远、陌生。

下页左图：《被遗弃的伦敦》，由恩里克·阿尔温·科雷亚于1906年为比利时版本的《世界之战》创作的插画。

下页右图：由恩里克·阿尔温·科雷亚于1898年创作的插画作品，描绘了火星入侵者死后，叙述者前往伦敦，发现伦敦人正在检查废墟的场景。

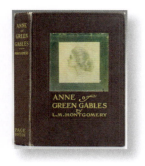

加拿大爱德华王子岛，卡文迪什

Lucy Maud Montgomery, *Anne of Green Gables*, Cavendish, Prince Edward Island, Canada

一个自幼失去父母的女孩，凭借精力充沛的个性和对小岛自然景观的热爱，改变了马修和马瑞拉·卡思伯特兄妹的生活，小岛也成了她真正的家。

《绿山墙的安妮》自出版以来已经卖出了5000多万册，被翻译成了至少36种语言。

《绿山墙的安妮》最早出版于1908年。它还有10个以安妮为主角的续篇，最后一部出版于2009年，那时蒙哥马利已经去世67年了。

蒙哥马利的小说被改编成多部电影、舞台剧、广播和电视剧，包括一部由高畑勋执导的日本动漫电影。

《绿山墙的安妮》的红头发女主角慷慨大方又爱唠叨的形象广受读者喜爱，但是在这部以安妮命名的小说里，她本人却出现得有点儿晚。这部著名的加拿大小说以一个复杂而流畅的句子作为开头，句中没有提到安妮，甚至没有从人的视角来叙述，而是用了一个地点：一条穿过当地村庄的小溪流。故事的开头这样写道："雷切尔·林德太太就住在亚芬里大街向下斜伸进一个小山谷的地方，山谷四周长满桤树和凤仙花，一条小溪从中穿过大街。溪水源自远处的老卡思伯特家的树林中。"后面小说继续写道：

> 流过林中的那一段小溪以其蜿蜒曲折、湍流迅疾而著称，一潭潭池水和小瀑布阴暗隐秘；但是，流到了林德太太家附近的山谷时，水流却逐渐缓慢下来，变成了一条安静规矩的小河。因为哪怕是一条小溪，只要经过雷切尔·林德太太的家门口，都会放慢脚步，谦恭而有礼貌地通过。也许连它都知道，雷切尔太太这会儿正坐在窗前，注视着门前过往的一切呢，从小溪到孩子，要是被她发现了任何古怪或不同于平常的事，她可一定会想法子探个究竟，不找出其中的原委是绝不罢休的。[1]

在《绿山墙的安妮》中，地点不仅是一个角色，还是故事的情节。蒙哥马利这部广受喜爱的小说讲述了一个故事——一个失去父母的小女孩追寻着一个能称为家的地方，但是与大部分儿童文学不同的是，它的故事背景更重要。将《绿山墙的安妮》中的角色凝聚在一起的东西，不是历险，也不是希望或磨难，而是一个可以共同分享、属于他们的地点——爱德华王子岛上独一无二的亚芬里村。

亚芬里村具有很多19世纪晚期普通村镇的特征，比如单间的校舍、议事堂，还有周日可以去做礼拜的教堂。但是从质感与气质来看，亚芬里村毫无疑问是个加拿大村庄。村里的居民对美国式的开拓精神毫无兴趣，而在"小木屋"系列丛书里，正是这种精神驱动着劳拉和爸爸不断进取——不过，从另一方面来讲，亚芬里村也没有任何《小公主》《傲慢与偏见》里英国贵族庄园的感觉。《绿山墙的

[1] 引自《绿山墙的安妮》，郭萍萍译，译林出版社，2010年版。

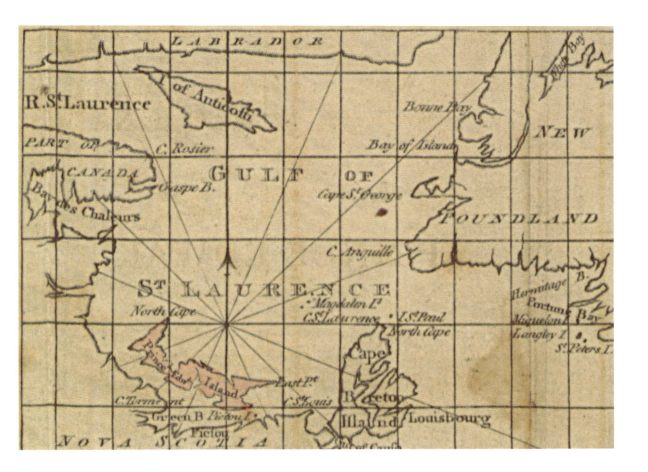

安妮》描绘了一个民主的社交世界，它的内核和那条小溪一样仍是"教养和礼仪"。亚芬里村不仅拥有加拿大的气质，还坐落在一个小岛上。爱德华王子岛给人一种海边小乡村的感觉——偏安世界边缘与一切隔绝，免受历史的惊扰——所以任何小事都有可能生出枝节，变得有意义起来。随季节变化的海景和翠绿的花园被作者用细致的笔触描绘出来，成了史诗级别的大事件发生之地。

在这个简单的世界里，冰激凌社交、拼词比赛、盛放的五月花、小溪流和孩子们都是令人着迷的，值得我们花上些时间仔细观察。事实上，小说开头的那句话就已经为我们透露了故事的发展方向——尽管安妮总是有一些"池水和小瀑布"，围绕着她的叙事场景不断变化，如"湍急"的水流一样莽撞的她终会收敛成一条"规矩的小河"。

儿童文学中总是有各种奇妙的目的地——在大部分所谓的"天选之子"类型的故事中，常常会见到一个像安妮这样的孤儿被送到某个地方，比如奥兹国[2]、仙境[3]、纳尼亚[4]、霍格沃茨[5]，甚至金银岛[6]（更进一步，你甚至可以考虑以凯妮丝为主角的《饥饿游戏》里的竞技场），在那里她能够通过学习成长来成就某种英雄事迹，这个地方的奇特之处在于，只有被选中的人才能去；这个孩子的奇特

加拿大爱德华王子岛的地图，小说中的亚芬里村就出自这里。蒙哥马利按照她在岛上生活的童年经历创造了亚芬里村。

[2] Oz，弗兰克·鲍姆的小说《绿野仙踪》里的童话世界，讲述了小女孩多萝西被龙卷风吹到奥兹国的历险故事。

[3] Wonderland，刘易斯·卡罗尔《爱丽丝梦游仙境》中小女孩掉进兔子洞后进入的奇幻世界。

[4] Narnia，C. S. 刘易斯的系列小说《纳尼亚传奇》中的奇幻王国。

[5] Hogwarts，J. K. 罗琳的系列小说《哈利·波特》中的魔法学校。

[6] Treasure Island，罗伯特·路易斯·史蒂文森《金银岛》中埋着宝藏的岛屿。

远处，橘黄色的天空映衬着幽暗模糊的亚芬里山丘。山后面，一轮月亮正从海面上升起。月光下，大海显得无比灿烂、美丽。蜿蜒道路边的每一处小湾里都奇迹般地泛起朵朵欢腾的涟漪。[7]

之处在于，只有她才能让一切回归正轨；在这些特殊的地方，孩子的某些不寻常的能力会被释放出来——然后坏人被消灭，世界恢复了应有的秩序。直到故事结尾，这个孩子可能才会像多萝西那样低声说一句："哪里都不如自己的家。"

《绿山墙的安妮》和这些故事有相似之处。尽管安妮·雪莉向往浪漫的爱情，而不是伟大的冒险，她从小说一开始就渴望着发生些精彩的事，而且她身边的人——鉴于她想象力丰富，还是个热心肠和急脾气的人——都认为她是个奇特的孩子。

不过，绿山墙可不是什么奇幻王国。爱德华王子岛有点儿像永无岛[8]，只是这里没有海盗，没有鳄鱼，也没有可怕的大反派，所以故事中需要完成的英雄事迹不是打败反派，而是一个更简单、不那么英雄式的任务——将不知如何敞开心扉吐露真情的人们聚集起来，建立一个紧密联系的社区，打造一个温暖的大家庭。收养了安妮的马修和马瑞拉·卡思伯特兄妹在她到来之前，过着单调而孤独的生活。他们冷漠、胆怯、孤僻——他们一直在回避各种形式的亲密接触——直到安妮出现，他们的家才变得明亮而美好起来，安妮唤醒了他们心中的爱。他们终于明白，给人带来欢乐的能力和丰富的想象力也是有教养的表现，而安妮从一开始就知道，拥有家庭是拥有爱的前提。

蒙哥马利笔下的故事感情深沉，这可能与她个人的经历有关。和安妮一样，蒙哥马利在爱德华王子岛上的一个小农场里长大。她生活的卡文迪什村明显是安妮居住的亚芬里的原型。另外，和安妮一样，蒙哥马利也是被收养的孩子，不过收养者不是外人，而是她的祖母。通过蒙哥马利的自传可以看出，她的家庭也缺少爱。祖母虽然爱她，却也几乎从不表现出来。

所以，蒙哥马利创作了一部与家里的情况完全不同的小说就不足为奇了。故事中，安妮从一个被忽视的女孩成长为一个自信的年轻姑娘，得到了收养家庭的爱。她意识到学校里的死对头吉尔伯特值得她付出友谊，她还了解到，实际上收养她的马瑞拉始终如一地爱着自己。

这些改变在安妮初来亚芬里村时就已经开始。在小说开头的前三章里，安妮逐渐认识并熟悉了亚芬里村，更确切地说，是安妮让收养家庭认识了亚芬里，他们虽然一直生活在这个村庄，却没能充分了解和欣赏它。新家的美丽风景令安妮

[7] 引自《绿山墙的安妮》，郭萍萍译，译林出版社, 2010年版。

[8] Neverland, 小说《彼得·潘》中的梦幻岛屿。

目眩神迷，她立即开始给小路、小池塘和樱桃树起名字——白色欢乐之路、闪水湖、冰雪女皇，这些名字赋予平凡普通的地方神奇的魔力。不是说安妮真的有魔法力量，而是当安妮真心热爱它们时，沐浴在爱的魔力中的它们鼓励人们去充分体验日常生活——这种体验维系着人的生命，令人感到快乐，人格也变得高尚起来。

对于安妮而言是这样的，对于马修和马瑞拉·卡思伯特也一样。马修见到安妮第一面时就很热情，马瑞拉的反应则慢一些。马瑞拉害怕她对安妮与日俱增的爱，迟迟不愿与一个渴望爱的孩子分享爱。

家庭拯救了他们。在小说的结尾，马修猝然去世。在哀悼场景中，蒙哥马利依然用非常细腻的笔触描绘出了他对于地域的情感体验。书中这样写道：

> 两天后，人们抬着马修跨过农庄的门槛，离开他曾耕耘过的土地、他曾深爱的果园和他亲手种下的树木；接下去，亚芬里村又恢复了往日的平静，就连在绿山墙，生活也悄悄地回到了常轨，大家像从前一样有规律地完成农活，尽管他们总是痛苦地感到"一切熟悉的东西中都少了些什么"。[9]

失去所爱之人是痛苦的，但痛苦之中会生出希望之花。在对哥哥的哀悼中，马瑞拉第一次对安妮敞开了心扉。她们相互约定，要共同维护好绿山墙这个家。"你不能把绿山墙卖掉，"安妮对马瑞拉说，"没有人会比我们更爱它。"[10]

在《安妮》系列的续篇中，绿山墙仍然拥有一种改变人心的力量。在《亚芬里的安妮》(*Anne of Avonlea*) 中，它让冒失鬼双胞胎——戴维和朵拉——变得更加安静平和；在《风吹白杨的安妮》(*Anne of Windy Poplars*) 中，尖酸刻薄、感到绝望的学校副校长凯瑟琳第一次对与人建立联系产生了兴趣。

在这个过程中，安妮也被改变了。《安妮》系列的小说所表现的都是人物与地点之间神奇的化学反应，让不可能变成了可能。绿山墙农庄坐落在亚芬里的小镇上，在孤儿安妮·雪莉到来之前就已经存在，可直到安妮的爱心点亮它，它才终于成为一个能够改变人物生活和心灵的地方。绿山墙改变了很多人，其中对安妮的影响也很大。如果我们用爱给家以生命，那么我们的家也会变成充满魔力的地方，这就是小说的核心教义，它改变了蒙哥马利笔下的人物，也改变了她的读者。

[9] 引自《绿山墙的安妮》，郭萍萍译，译林出版社，2010年版。

[10] 同上。

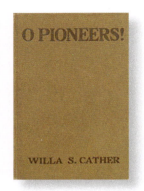

薇拉·凯瑟（1873—1947）小时候在内布拉斯加生活过一段时间，但她23岁时，也就是1896年，搬到了匹茨堡，后来又去了华盛顿特区和纽约，此后她再也没有回过中西部。

《啊，拓荒者！》是凯瑟"大平原三部曲"中的第一部，后面两部分别是《云雀之歌》（1915）和《我的安东尼娅》（1918）。

《啊，拓荒者！》的书名取自沃尔特·惠特曼的一首诗，诗歌赞美了征服美国西部的各类移民者和开拓者。

薇拉·凯瑟《啊，拓荒者！》（1913）

美国内布拉斯加

Willa Cather, *O Pioneers!*, Nebraska, USA

瑞典移民的后裔亚历山德拉·伯格森克服了她的弟弟们造成的困难和灾祸，成功地适应了内布拉斯加的恶劣环境，最终在这个物产丰富的地方过上了优裕的生活。

我们以为自己知道"拓荒者"的含义：开阔的草原和大篷车队浮现在脑海中，欧洲移民凭借"天定命运"，一路向美国西部开拓荒野。然而，这个词实际上源于古法语中的军事用语，第二次世界大战中也一直在使用："拓荒者"是一群建造军营、桥梁、道路、铁路和矿井的工程师。1779年，英国上尉乔治·史密斯在他的军事词典里提到，他们"配备围裙、短柄斧、锯子、铁锹和鹤嘴锄"。这些工具明确了"拓荒者"与军队工程师的关系：他们是一些背井离乡、打造新家的人，他们与坚硬的荒地、无情的天气和身处异乡的孤独感做斗争，在大草原和平原上建成新的家庭和社区。

薇拉·凯瑟10岁时，家里的农场毁于一场大火，她和全家人一起从弗吉尼亚州搬到内布拉斯加州，途中经过广袤无际的土地时她震惊不已。尽管凯瑟成年后大部分时间都生活在东部城市，但开垦大平原北部地区所需的艰苦的体力劳动和坚韧不拔的精神对她的价值观造成了深远的影响。内布拉斯加州南部和大部分高平原地区一样，没有水草丰茂的植被，也没有连绵起伏的丘陵，它的美是朴素而优雅、宏大又振奋人心的。远处的地平线像180度角一样平坦，眼前的草原波浪起伏，中间盘绕的水道两侧树木茂盛。没有猛烈的雷暴或暴风雪侵袭（风暴强度与很多移民的家乡的风暴不相上下）时，天空会染上层层蓝色、金色和粉色。冬日的大雪堆砌成丘，起起伏伏；盛夏的暑热炙烤幅员几英里的草地，扬起闪光的气浪。在这种环境下，动物不需要树林隐藏自己，也不需要大片的水源；草原上的狗、鹌鹑、野牛和郊狼利用自己的皮毛颜色、奔跑速度或者体形大小做出最好的防御。

在这片土地上拓荒的人们必须融入它才能生存。父亲死后，亚历山德拉没有成为一名农民，而是成了一位经验丰富的过程控制经理，经营着她继承下来的、买下来的农场。她的父亲和兄弟不是放弃了传统的做事方法，就是坚持按旧方法做事，可亚历山德拉却重新评估了周围的环境，决定按照土地的条件来生产，而非生搬硬套旧世界的那些方法。几十年耕作下来，这片土地的回馈竟然出乎意料

地慷慨："富饶的土地产出了沉甸甸的收获；干燥宜人的气候和平坦的土地让人和牲畜的劳作都变得更容易。"于是，这片土地的美不再出自它的偏远和陌生，而在于丰盛的收获和经济上的富足。草原上成群的野生动物已经消失了，电话线和牧场围栏将它定义为人类的领地。

《啊，拓荒者！》真正讲述的并不是移民如何驯化这片土地，而是这片土地如何影响或者毁掉那些试图驯化它的人。亚历山德拉的弟弟们不喜欢农场生活，也不懂姐姐对地理环境的理解和预见，而亚历山德拉的原则是要与土地达成和谐统一的关系："自从那片土地在万亿年前从海底浮现出来以来，可能是第一次有人类满怀爱与渴望注视着它。她觉得它是富饶、宏伟、壮丽的，看起来美不胜收。"北美大草原重新定义了自然之美的概念，也定义了那些学着在草原上生存和生活的人。这部小说绝对不是利奥波德[1]式环境保护主义的一场声明，但是，对于荒野的热爱，对荒野的力量与丰产的尊重，能够让拓荒者的铁锹和鹤嘴锄变成艺术家的雕刻刀，成为创造工具，而不是破坏工具。

内布拉斯加红云市的矿工兄弟商店门前小马车的照片，摄于1880年。凯瑟在一次采访中，将她的写作过程描述为"在回忆中重温那些我已经忘却的地方和人"。

[1] 奥尔多·利奥波德是美国著名科学家和环境保护主义者，被称作美国新保护活动的先知和美国新环境理论的创始人。

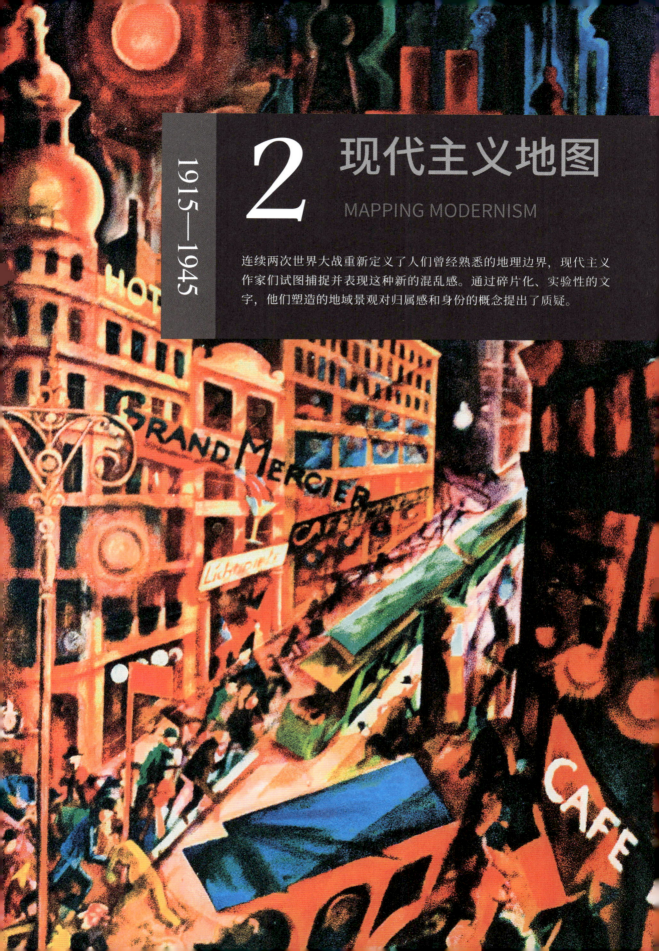

2 现代主义地图

MAPPING MODERNISM

1915—1945

连续两次世界大战重新定义了人们曾经熟悉的地理边界，现代主义作家们试图捕捉并表现这种新的混乱感。通过碎片化、实验性的文字，他们塑造的地域景观对归属感和身份的概念提出了质疑。

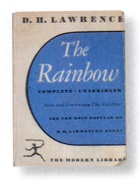

D. H. 劳伦斯《虹》（1915）

英格兰诺丁汉郡

D. H. Lawrence, *The Rainbow*, Nottinghamshire, England

作者通过布兰文一家三代的视角，聚焦维多利亚时代中期到第一次世界大战前10年的这段时间内的英格兰中部地区，生动再现了那里的农村生活。

戴维·赫伯特·劳伦斯，1885年出生在诺丁汉郡，他的父亲是劳动阶级的矿工，母亲属于中产阶级。他将家里的紧张局面写进了作品里，同时让自己的私生活成为各种流言蜚语的目标。

劳伦斯对于人与人的关系、性、自然世界的坦率态度，他自己对大规模工业化和军国主义的反对，是他一直以来受权力当局打击的原因。

他出版了12部小说，其中很多都在他生前成了禁书，《虹》也不例外，一经出版就被划入了禁书之列。

"我知道它会是一部非常美妙的小说，真的。"1914年2月，D. H. 劳伦斯在一封给朋友的信里写道，这正好是《虹》首次出版一年前，"完美的雕像就在大理石块之中，那是它的内核。但问题在于，怎样才能把它干干净净地取出来。"

尽管出于健康原因和失望情绪，劳伦斯成了一位游历成瘾的旅行家，但背景设定在他家乡附近的小说仍是他最著名、最受欢迎的作品，这些作品植根于维多利亚社会，表现英国农村劳动人民的生活。劳伦斯早期的自传体小说都是基于他的个人背景、在他开始踏上自称为"野蛮人的朝圣"的旅途之前写就的。

《虹》是一部史诗作品，讲述的是布兰文家族三代人与坐落在诺丁汉郡和德比郡交界处的家族农场在19世纪40年代至1905年期间的故事。在这期间，几百年不变的乡村地区突然步入工业时代，而且很快将永久地被战争彻底改变，如此背景下，劳伦斯围绕个人如何追求自我实现这个主题进行了一场现实性研究。故事发生地埃里沃什河谷以工业闻名，矿物质丰富的土地深处出产大量煤矿，纺织工厂生产蕾丝花边。不过，劳伦斯的主要关注点是一种近乎伊甸园（也就是人类堕落前）的状态：乡村生活的困难和慰藉，生与死有节奏的无限轮回，人与人紧密联结的农耕社区。几世纪以来，埃里沃什河谷一直保持着它的传统，在这里，即使是最普通的事物也有如神迹。

[1] 引自《虹》，黄雨石译，上海译文出版社，2006年版。

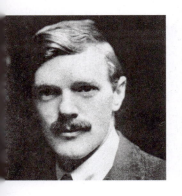

> 他把那分作上下两截的门都推开，然后走进那个地势较高的干燥的谷仓里去，尽管那里并不暖和，却有一股暖烘烘的气味。他把马灯挂在一根钉子上，关上了门。他们现在已经来到另外一个世界。马灯光柔和地照在木板制成的谷仓上，照在粉刷过的墙壁和大堆的干草上，各种农具都投射出巨大的影子，一张梯子直通到高处的阁楼。外面是一阵接一阵的大雨，里面却是在柔和的光线照耀下的谷仓的宁静和安谧。[1]

劳伦斯对自然世界有一种近乎沉迷般的向往，他的文字沉稳有力，注重取悦感官，情节构架极其缜密，他描绘了一个永恒的文学景观，那里季节不断更替，

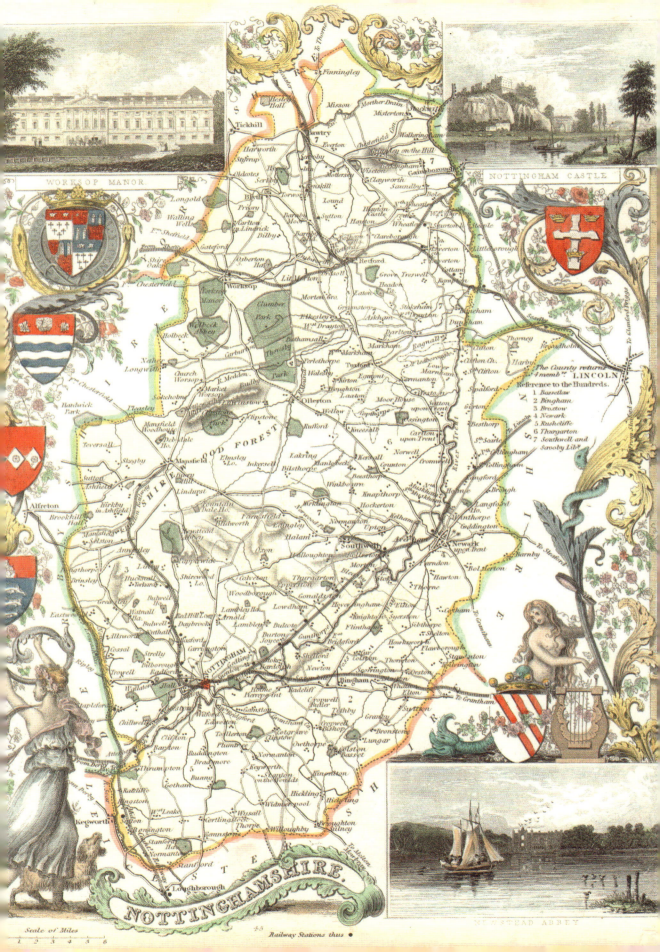

WORKSOP MANOR.

NOTTINGHAM CASTLE

The County returns
4 memb^{rs} LINCOLN
Reference to the Hundreds.
1 Bassetlaw
2 Bingham
3 Broxtow
4 Newark
5 Rushcliffe
6 Thurgarton
7 Southwell and
    Scrooby Lib^{ty}

NOTTINGHAMSHIRE.

NEWSTEAD ABBEY

前页：劳伦斯的出生地伊斯特伍德位于诺丁汉郡的最西边，它是劳伦斯小说中大部分地域设定的灵感来源。在这张1840年的地图上，我们可以看到埃里沃什河畔的小村庄克索尔，那就是布兰文一家的沼泽农庄所处的位置。

人们内心躁动不安，拥有一种坦然的真诚与热忱。在这本书首次出版100多年后的今天，他的写作手法仍然令人耳目一新，意图仍然颇为激进，一如1915年它带给当时读者的感受。

小说从开头就明确了主角一家人的定位及他们的居所的位置，他们一代一代传承着永不断绝的传统，但同时，小说也从一开始就埋下了一颗另类的、充满可能性的种子：

> 布兰文家世世代代都居住在沼泽农庄上。在这片大草原上，洗耳河蜿蜒曲折，懒懒地流过夹岸的赤杨树，形成了德比郡和诺丁汉郡的分界线。大约两英里之外，在一座小山上耸立着教堂的尖塔，这小镇上的房屋似乎也都吃力地向着那座小山爬去。布兰文家的任何人在田野里劳动的时候，只要一抬头就可以看到那伊尔克斯顿的教堂尖塔和它背后清澈的蓝天。所以，当他再次低头向着平坦的地面的时候，他就会知道在远处，在他的那边和上面，还有一样更高的东西站立在那里。[2]

沼泽农庄家族的后裔汤姆·布兰文是小说前三分之一的核心人物，他与一位年轻的波兰寡妇结了婚，她的女儿安娜长大后嫁给了他的侄子威尔，生下了意志坚定、不安于现状的女儿厄苏拉。这一系列事件将每个人相互联结，却也将各自复杂而迥异的想法展现得淋漓尽致。从虚构的女性角色厄苏拉的身上，我们看到了年轻劳伦斯的影子。厄苏拉经历了爱情——与女人的，与男人的，经历了成为教师的地狱般的洗礼，她接受了大学教育，走出了与世隔绝的中部地区，看到了远方世界的希望，一路走来，厄苏拉终于实现了自我解放。

> 一点零碎的极不相干的消息就会在她心里引起十分强烈的反响。当她知道，在那秋天的棕色的小果实中已具体而微地完全包含着九个月之后将在夏季开放的花朵，完全把它们包容起来，让它们在那里等待着第二个夏天，这时她就会有一种胜利感和爱的感情的冲击。"只要世界上还有一棵树，我便不会死去。"有一天她怀着崇敬的心情站在一棵高大的树下边，热情地、毫不怀疑地说。[3]

这部小说具有显著的象征意义：多年以前，厄苏拉的母亲安娜看到过一道彩虹的幻象，"……她看到了希望和前景。她为什么还要继续向前走呢？"那是留给下一代的使命，厄苏拉会带着这种希望前进，她可以"了无牵挂"地去创造只属于她的艺术和生活。

[2] 引自《虹》，黄雨石译，上海译文出版社，2006年版。

[3] 同上。

西格丽德·温塞特《克里斯汀的一生》（1920—1922）

挪威古德布兰德斯峡谷

Sigrid Undset, *Kristin Lavransdatter*, Gudbrand Valley, Norway

这部历史小说三部曲颇具宗教色彩，记录了一位中世纪挪威女性从童年到结婚，从成为母亲到步入老年的人生经历。

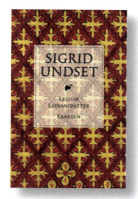

《克里斯汀的一生》背景设定在14世纪的斯堪的纳维亚半岛，这是一个看上去有点魔幻的地方。基督教传到挪威的时间较晚，在女主人公出生前300年左右，通过这部作品，我们仍然可以看到一点点北欧神话的影子。第一部刚开始不久，年幼的克里斯汀从睡梦中醒来，摇摇晃晃地走在绿草如茵的高地上，跟着父亲的马走到了一条山间小溪边。她抬起头望向河对岸，看到一个金色长发的女人，戴着一身闪光的珠宝，克里斯汀认为她是个"矮人少女"，看到那个女人无声地召唤自己过去，她赶紧逃回父亲身边。

然而，这个场景不过是为了转移人们的注意力：神秘的女性幻影暗示了克里斯汀的精神和宗教生活，以及她的人民关于过去的集体记忆，而不是她身边的现实世界。正如书中所述，克里斯汀身处的挪威是一个"危险而美丽的世界"。温塞特创造的复杂的中世纪北欧，是一项壮举，和创造任何科幻长篇作品中的架空世界一样难得。

这部作品虽然只写了一位女性的一生，但它仍然给人一种史诗般的感受。第一部《花环》记录了克里斯汀在一个富裕的农庄家庭里度过的童年，还有她与浪漫迷人的厄莱德·尼库拉森之间的禁忌爱情。在第二部《女主人》中，克里斯汀为厄莱德生育了7个儿子，在经济、政治和精神上接连遭受沉痛的打击。在最后一部《十字架》中，这对夫妇看着儿子们长大成人，同时也开始面对自己的激情、冲动与悔恨。（我再写下去就会透露过多情节，会影响读者阅读时的愉悦感，所以我只能说，这部作品涉及了性、暴力、酗酒、不忠、自然灾害和临终忏悔等诸多情节。温塞特喜欢描写优秀的品德，但是也不会回避披露恶行。）

小说的大部分情节都发生在几座大庄园里，比如乔拉恩加德，克里斯汀度过童年、成年后又归乡经营的山谷宅邸，再比如哈萨比，坐落在山坡上的大庄园，为她丈夫所有。温塞特捕捉到了这些地方日复一日、年复一年维持生计和坚守传统的生活节奏，从夏季的繁盛到漫长的冬季，从宴会到宗教的禁食。她还描写了那个时代的特色建筑和家具：开放的庭院，搭配简单的木结构建筑，开放的壁炉和新娘的阁

西格丽德·温塞特（1882—1949）一生创作了13部小说，几乎所有的主流语言都有这些小说的译本。她因为"对中世纪的北欧生活的有力描述"获得了1928年的诺贝尔文学奖。她还将各种冰岛传奇译成了挪威语。

国际畅销的《克里斯汀的一生》有三部曲，包括《花环》（1920）、《女主人》（1921）和《十字架》（1922）。

企鹅经典系列版本《克里斯汀的一生3：十字架》封面的画作，马修·匹克绘。

楼，长形餐桌的座位中专门为贵客留出来的"主位"。早已习惯了乘坐汽车和飞机的当代读者，看到书中从一个庄园到另一个庄园，或者从家到村镇再到城市的极其费力的交通方式，一定会感到震惊。

　　小说中其他的场景转换，同样令读者觉得震惊，比如从城堡到大教堂，再到乡村教堂。克里斯汀上学的修道院、熙熙攘攘的城镇市集（她在那里第一次邂逅了未来的丈夫），还有破旧的农场——在步入婚姻殿堂之前，他们在那里度过了许多难忘的浪漫时光。在接近生命的终点之前，她前往尼达罗斯，也就是如今的特隆赫姆，开启了一场朝圣之旅。她在特隆赫姆这座港口城市照料患上鼠疫的病人。

　　温塞特经常将女主人公丰富的内心活动与自然世界呼应、比拟，比如，她形容克里斯汀对未婚夫又温柔又尖刻，像"暗藏礁石的闪光的小河"。这部作品描绘出了未经破坏的斯堪的纳维亚半岛自然景观那种澄澈的美，吸引了众多粉丝前往"克里斯汀农场"。这个农场是为拍摄1995年的电影版《克里斯汀的一生》专门建造，当时的场景令人难忘。成百上千的朝圣者还会徒步到古德布兰德斯峡谷，欣赏克里斯汀的大型雕塑。他们都渴望进入克里斯汀的世界，哪怕只有一个下午也好：

在春季最美好的一段时间，克里斯汀回到了家里。拉格河的河水绕着农场和田野奔流不息；晶亮的水流激起白色的浪花，透过赤杨树丛的新叶，闪耀着点点银光。闪烁的光点仿佛有声音一样，和湍急的流水一起唱起了歌；当黄昏降临的时候，那河水的声音也降了下来，好似在闷声吼叫。河流的轰鸣日夜回荡在乔拉恩加德庄园里，克里斯汀几乎感觉到了木墙的震颤。

克里斯汀的内在和外在世界如此真实，以至于我们会忘记她的创造者是一位彻头彻尾的现代女性。温塞特1882年在丹麦出生，还在蹒跚学步的年纪，一家人就带着她搬到了挪威。她父亲是考古学家，在奥斯陆博物馆工作，专门研究铁器时代，他鼓励年幼的女儿在博物馆里把玩各种古老的化石。温塞特11岁时，她的父亲就去世了，一家人也因此陷入了财务困境。温塞特没有读大学，还未成年的她去参加了秘书培训课，16岁就在一家工程公司做秘书工作，赚钱支撑母亲和两个妹妹的生活。

温塞特快30岁的时候爱上了一位画家，三个孩子的父亲。后来，他们还是结了婚，拥有了自己的孩子。一大家子人让温塞特忙得马不停蹄，也让家庭经济紧张起来。身怀第三胎的她和孩子们一起搬到了利勒哈默尔村，他们本来只想暂住一段时间，但婚姻越来越不愉快，最终这对夫妇永久地分开了。温塞特在利勒哈默尔建了一个大院子，里面有几栋木房子和一个大花园，然后住了进去，开始写作。

1924年，42岁的温塞特皈依了天主教。那时她已经是一个公众人物了——《克里斯汀的一生》在国际范围内一举成名——她信仰的改变在她的祖国成了一件丑闻。那时的挪威基本上是一个新教国家，信仰天主教的人会被怀疑是保守主义者或者改革派，温塞特天生是个叛逆的人，她很反感当时的惯常观念和愈演愈烈的女权主义运动，并且她加入了为新信仰辩护的论战。德国侵略挪威时，她逃离了家乡，直到故土解放后才回来，从此以后，她再也没有提笔。

温塞特的生平让我们更加理解了"克里斯汀三部曲"的创作缘由：一个同样精力充沛且虔诚的女人，以及如戏一般的人生。但是，温塞特对克里斯汀丰富的内心景观的刻画如此传神，以至于读者可能会忽略她对女主人公所处的自然环境的描写同样生动可感、令人难忘。

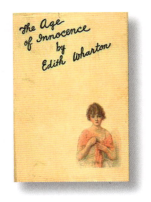

伊迪丝·华顿，婚前原名伊迪丝·纽博尔德·琼斯（1862—1937），以《纯真年代》获得了1921年的普利策文学奖，她是获得这个奖项的首位女性作家。她40多岁开始创作小说，而且非常高产，40年内一共写了40多本书。

《纯真年代》是华顿的第12本小说，最初在1920年的《画报评论》杂志上分4部分连载，同年不久之后，阿普尔顿出版公司以书籍的形式出版发行《纯真年代》，当时收到的评论几乎全是正面的。

华顿还是一名室内设计师，《住宅装潢》（1897）是她出版的第一本书。

伊迪丝·华顿《纯真年代》（1920）

美国纽约州，纽约

Edith Wharton, *The Age of Innocence*, New York City, New York, USA

纽兰·阿彻尔与梅·韦兰的婚约在他遇见了她来自欧洲的表姐埃伦·奥兰斯卡伯爵夫人之后，就被彻底扰乱了。颇具异国风情的伯爵夫人引诱他打破传统的禁锢，反抗他所在社会的权威。

伊迪丝·华顿将19世纪70年代的纽约描述成一个"又小又滑的金字塔"，在那里，传统非常"教条和僵化"，离婚意味着在社会上再无立足之地。《纯真年代》是一个永远不可能拥有美好结局的爱情故事，而镀金时代的枷锁为华顿的这部小说提供了非常合适的社会背景。

埃伦·奥兰斯卡伯爵夫人是欧洲人，刚刚来到纽约，天真的她惊讶于这座城市竟然像"迷宫"一样复杂，她的这个反应暗示这个社会充满了不可言说的规则和令人窒息的繁文缛节。"我还以为它是个直来直去的地方，就像第五大道一样，而且每条横街都有编号！"

故事的主角、与伯爵夫人的表妹订婚的纽兰·阿彻尔回应道："也许东西都是贴了标签的，可人却没有。"

不安分的阿彻尔作为律师，警告伯爵夫人不要与丈夫离婚，但很快他就发现这么做是在给自己设套。他逐渐迷上了她那异域风情的裙裾、她对于社会的质疑精神，还有她在西二十三街的那间"有一种破旧阴暗的魅力的房间"。

伯爵夫人的波希米亚风格装修强调了她对自由的追求，镀金时代压抑闷热的室内空间则代表了其他居民都身处牢笼之中。见到伯爵夫人之后几天，阿彻尔坐在他"摆着上了漆的黑胡桃木书柜的哥特风格图书馆"里，意识到他那位洋娃娃一样的未婚妻梅·韦兰正是"他所属并信仰的社会系统的可怕产物"。

与伯爵夫人相处时间越长，阿彻尔就越惧怕那种逐渐包裹着他的生活的"如同绿霉一般"的得过且过的心态，还有"如同冷巧克力酱一样把纽约用统一的颜色包裹住"的褐色建筑石块。阿彻尔和韦兰计划把新家搬到东三十九街上，他以为未婚妻会想要和她父母一样的婚姻和室内装潢：

> 这个年轻人感到他的命运已成定局，他的余生中，每天晚上都要走过两道铸铁栏杆中间，沿着黄绿色门阶走上去，穿过庞贝风格的门廊，走进墙上贴满漆光黄木板的大厅。

阿彻尔和他所在圈子里的人注定会在一方小天地里生活，那就是从华尔街到麦迪逊广场花园北边几个街区之间的方寸之地。奥兰斯卡伯爵夫人住在阿彻尔家往南五个街区的地方，她选择的街坊四邻让她的名声更糟了；他婚前与母亲和妹妹居住的宅邸则非常体面，即使这里有小规模的反叛，也是在"第五大道的限度"之内的。

走出曼哈顿，书中人物就会遭遇一些更令人不快的现实。在佛罗里达州的度假屋里，韦兰问未婚夫，为什么他那么想把婚礼日期提前，是因为他爱上了别的女人吗？阿彻尔说不是。他们在百老汇大街上的恩典教堂里举行了传统婚礼，之后没多久，他就计划着要和伯爵夫人私奔；但是伯爵夫人突然被叫回欧洲去照顾生病的祖母，这个计划遭遇阻碍，于是，阿彻尔不得不接受他平淡的生活。

华顿创作这部普利策奖获奖小说时，她笔下的纽约早已不复存在；不过，尽管华顿知道纽约社会即将发生变化，她也明白，再快的变化也无法让那时的社会接受阿彻尔和奥兰斯卡伯爵夫人的爱情。

故事的结局发生在巴黎，阿彻尔和他的儿子达拉斯计划去拜访伯爵夫人。阿彻尔坐在她家外面的长椅上，仰望她的窗户："他在一个小小天地里长大成人，被它的条条框框压制和束缚，而如今它还剩下了什么呢？"阿彻尔的妻子死了，他自由了，但他始终无法逃离老纽约那些令人窒息的习俗准则，那是他这辈子所知晓的唯一一世界。

纽兰·阿彻尔（丹尼尔·戴·刘易斯饰）和梅·韦兰（薇诺娜·瑞德饰）站在一家之长明戈特老夫人（米瑞安·玛格莱斯饰）面前，这是1993年马丁·斯科塞斯执导的改编电影中的场景。

下页：1870年的纽约城鸟瞰图，由柯里尔和艾夫斯公司手工上色的平版印刷品。

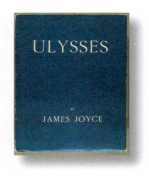

詹姆斯·乔伊斯《尤利西斯》（1922）

爱尔兰都柏林

James Joyce, *Ulysses*, Dublin, Ireland

《尤利西斯》以《荷马史诗》式的结构跟随利奥波德·布鲁姆在一天内穿过了都柏林街道。乔伊斯这部野心勃勃的小说已经成了现代主义文学的典范之作。

詹姆斯·乔伊斯（1882—1941）在都柏林出生长大，他的大部分小说都是以这座城市为背景创作的，尽管他后来逃离了保守的爱尔兰，主要生活在别的城市，包括的里雅斯特、巴黎和苏黎世。

《尤利西斯》由莎士比亚书店在巴黎首次出版。

由于涉及淫秽内容，这部小说曾经在美国和很多其他国家被禁，除了爱尔兰，因为没有一个爱尔兰公民觉得自己能充分理解这部作品，也就无法提出反对意见。

乔伊斯将都柏林形容为"最后几座温馨而私密的城市之一"。经奥斯曼统一改造过的巴黎拥有人类非凡智慧的印记，而都柏林却只是由几个村庄不知怎么东拼西凑在一起形成的。《尤利西斯》的故事也是这样的结构，一堆小故事和奇闻逸事组成了一部冗长又无聊的实验性小说。故事设定在1904年，那时，都柏林城中的每个微型村庄都还留着农村的印记，牛群走在街道上被人赶往城里的码头区准备出口。

现在的爱尔兰首都有20万人口，其中大部分来自乡下，他们热衷于讲故事、聊八卦。"都柏林竟是个这样的城镇！"乔伊斯曾对英格兰画家弗兰克·巴金感叹道，"我在想可能没有任何地方会像它这样。所有人都有时间和朋友打招呼，然后两人开始谈论其他事情。"这和伦敦完全不同，在那里，人们常常对随处可见的走廊有一种恐惧，因为一个人走在里面时，可能会不得不与一个完全不认识的人聊上几句。都柏林城里没有全然的陌生人，只有素未谋面的朋友。《尤利西斯》赞美了中产阶级广告商和波希米亚研究生之间发生邂逅的可能性，作者认为现代城市的主要作用之一就是让人们回归自己内心的孤独。书中的主人公利奥波德·布鲁姆是一个有犹太血统的漫游者，他既是局外人，也是局内人，因此，他对于这座城市的视觉、嗅觉和听觉上的感受比其他任何角色都更细致、深刻。

都柏林曾经是（现在仍然是）一座步行者的城市。1904年6月16日，布鲁姆花了大半天时间在它的街头巷尾闲逛。有些读者可能会想，他是不是"想要通过散步疏解一些心绪"，因为一个令人不安的事实是，我们都知道在他位于埃克尔斯街7号的家里，他的妻子摩莉把一个名叫布莱泽斯·博伊兰的情人带上了床。有人甚至发现，如果把布鲁姆游荡的路线在地图上画出来，会呈现出一个问号的形状，体现了他对于这种背叛的忧虑，他的格言"爱尔兰男人的房子就是他的坟墓"恰好是再恰当不过的总结。

在房屋极度拥挤，治安警察不断地把房客赶出去，死亡率逼近加尔各答贫民窟的情况下，与待在家里相比，很多人更偏爱街道的魅力和神秘感。并不是非得

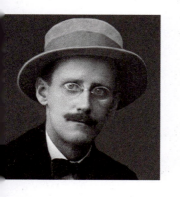

路过蒙马特高地（另一个盛产村镇现代主义的地方）的风车才能体会闲逛的乐趣。乔伊斯相信，人群在城市街道上的自由循环走动是一个社会健康的标志，就像在健硕的人体内部，血液会不受阻碍地循环流动一样。《尤利西斯》的每一章都献给一个身体器官——肺、心脏、肾脏等。数十年来，维多利亚时期那些严肃拘谨的"正经人"一直拒绝认识和接受人体，而乔伊斯不仅希望人们承认它的功用，而且这被视作恢复思想自由的象征。因为，1914—1921年，也就是乔伊斯创作这部文学杰作期间，都柏林正在经历从殖民地到自由城市的转变，从这个层面推断，恢复健康的人体可能还象征着爱尔兰人民重新夺回主权，这一愿景在小说出版的1922年终得实现。

　　书中人物的内心独白，尤其是布鲁姆的那些意识流非常有名。从叙事角度来说，这本小说几乎没有什么情节可言，而人物在城市的大道上漫步的过程却在不断激发各种各样的思考。如果说文艺复兴时期诗歌的五步抑扬格捕捉到了骑手在马背上的运动节奏，那么，在这里思想的节奏与行走的步调达到了完美的协调，就连中途的停顿都是一致的。于是一个悖论出现了：一部以私密沉思和白日梦而闻名的书，大部分场景却设定在公共空间里——街道、海滩、图书馆、教堂、妇产科医院、酒店……而且酒吧是出现频率最高的场景。男人在这些合法合规的场所里试图从侍者准备的酒中获得些许慰藉，他们的女人则待在教堂里，从念诵弥

1904 年都柏林城市地图。在 1904 年 6 月 16 日这一天，利奥波德·布鲁姆沿着都柏林海湾，从一侧溜达到另一侧，途中经过了市中心。由于小说中地理环境与现实相符，在每年的布鲁姆日[1]，人们会沿着主人公穿越城市的路线举行一次文学朝圣。

[1] Bloomsday，每年 6 月 16 日，也就是 1904 年《尤利西斯》中故事发生的日子。

我在这里辨认的是各种事物的标记，鱼的受精卵和海藻，越来越涌近的潮水，那只铁锈色的长统靴。鼻涕青，蓝银，铁锈：带色的记号。透明的限度。[2]

撒和祝福的牧师那里寻求安慰。

乔伊斯成年后离开了他长大的城市，一直过着流放般的生活。一开始，他对这座城市的态度尖酸刻薄：《都柏林人》（1914）的故事讲述了男女老少等各色人物为了逃离这座如同"瘫痪中心"的城市所做的努力。在这里，英国或法国的艺术家可能会写下一个来自乡下的野心勃勃的少年如何得到他的"天启"时刻：他站在高处俯瞰伦敦或巴黎的屋顶，扬扬得意地喊着"我来了"。而在年轻的乔伊斯眼中，自由则是逃离这座爱尔兰都城。在他出版的第一部小说《一个青年艺术家的肖像》（1916）中，主人公宣称他的哲学是"沉默、流亡和狡诈"。但是，到了写《尤利西斯》时，乔伊斯的态度缓和了许多。对其他大城市生活的认知（的里雅斯特、苏黎世和巴黎）令他更能理解他的故乡（他称之为"第七座基督教城市"）的种种好处。

《尤利西斯》赞扬都柏林的友善环境、音乐性和语言的表现力（阴雨天被这里的人形容为"和婴儿的屁股一样难以预测"）。在那漫长的一天里，布鲁姆从墓地走到酒吧，从海滩走到妇产科医院，仿佛在应和乔伊斯对于文学的理念，即文学是肯定生命、违抗死亡的。即使在墓地里，他仍然妙语连珠，表示墓碑上不应当写满多愁善感又虚伪的言辞，而应该简单地列出，埋在底下的那个人做过什么有用的事，比如"爱尔兰炖肉是我的拿手好菜"或"我兜售软木油毡"。在一座市内教堂里，这位理性主义者把不断重复的祷词"为我等祈，为我等祈"改成了他自己的广告"真言"——"请在本店购买，请在本店购买"。不过，尽管他满嘴冷嘲热讽，但在内心深处，他总是会与市民同情共感，比如他对于女性在生孩子时遭受的痛苦感同身受（"要是我的话，准把命送啦"[3]）。尽管被扣上了绿帽子，但他没有被羞辱击垮，主动救助一个喝多了的波希米亚人。他的行为赢得了悔恨不已的妻子对他的尊敬，因为她看到了他的博爱之心。

布鲁姆是史上最丰满的文学角色之一，但最终他之于妻子、读者甚至自己仍然是一个谜。都柏林也是一个谜。这本书就像一座城市，允许读者从很多不同的

[2] 引自《尤利西斯》，萧乾、文洁若译，海天出版社，2017年版。

[3] 同上。

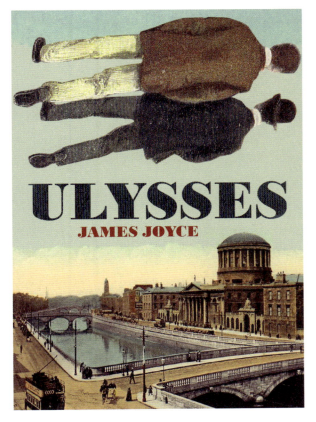

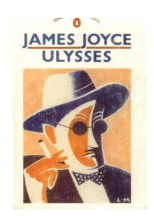
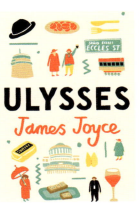
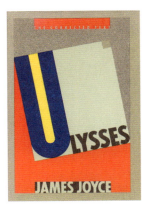

路径走进走出。著名心理学家卡尔·荣格就选择了一条"非官方"的路径——从最后一章开始读起。

与普鲁斯特的巴黎和穆齐尔的维也纳一样,都柏林通过这本书,跻身现代主义城市之列。前现代的贫困与最先进的技术在这里并肩共存,乔伊斯记录下了那个时代全新的交通系统、亮闪闪的有轨电车,还有生活在城市下水道里的底层人民。他还探究了一个矛盾的现象:在西欧最"落后"的地方之一竟诞生出了前卫的实验性艺术。如果都柏林给人民提供高水平的教育,同时经济情况每况愈下,就像19世纪末大英帝国对爱尔兰做的那样,那么就会为艺术和政治革命创造出理想的条件。乔伊斯抛弃的都柏林正是一座物质上贫穷、文化上富足的城市。不过最后,乔伊斯还是对它付出了不求回报的爱。

他说,他想不出比成为一座伟大城市的市长更高尚的职业了。每年的布鲁姆日,当人们穿上爱德华七世时代的戏服重现书中场景时,乔伊斯就成了比市长更伟大的存在,他创造了一座城市,无论是在神话层面,还是在现实意义上。

为了迎合乔伊斯作品文本大胆的现代风格,很多出版商使用了引人注目的封面设计,比如企鹅图书版(上排最右)和加布勒版[4](下排最右)。

[4] 加布勒版本的《尤利西斯》于1984年首次出版,具有里程碑式的意义,此版本使得这部伟大而复杂的小说比以往任何时候都更容易理解和享受。其中还包括著名乔伊斯学者理查德·埃尔曼的前言,加布勒的前言和对文本的注释,以及迈克尔·格罗登的后记。

托马斯·曼（1875—1955）凭借《布登勃洛克一家》（1901）和《魔山》（1924）及其他短篇小说获得了诺贝尔文学奖。

《魔山》是作者对于中篇小说《死于威尼斯》的喜剧性改编。托马斯·曼从1912年开始创作，中间一度因为"一战"中断，直到1924年才完成。到那时，作品长度已经超过了900页。

托马斯·曼引用了日耳曼神话中各种魔法山的传统。歌德的《浮士德》里的主角被墨菲斯托带上布罗肯峰，参加女巫狂欢节；在瓦格纳的歌剧《唐豪瑟》里，维纳斯山是一个充满可怕的诱惑的地方。

[1] 引自《魔山》，钱鸿嘉译，上海译文出版社，2019年版。

托马斯·曼《魔山》（1924）

瑞士阿尔卑斯山

Thomas Mann, *Der Zauberberg*, Alps, Switzerland

第一次世界大战之前10年，一位年轻人去瑞士阿尔卑斯山上的疗养院探望患肺病的表兄，本来只计划3个星期的行程，一待就是7年。

"一位普通的青年从他的家乡汉堡出发，到格劳宾登州的达沃斯高地旅行。"

《魔山》就是这样开始的，托马斯·曼这部长达900页的小说是一部关于生命、爱和死亡的沉思录。故事发生在一个远离尘世的肺病疗养院里，时间背景是"一战"发生之前的几年。这位普普通通的年轻人是低调谦逊的主角，名叫汉斯·卡斯托普，他旅行的目的地是伯格霍夫国际疗养院。汉斯是一名船运工程师，他向公司请了三周假，准备去探望患肺病的表兄约阿希姆。火车载着汉斯在瑞士的阿尔卑斯山脉间奔驰，在峡谷峭壁中穿行，不停地往山上开去，沿途的景色宏伟壮观，阿尔卑斯的山峰变幻无穷，美到无法用语言形容。一想到森林和小鸟都远远地落在他们下方，汉斯就感到头晕目眩。还不等到达目的地，这座山的魔力就已经开始影响他的感官了。他正在进入一个比喻意义上、字面意义上都远超他理解范畴的世界。

> 这位青年人涉世未深，两天的旅程就把他跟过去的世界隔得远远的，所有称为责任、志趣、烦恼、前途等的种种意识，他都置之脑后……在他本人与乡土之间飞旋着的空间，拥有某些我们通常归因于时间的威力。空间的作用同时间一样……会叫人忘却一切，但只有当我们的肉体摆脱了周围环境的影响，回到自由自在、无拘无束的原始境界中时，才有可能这样……有人说，时间像一条忘旧河，但到远方换换空气也好像在忘旧河里喝一口水；尽管它起的作用没有那么厉害，但发作起来更快。[1]

尽管汉斯难以适应伯格霍夫清透的"陌生空气"（他开始神经质地震颤，脸颊永远是红的，他最爱的雪茄有了一种令人不快的皮革口感），但是他发现适应管制严格的休闲环境要容易得多。山上的疗养生活就是在阳台上"卧式"休息，遵循医嘱在精心打理的花园或风景优美的峡谷里散步，欣赏松树、小溪和瀑布，白雪覆盖的山峰，还有脸红心跳的调情。当汉斯自己被诊断出肺上有个"潮湿的小点"，需要在3周之外再多待一阵子的时候，他愉快地遵从了医生的建议。

伯格霍夫国际疗养院的现代化设施与来自世界各地的病人一起，共同构成了一个自给自足的战前中产阶级欧洲的缩影。年轻汉斯的言行举止无可挑剔，他邮购雪茄，简直就是"小资"的代言人。但是，我们别忘了小说的标题和它提示的魔幻元素：这座疗养院是一个密不透风的充满疾病和死亡的世界。它坐落在海平面一英里以上的地方，远离"平原"（疗养院病人对家乡的贬称）上日复一日的世俗纷扰，以至于"日复一日"这个概念本身都已被遗忘。在这里，衡量时间的尺度变大了（最小单位是1个月），时间本身的意义变得难以捉摸。雪是永恒不变的，四季不再有规律地交替。消失的时间感，与世隔绝的空间，细想起来令人不寒而栗的还有汉斯那不知真假的病情，这些因素赋予小说一种魔幻的、神秘离奇的氛围。表面上看起来，故事发生在瑞士的阿尔卑斯山上，但《魔山》是一部出类拔萃的异界小说。（整本书中不停地重复一句不祥的预示："我们在这上面不觉得冷。"）

《魔山》的灵感来自托马斯·曼去瑞士达沃斯的一座疗养院探望妻子的经历。和小说的主人公一样，托马斯·曼被一名医生诊断出了肺病，医生建议他作为病人多待几天。"如果我遵循了他的建议，"几年后，托马斯·曼在小说的后记里写道，"谁知道呢，我可能会一直待在那儿！可我却写了《魔山》。"

《魔山》一经出版就广受好评，销量也不错，如今已是公认的20世纪文学的经典之作。它是一部成长小说、一个寓言，也是一首为即将被世界大战毁掉的生活方式谱写的挽歌。可以说，它是托马斯·曼的不朽杰作。

[2] 引自《魔山》，钱鸿嘉译，上海译文出版社，2019年版。

晚上，一轮圆滚滚的月亮悬在天空，又给大地增添了几分魅力，十分动人。不论远近，都闪耀着水晶般的光泽和金刚石般的银辉，而森林却显得黑白相间。在离月亮较远的天边，暗沉沉的，绣花似的点缀着一颗颗星星。[2]

在去瑞士达沃斯休养期间，恩斯特·路德维格·基尔希纳创作了这幅表现主义画作《达沃斯冬天》（1923）。这幅作品和托马斯·曼的著作一样，展现了冬季山景的魅力和幽闭环境带来的恐惧。

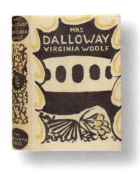

弗吉尼亚·伍尔夫《达洛维夫人》（1925）

英格兰伦敦

Virginia Woolf, *Mrs Dalloway*, London, England

《达洛维夫人》是弗吉尼亚·伍尔夫的第四部小说，讲述6月某一天内发生在伦敦的故事，她在日记里写道："表现生与死，理智与癫狂；我想要批判这个社会体系，并且展示出它的日常运转，它最激烈的时刻。"

作为弗吉尼亚·伍尔夫的第四部小说，"一本持续给一代代的作家和读者带去启发和灵感的书"，《达洛维夫人》被评价为现代主义文学杰作之一，与同时代詹姆斯·乔伊斯所著的《尤利西斯》一样，这本书记述的也是发生在一天之内的故事：伦敦的一个夏日，1923年6月13日，星期三。（伍尔夫的个人特色之一是在书中的关键时刻指出具体时间，这成了本书原名《时时刻刻》的灵感来源。）女主人公克拉丽莎·达洛维是一名政客的妻子，人到中年，住在邦德街，身处上层社会，她正在为当晚即将在家里举办的盛宴做准备。

小说的开始，我们和这位贵族女士的仆人们一起见证了一件不同寻常的事："达洛维夫人说她要自己去买花。"于是她穿过伦敦城的一天开始了。"在人们或轻盈或沉重或艰难的步伐中，在咆哮与喧嚣中，在马车、汽车、大巴、货车的车流中，在身前背后挂着广告牌摇摇晃晃蹒跚而行的人流中，在铜管乐队中，在管风琴中，在欢庆声中，在叮当声中，在头顶上一架飞机发出的奇特而尖厉的呼啸声中，有着她热爱的一切：生活、伦敦，还有6月的这一刻。"[1]作者不仅写出了她看到的景象、听到的声音、对周围环境的印象，还描述了她早期的那些心里的渴望：她与之前的追求者彼得·沃尔什之间未能实现的各种可能，和朋友萨利·赛顿的一个吻。伍尔夫抛弃了一五一十地记叙事件的现实主义手法，采用"意识流"写作技巧，追求更深刻的艺术性。作为意识流文学的扛鼎之作，《达洛维夫人》带着读者走过这座人口密集的城市，它刚刚摆脱第一次世界大战的噩梦，步入了现代，人类的心灵沉入不可知的孤独之中——克拉丽莎、彼得都是如此，还有患弹震症的退伍军人塞普蒂默斯·沃伦·史密斯——他因为社会阶层太低被大学拒之门外，于是自学成才，然后选择入伍，为莎士比亚笔下浪漫化的英格兰战斗，可如今的他无人理睬，生活悲惨，想要自杀。塞普蒂默斯眼中的伦敦如同梦魇，他感觉自己被这座城市吞噬了。在印度生活了5年之后，终于回家的彼得愉快地接受了这座既熟悉又陌生的城市，但是他仍然铭记着战争留下的深重阴影，每年秋天都到纪念碑前参加庄严肃穆的纪念仪式。对于克拉丽莎来说，伦敦是一个安全甚

[1] 引自《达洛维夫人》，姜向明译，陕西师范大学出版社，2014年版。引文略有调整。

……即便是在车来人往中或夜半醒来时，克拉丽莎都会确信人们会感觉到一种特别的宁静与肃穆，一种难以形容的停滞感，在大本钟敲响之前的焦虑感（不过，人们说那也许是因为她的心脏受到了流感的影响）。听哪！钟声隆隆。先是提示音，音色悦耳，再是报时声，势如破竹。沉重的钟声在空中环绕，直至消逝。我们多傻呀，她寻思着，穿过了维多利亚大街。[2]

至神圣的城市。大本钟沉郁的钟声标记了小说各部分的终止，为这一天的时间和生命循环画上句点，我们随之移动到下一个场景。

坐在绿树成荫的摄政公园里，塞普蒂默斯被恐惧和悲伤紧紧攫住，他非常确定"叶子是活的、树是活的……那些叶子经由成千上万条纤维与他的身体连在了一起"，小鸟的歌声是"拉长的、刺耳的希腊语"。伍尔夫笔下的人物对周围环境的印象会循环重复，巧妙地与故事情节交融在一起，同一个场景有不同的讲述视角，会带来不同的感受：克拉丽莎、塞普蒂默斯和他的妻子雷西娅从不同的角度听到了邦德街上同一辆汽车的回火；他们怀着迥异的心态各自走到摄政公园。彼得注意到托特纳姆法院路上有一辆救护车呼啸而过，他欣赏它的效率，但并不知道它正在去救塞普蒂默斯的路上，而此时的效率毫无意义，因为塞普蒂默斯已经自杀成功了。

伍尔夫喜欢步行，她将《达洛维夫人》设定在伦敦中心区，是因为这里令她文思泉涌，同时还代表着她终于摆脱了肯辛顿令人窒息的维多利亚式成长环境，获得了自由。数年之后的1941年，伍尔夫自杀前几个月，她拖着沉重的脚步走过被炸弹摧毁的街道和广场，面对着人生中由第二次世界大战带来的毁灭，感到深深的绝望。

尽管《达洛维夫人》非常关注死亡，可它本质上却是一首生命的赞歌。作为虚构作品，它令人目眩神迷；作为小说，它拥有深切的同理心，散发着仁爱之光：它以伦敦这座城市为核心，走进了人物的头脑与内心。

[2] 引自《达洛维夫人》，姜向明译，陕西师范大学出版社，2014年版。引文略有调整。

后页：培根于1903年（《达洛维夫人》出版20多年以前）绘制的地图，展示了伦敦中心区密密麻麻的街道和房屋。上面标注的是书中人物城市漫步的路线。

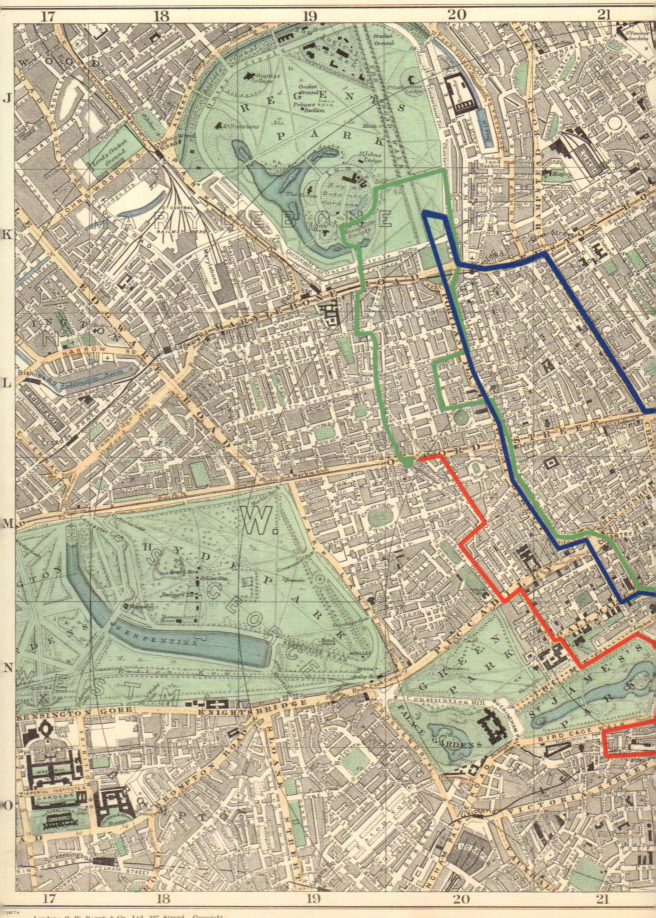

22   23   24   25   26

PENTONVILLE ROAD

HOLBORN

VIADUCT

FLEET STR.   LUDGATE H.

CHEAPSIDE

CORNHILL   LEADENHALL ST.   WHITECHAPEL

THAMES

CHARING CROSS

WATERLOO BRIDGE

BLACKFRIARS BRIDGE

St Pauls

London Bridge

WESTM.   BRIDGE RD.   BOROUGH ROAD

LAMBETH ROAD

Bethlem Lunatic Hospital

NEW KENT ROAD

22   23   24   25   26

Scale
1 Mile

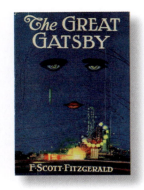

弗朗西斯·司各特·基·菲茨杰拉德（1896—1940）出生在明尼苏达州的一个中产阶级家庭。他在普林斯顿大学读书，但没有毕业，1917年离开学校去参军，在军队里遇见了他未来的妻子泽尔达·塞瑞。

《了不起的盖茨比》是菲茨杰拉德的第三部小说；自1925年出版以来，已经在全世界销售了超过2500万册。这本书刚出版时并不是很受欢迎：最开始销售量比他的前两本书的一半还少。

《了不起的盖茨比》的最后一句话镌刻在了菲茨杰拉德的墓碑上。

[1] Teutonic，据古代文献中记载，公元前2世纪活跃在欧洲的日耳曼部族，此处指德国人。

F. 司各特·菲茨杰拉德《了不起的盖茨比》（1925）

美国纽约和长岛

F. Scott Fitzgerald, *The Great Gatsby*, New York City and Long Island, USA

在爵士时代的纽约，一个拥有超多神秘财富的年轻人杰伊·盖茨比试图重新赢得黛西·菲·布坎南的芳心，因为这位已婚的姑娘代表着他年少时失落的爱。

　　菲茨杰拉德的《了不起的盖茨比》常被誉为"了不起的美国小说"，"地方"是这部杰作的关键词，在不足200页的文本中出现了25次。"地方"这个词整合了三个概念：地理位置、建筑住所以及社会地位。每个地点的名称中都包含了这三层含义。人们可能会注意到叙述者尼克·卡拉维令人讶异的沉默寡言，在这个关于"西部人"在"东部"的故事临近结束时，他承认道："我是那个（中西部文化）的一部分，有一点儿严肃，如同那里漫长的冬季，有一点儿自满，因为我在城里的卡拉维宅邸长大，那里的住宅数十年来仍然以家族姓氏冠名。"他没说城市的名字，但是它和菲茨杰拉德的家乡明尼苏达州的圣保罗有明显的相似性。

　　菲茨杰拉德在东部的普林斯顿读大学，尼克在东部的纽黑文读书，而菲茨杰拉德有时候会将耶鲁称为"纽黑文"。后来尼克去了"欧洲"，他在描述这趟往东边走的短途旅行时，语气冷若冰霜："我参加了那场拖延了很久的条顿蛮族[1]大迁徙，人称世界大战。我非常享受那些精彩的反突袭战，以至于回来之后心绪不宁。"尽管尼克坚持"我是我这辈子认识的少数几个诚实的人之一"，但他也隐瞒了很多事实。他在纽约工作，在西卵租了一个小房子，那是长岛北岸的一个半岛，形状像一条鱼，从曼哈顿向东伸入大西洋，很多新贵都选择住在那片区域。

　　"海湾对面就是东卵那些时髦漂亮的白色房子，有一天，我开车到那边和汤姆·布坎南夫妇共进晚餐，于是这个夏天的故事真正开始了。"汤姆是个身材健硕的种族主义者，含着芝加哥地区的金汤匙出生，尼克在耶鲁（在长岛海峡的另一侧）时就认识他，他娶了尼克的表亲黛西·菲·布坎南，黛西来自路易斯维尔，她家拥有全城"最大的草坪"。在长岛，尽管黛西承认尼克基本上属于她的社交圈，还鼓励他和她自幼的好朋友、知名高尔夫球运动员乔丹·贝克开始一段风流韵事，但是黛西不喜欢尼克的住所：

　　　　她十分厌恶西卵，这个由百老汇强加在一个长岛渔村上的没有先例的"胜地"——厌恶它那不安于陈旧的委婉辞令的粗犷活力，厌恶那种驱使它的

居民沿着一条捷径从零跑到零的过分突兀的命运。她正是在这种她所不了解的单纯之中看到了什么可怕的东西。[2]

对尼克来说，那种"单纯"可能是指盖茨比这种新贵拥有的无尽财富，他的钱足够重新整修一座豪宅，每周都举办奢华的派对，相比之下，旁边尼克租的房子简直不值一提。尽管盖茨比买下这座豪宅是为了能够看到海湾对面东卵的黛西家和她家码头尽头的"绿灯"，但是盖茨比是在尼克的房子里才终于与黛西重逢。他们有过一段短暂的恋情，那时他是驻扎在路易斯维尔附近的年轻军官，后来他随军出征，她成了他苦苦追求的"圣杯"。然而黛西却耐不住等待，和汤姆结了婚。确实，盖茨比当时身无分文，她可能永远不会嫁给他。但是，即使现在盖茨比的财富堆积如山，也仍然是一个永远没有"地方"可归去的局外人。

随便说盖茨比出身于路易斯安那州的沼泽地区也好，出身于纽约东城南区也好，我都可以不以为意地接受。那是可以理解的。但是年纪轻的人不可能——至少我这个孤陋寡闻的乡下人认为他们不可能——不知从什么地方悄悄地出现，在长岛海湾买下一座宫殿式的别墅……实际上长岛西卵的杰伊·盖茨比来自他对自己的柏拉图式的理念。[3]

1933年装饰艺术风格的长岛地图。菲茨杰拉德小说中的西卵和东卵的地理原型是大颈和金沙角，坐落在长岛的东北岸。

[2] 引自《了不起的盖茨比》，巫宁坤等译，上海译文出版社，2002年版。

[3] 同上。

现代主义地图　87

尽管小说中经常出现各种地点的名称，但是叙述者讲述的故事主要发生在三个地方：纽约（时髦的曼哈顿）、长岛（仅指拿骚和萨福克两个县，前者包括离纽约更近的西卵和东卵）和皇后区阿斯托里亚街区的一个地方。皇后是长岛最西端的两个县之一，也是纽约的一个区。"西卵和纽约之间大约一半路程的地方，汽车路匆匆忙忙地和铁路汇合，它在铁路旁边跑上四分之一英里，为的是要躲开一片荒凉的地方。这是一个灰烬的山谷——"[4]，一片满是煤灰、贫瘠的劳动阶级荒地，上面立着一块广告牌，牌子上还画着眼科医生 T. J. 埃克尔堡的广告，埃克尔堡医生那双硕大的眼睛或许洞察一切，或许什么都看不见。与《圣经》诗篇第23篇中"死亡的幽谷"[5]不同，在灰烬山谷里，人们应当对邪恶心怀畏惧，因为这里可能除了金钱之外，没有任何东西能保护任何人。

　　从一个地方到另一个地方的移动过程与地方本身一样重要。盖茨比派他的加长轿车到纽约去接有钱的宾客来参加派对，派旅行车到火车站去接不那么富裕的客人。路上有许多计程车和灵车。那场让我们理解了盖茨比梦想的致命车祸，就发生在灰烬山谷里一条从纽约到长岛的公路上。小说的叙事景观中充斥着汽车（88次）和其他表示交通工具或运输方式的词语（202次）。

　　那是多么富有启发性的景观啊！"从皇后区大桥看去，这座城市永远如你初见它那般引人入胜，充满了世界上所有的神秘和瑰丽"，尼克最终发现这个诺言没有实现。他注意到西卵和东卵"并不是正椭圆形——而是像哥伦布故事里的鸡蛋一样，在碰过的那头都是压碎了的"[6]。如今长岛的大颈区域，尤其是其中最富裕的金斯波因特区，在社会阶层上仍然和西卵很像，不过他们的住宅面积要小一些，曼哈西特海湾对面的马诺黑文区的房产要大得多，让人想起东卵。发现这片富饶新大陆的哥伦布为了证实他对发现之旅的贡献，把鸡蛋"敲碎"了，而对于财富的追求几乎"敲碎"了《了不起的盖茨比》中所有人物的生活。

　　经历了夏天的惨剧和失败，灰头土脸的"尼克·车拉走"[7]再次回到西部，他想象着第一个荷兰水手看到的"新世界的一片清新翠绿的胸膛"，人们永远在追寻那个世界，就像盖茨比追求黛西和她家码头上的绿灯一样，追寻着却从未得到。"于是，"在这本书的最后一句中，尼克写道，"我们继续奋力向前，逆水行舟，却被不断地向后推去，推回了过往。"[8]

[4]　引自《了不起的盖茨比》，巫宁坤等译，上海译文出版社，2002年版。

[5]　《〈圣经〉当代译本修订版》（CCB）。

[6]　同[4]。

[7]　尼克的姓"卡拉维"的英文是 Carraway，此处作者将它改成了谐音 Car-away"车拉走"，再次提到了交通工具将尼克送离长岛。

[8]　同[4]。

A. A. 米尔恩《小熊维尼》（1926）

英格兰东萨塞克斯，阿什当森林

A. A. Milne, *Winnie-the-Pooh*, Ashdown Forest, East Sussex, England

这本广受喜爱的书讲述的是发生在百亩林里的冒险故事，主人公是 A. A. 米尔恩的儿子克里斯托弗·罗宾和他拟人化的玩具们：小熊维尼、小猪皮杰和驴子屹耳。

当你翻开那本破旧的《小熊维尼》，你会发现故事的开头印了一幅地图。那是我们中很多人长大的地方，地图上的每个地点都会让我们想起一个难以忘记的故事：《维尼受困记》《寻找"北极"》《抓住一只大臭鼠》《兔子之家》和《蜜蜂树》。当然，这个地方叫作"百亩林"，The Hundred Acre Wood。

不对，正确的拼写应该是：The 100 Aker Wood。

书中的角色都是米尔恩家里的真玩具，它们活了过来，生活的世界也是米尔恩家的真房子，在东萨塞克斯的阿什当森林里。这家人的周末度假屋就在科奇福德农场，位于森林的北部边缘——"真正的"克里斯托弗·罗宾就在这里玩他"真正的"玩具，米尔恩最著名的书大部分也在这里写就。维尼形象的创作者，插画家 E. H. 谢培德基于当地的风景（包括那些熟悉的石楠和松树）为这些故事创造了一个视觉世界。克里斯托弗·罗宾写道，真实的森林和书中的森林"是一模一样的"。其中的一条步道上立着纪念牌，对米尔恩和谢培德都表达了敬意。

如果现在去阿什当森林的话，你还会发现，停车场旁边的一条小溪上重修了一座小桥，正好可以在上面玩"维尼扔木棍"的游戏。"真"克里斯托弗·罗宾确实经常在这个地点玩这个游戏，不过他记不起来是谁先开始玩的：是他玩了这个游戏，然后和他的森林冒险一起被写进了故事里，还是他看了故事才开始玩这个游戏？数年之后，小熊和朋友的世界仍在影响着罗宾在科奇福德农场的生活。（当园丁妻子的脚被他新挖的"长鼻怪陷阱"卡住的时候，他就遇到了大麻烦。）

书中对地形某些特点的描绘在多大程度上与现实森林中的细节一致，仍然没有定论。老采石场真的是袋鼠小豆的沙岩洞吗？长鼻怪陷阱附近的6棵松树后来怎么样了？百亩林中的哪棵树是猫头鹰的家？如果你要去远征"北极"应该往哪个方向走？一本当地徒步指南上说，"北极"在雷恩的沃伦山谷附近，"屹耳的忧郁之家"也在那里。（唉，如果真有人想去找这么个阴郁地方的话。反正我对这种说法表示严重怀疑。）

不过如今"五百亩林"仍然存在（作者为了方便在书里减到了100亩）；林子

艾伦·亚历山大·米尔恩（1882—1956）是一位小有成就的幽默作家和剧作家，《小熊维尼》（1926）出版后成了现象级的畅销书，出版初年在英国销售3.5万册，在美国的销量更是超过15万册。

小熊维尼的原型玩具保存在纽约公共图书馆。他的全名"维尼噗噗熊"来自伦敦动物园里一只北美小黑熊的名字"维尼"，以及米尔恩度假时遇到的一只天鹅的名字"噗噗"。

百亩林的地图，由 E. H. 谢培德绘制。他的插画作品与小熊维尼故事的成功密不可分，米尔恩甚至将一部分稿酬给了谢培德。

太阳公公还没起床呢，但百亩林的天际已经出现了一丝光亮，仿佛太阳公公正在醒来，不久之后就会把笼罩在森林上空的黑暗赶走似的。在这半亮的天光中，松树显得冷落孤独，那个深坑看起来比实际深多了……[1]

里有一丛丛的树，和地图上画的一样；当然还有长满松树的山顶"吉尔的膝头"，在书中是"加隆的膝头"，它位于森林的最上面，是魔法之地。山顶有60多棵树，围成了一个圈，"克里斯托弗·罗宾知道它有魔法，因为从来没有人能数得清它们究竟是63棵还是64棵，即使他们每数完一棵就在树上系一根绳子也无济于事"。

　　《魔法地》是克里斯托弗·罗宾·米尔恩[2]给他在阿什当森林的童年回忆录起的书名。《维尼角的小屋》第十章中催人泪下的结局就是在那里发生的："克里斯托弗·罗宾和小熊维尼来到了一个魔法地，我们就不打扰他们啦。"就这样，一个小男孩与一只小熊的故事画上了句号。"无论他们去哪里，无论路上会发生什么，在森林最上面的那个魔法地，小男孩和他的小熊会永远在一起玩耍。"如今，人们纷纷前往阿什当森林，希望能够在那里找到他们。

米尔恩的儿子、真实的克里斯托弗·罗宾在1928年与他的小熊的合影。

对页：小熊维尼、小猪皮杰和克里斯托弗·罗宾站在保辛福德桥上。这座桥横跨梅德韦河的一条支流，2005年人们按照书中插图的样子重修了它，这样这套书的粉丝就可以继续在桥上玩"维尼扔木棍"了。

[1] 引自《小熊维尼》，穆紫衣译，北方妇女儿童出版社，2011年版。

[2] Christopher Robin Milne，米尔恩的儿子，克里斯托弗·罗宾的原型的全名。

阿尔贝托·莫拉维亚（1907—1990）于1925年开始创作《冷漠的人》，那时他还不到17岁，他自小患有骨结核病，刚恢复健康、离开意大利阿尔卑斯山区的疗养院回到家里。

小说对墨索里尼时期罗马的各种自满情绪和两面派行为的刻画，激怒了法西斯当局；"领袖"的兄弟指责莫拉维亚是"人类一切价值观的破坏者"。

《冷漠的人》是法国存在主义小说的先行者。据说，莫拉维亚于1946年访问法国时，《新法兰西评论》的编辑让·波朗曾问他是不是来看望两个"儿子"——萨特和加缪的。

阿尔贝托·莫拉维亚《冷漠的人》（1929）

意大利罗马

Alberto Moravia, *Gli indifferenti*, Rome, Italy

莫拉维亚的第一部小说，发表于法西斯主义最猖獗的时期，引起了巨大的反响（赞誉和愤怒都有）。小说刻画了一个玩世不恭的中上层资产阶级家庭对待政治的冷漠与厌倦。

阿尔贝托·莫拉维亚是20世纪意大利文学界划时代的人物之一。他一生中大部分时间都居住在罗马台伯河岸边的一间公寓里。20世纪60年代至70年代，莫拉维亚就各式各样的主题都写下了他的观点，其中一个文学主题在他的作品中不断重复、贯穿始终，即厌倦。《冷漠的人》严厉批判了一种普遍的厌烦情绪，它像疾病一样腐化着罗马城富足的社会。小说对性冷嘲热讽、无情而直接的态度，让莫拉维亚在一夜之间成了一位"令人不安的作家"。他传达的信息很明确：罗马的资产阶级社会岌岌可危，就像一个肮脏的椅套，需要彻底清洗一番。

《冷漠的人》以毫无感情色彩的行文无情地抨击了罗马的资产阶级，而莫拉维亚本人正出身于这个社会阶层。令人厌恶的反传统主人公米凯莱是书中一长串莫拉维亚式中产阶级男性角色中第一个被塑造出来的，他是个集冷漠、怯懦和倦怠于一身的人，嗜酒的父亲很早之前就死了，可悲的母亲玛丽阿格拉齐娅紧紧抓住她的爱人莱奥·梅卢迈奇，而莱奥是一个性爱狂魔，正打着米凯莱妹妹卡尔拉的主意。卡尔拉准备顺从地把自己献给莱奥，因为性是卡尔拉唯一可用的社交形式，或者说，性能够让她暂时脱离"令人厌恶的琐碎日常"——这是莫拉维亚作品的重要主题。夫妻之间的爱或忠诚在《冷漠的人》中是不存在的。卡尔拉和哥哥米凯莱在罗马长大，没有体验过"父母之爱。没有信仰，没有道德准则"。书中第五个人物是莱奥从前的情人丽莎，她一直想让米凯莱成为她的情人，但是他对她的虚荣和穷追不舍既厌烦又恶心。

尽管这部小说中从未提到"罗马"一词，但是故事明显发生在意大利的首都，这一点几乎从每一页上都能看出来：作为一代又一代罗马人中的一员，莫拉维亚对这里的街道、教堂和广场如数家珍。随着意大利法西斯主义日渐滋长，这座城市"无用的美"和住在城里百无聊赖的资产阶级引起了贝尼托·墨索里尼对于帝国过去荣光的无限遐想和"古罗马崇拜"，连与法西斯主义相关的各种物品上都有石鹰或者喂养孩子的母狼图案。1919年，作为一个不知名的政治煽动者，墨索里尼在米兰召集了一群杂七杂八的黑衫军，发起了一场政治运动，两年后，国家法

西斯党正式成立。到了1929年，《冷漠的人》出版时，罗马成为法西斯总部已经有7年之久，书中人物生活在"圣恺撒"墨索里尼的政治阴影笼罩之下，而墨索里尼在阳台上慷慨激昂的演说和自吹自擂的风流成性已然尽人皆知。

在第七章，莱奥乘坐出租车准备回家，他的公寓位于波爱修斯街83号，离梵蒂冈城不远，那片区域有些房子是莫拉维亚的建筑师父亲建造的。《冷漠的人》发生在社会变革和建筑风格转型时期的罗马，对金钱和"好生活"的迷恋在整个国家不断蔓延，将罗马卷入了战争的旋涡。莫拉维亚在斯甘巴蒂街和多尼采蒂街上的资产阶级大宅邸里长大，那时，这两条街位于罗马城的外围，如今它们已经在市中心了。罗马城从1925年开始向外扩张，墨索里尼宣称中心城区必须"显得强大有序，和当初奥古斯都大帝时期一样"。相应地，为了建造装饰着仿罗马徽章的"墨索里尼式现代建筑"，圣彼得大教堂周围的中世纪房屋和小巷、竞技场和古罗马广场都被拆毁了。

在城市拥挤的人行道上，莫拉维亚笔下那些染上存在主义倦怠症的人物如同灌了铅一般，无事可做，郁郁寡欢。"无可作为"是《冷漠的人》贯穿始终的主题，就像龙虾背上的一条黑线。没有任何情绪——哪怕是一点点愠怒、愤慨或仇恨——能够撼动书中不幸的人物。小说深刻地剖析了法西斯时代罗马富裕阶层神经质的空虚感，这种空虚感在意大利人对待性与婚姻的态度方面造成了一定的影响。

从维托里亚诺纪念堂眺望而见的现代罗马城。这里的景色和20世纪20年代末，也就是莫拉维亚写这部小说的时候差不多。因为"永恒之城"罗马的独特之处在于它对人类命运漠不关心，几个世纪以来，它那种腐朽颓败的美从未改变。

阿尔弗雷德·德布林《柏林，亚历山大广场》（1929）

德国柏林

Alfred Döblin, *Berlin Alexanderplatz*, Berlin, Germany

这本书讲述了终于刑满释放、生活艰难的弗兰茨·毕勃科普夫试图走上正道却失败的故事，以蒙太奇的手法编织了一幅20世纪20年代的柏林生活全景图。

阿尔弗雷德·德布林（1878—1957）生于德国斯德丁（现属于波兰）的一个犹太家庭，10岁移居柏林，在那里生活了45年，后来纳粹势力崛起，他被迫开始了流亡生活，先去法国避难，然后逃到美国，战争结束后才回到欧洲。

亚历山大广场位于东柏林的米特区，如今这片区域已经和20世纪20年代的时候完全不同了。1945年的柏林战争将这里几乎夷为平地，20世纪60年代期间，德意志民主共和国对其进行了改头换面的重建。

1980年，赖纳·维尔纳·法斯宾德将这部作品改编成了一部开创性的电视系列剧，该片长达15个小时。

《柏林，亚历山大广场》是阿尔弗雷德·德布林最著名、最受好评，商业上也最成功的作品。这部关于城市生活的现代主义小说涉猎广泛，背景设定在魏玛共和国鼎盛时期的德国首都。在1933年纳粹党掌权，将它标为禁书之前，这部小说已经销售了约5万册。德布林不仅是多产的小说家和散文家，而且是一位自1911年起就在柏林执业的精神病医生。专业经验的积累让他对社会环境形成了一些深刻的理解，并在《柏林，亚历山大广场》中将经验与文学实验结合了起来。

《柏林，亚历山大广场》是现代主义城市小说的典型范例，人们经常把它与乔伊斯的《尤利西斯》（1922）和多斯·帕索斯的《曼哈顿中转站》（1925）进行比较。和它们一样，这部小说也无法用显而易见的"故事情节"来总结，不过毫无疑问的是，它确实讲述了一个关于人性弱点和野心受挫的故事，十分引人入胜。该书背景设定在1928年，地点在东柏林工人阶级聚集区的亚历山大广场附近，无可救药的主人公弗兰茨·毕勃科普夫刚刚获释出狱。他通过种种方法试图走上正道，做了一份又一份工作，经营了一段又一段人际关系，但是都悲惨地失败了。他在一次搞砸的入室盗窃案中失去了手臂，他的女朋友同时也是妓女的米泽被他的仇家——反社会人格的赖因霍尔德杀害了，由于强烈的负罪感和自我憎恨，弗兰茨经历了一场彻底的精神崩溃，在小说结尾，他似乎找到了穿过生活的黑暗、走向光明的途径。

与很多其他关于柏林的小说相似，这部作品忠实地再现了当地人在日常对话和心理活动中使用的柏林方言，但小说中的地点不仅仅是原景重现那么简单。无论是从背景还是从象征意义上来讲，亚历山大广场都如同整个故事的心脏。全知又爱打趣的叙述者事无巨细地描写了这片区域的地理特征。几乎在每个节点，读者都会明确地知道事情发生的地点和时间，可以轻而易举地在柏林地图上追踪书中人物走过的所有交叉互联的道路和路口——亚历山大广场、罗森塔尔大街、艾尔萨斯大街、明茨大街，哪怕是用21世纪的地图也没有问题。当地的一些机构也

热闹的人行道出现了，海洋大街，人们上车下车。他的心里有个声音在惊恐地叫喊：注意，注意……外面万物涌动，可——里面——一片虚空！它——没有——生命活力！一张张欢乐的面孔，一阵阵纵声长笑，人们三三两两地在阿辛格尔对面马路的安全岛上等候，抽烟，翻看报纸。那景象就像伫立的路灯一样——而且——变得更加僵硬。它们和房屋连成一体，全是白色，全是木头。[1]

是辅助性的地标，尽管其中很多早已不复存在了，但是一个世纪以来，柏林遭受的损失比大部分欧洲国家的首都严重。我们可以在书中读到亚历山大广场和罗森塔尔大街上曾经非常有名的阿辛格尔连锁餐厅，还有罗森塔尔大街上的蒂茨百货商店、罗森塔尔广场上的法比施裁缝店、哈森海德公园边上的"新世界"歌厅兼餐馆。我们还能看到具体的公交车和电车线路，比如弗兰茨从特格尔监狱乘坐的41号电车。小说中为了建设新地铁站掀开街道地面的情景，似乎暗示了作品本身的性质：将现代城市的外壳逐层揭开，露出它那混乱不堪的共时性。

德布林采用了一种"鉴赏家"的叙述手法，抛弃线性的、现实主义的叙事方式，而选择了蒙太奇手法和共时性的碎片化叙事。与弗兰茨的故事并行的是一堆令人眼晕的数据、语录、奇闻逸事，还有如同电影镜头一样扫过繁忙城市街道的描述：我们瞥见了途中遇到的那些柏林人的私生活；浏览了商店橱窗和广告海报；我们听见了流行歌曲；了解了柏林屠宰场的数据、柏林的法律法规、科学和医药；我们读到了天气预报，看到了各种本地新闻、国内和国际新闻的片段。其中一些元素仿佛是在拐弯抹角地品评弗兰茨·毕勃科普夫的苦难，或许还有一点社会评论的暗示，尽管这部小说整体来说与政治无关。另外，德布林明显想要通过这些元素再现城市生活对于人的心理冲击。在这方面，未来主义、表现主义和格奥尔格·齐美尔[2]对于德布林早期的关键影响在作品中有非常显著的体现。

[1] 引自《柏林，亚历山大广场》，罗炜译，上海译文出版社，2018年版。

[2] Georg Simmel，德国社会学家、哲学家。

前页：《街景》，由乔治·格罗兹于1923年所作，表现魏玛共和国时期柏林的不平等和堕落。

伊萨克·巴别尔《敖德萨故事》(1931)

乌克兰敖德萨

Issac Babel, *Odesskiye Rasskazy*, Odessa, Ukraine

小说讲述了1917年俄国十月革命发生之前，在繁忙的港口城市敖德萨的犹太社区发生的令人难忘的地下犯罪故事。

伊萨克·巴别尔于1894年出生在敖德萨。1915年在圣彼得堡期间，他开始创作短篇小说，还在那里遇见了当时最著名的作家马克西姆·高尔基，两人成了好友。伊萨克·巴别尔于1940年在莫斯科的监狱里被施以枪决。

他的这些故事最初发表在杂志上（1923—1924），1931年被收录在《敖德萨故事》中。2002年，《伊萨克·巴别尔全集》首次翻译成英文出版。由鲍里斯·德拉柳克翻译、普希金出版社出版的《敖德萨故事》(2016) 是第一部译成英文、独立出版的巴别尔故事集。

　　黑海海滨的商业港口敖德萨，在历史上是一个多种族的独特的犹太城市。伊萨克·巴别尔是这座城市最有名的记录者，从苟延残喘的沙皇俄国一直到1917年的俄国革命，他记录下了这段时间里生活在无政府状态下的莫尔达万卡区（他的出生地）那些诈骗犯、妓女、乞丐和煽动者的硬派传奇故事。这部作品是俄罗斯现代文学中的伟大杰作。

　　　柳布卡·什奈魏斯的宅院位于莫尔达万卡区达利尼茨街和巴尔科夫斯卡街的拐角。在她的宅院内，开设有地下室和酒馆、客店、燕麦店与一个养有一百对克留科夫鸽和尼古拉耶夫鸽的鸽窝。院内这三家店铺和敖德萨采石场第四十六号地段属于绰号叫哥萨克小娘子的柳布卡·什奈魏斯，仅鸽窝归守门人叶夫泽利所有。叶夫泽利是个退伍士兵，获得过奖章。每逢礼拜天，叶夫泽利便去猎人广场把鸽子卖给市区来的官吏和附近的孩子。[1]

"哥萨克小娘子"这一章节中的第一段富有张力，是敖德萨港口的生动快照，表现了从沙皇俄国没落到俄国革命期间经济的繁荣、衰落和跳崖式的崩溃及直接后果。这一章讲述的是，一个女人忙于地下交易而忽略了自己刚生下的孩子，其间出现的人物众多、事故不断、充满暴力和闹剧的幽默，还有不经意间描写出来的美丽意象。这种狂野的创造力是《敖德萨故事》所有故事的典型特征。这些故事最初发表在1923年至1924年的杂志上，1931年首次结集成册独立出版。作者伊萨克·巴别尔是敖德萨最著名的文学呈现者，当然也是极其热爱这座城市，能够坦诚面对现实的历史记录者。巴别尔的故事简练、节奏快，满是污秽却又激动人心，它们组成了一本城市指南，条分缕析地勾勒出一张消失城市的地图、一个消逝的时代，深刻地呈现了一个民族的群像。作者的人物刻画大胆，言辞辛辣（黑海东北部海滨地区的俄语显著受到了依地语单词和语法的影响，连珠炮式的语言中的那种现代性，无论是哪种翻译都能传递给读者），这一切都让我们仿佛身临其境。贫困的莫尔达万卡区与伦敦的白教堂、纽约的下东区差不多，1894年夏天，

[1] 引自《敖德萨故事》，戴骢译，王天兵编，人民文学出版社，2007年版。

巴别尔就出生在这里，他的父亲是犹太人，拥有一间仓库。

敖德萨始建于1794年，到了19世纪已经发展成俄国的第三大城市，是不可小觑的海军基地和港口，遍地都是机遇。莫尔达万卡区是一个工厂区，曾经也是城市里正统派犹太教徒的主要活动中心，住满了在厂里劳动的工人（至今这里仍是工业区，只不过住宅已经修成高层公寓）。1791年至1917年，沙皇政府允许欧洲中部和东部的正统派犹太教徒留在栅栏区，并对他们施以各种限制。许多犹太人想要发家致富，于是他们从乡下的犹太村镇纷纷涌向这座处于栅栏区的大城市，此后敖德萨的人口迅速膨胀。尽管他们有所谓的"保护"，但是大屠杀仍然频繁发生；在巴别尔的《我的鸽子窝的历史》，一篇令人震惊的半自传性质小说中，一个小男孩拿着攒了很久的钱，想去市场买一对红色的鸽子，却不知不觉地卷入了一场反犹暴行。

莫尔达万卡是敖德萨城黑暗的腹地，被一群无法无天的黑帮掌控，只要你熟悉弗朗西斯·福特·科波拉导演的"教父"系列、达什埃尔·汉麦特或雷蒙德·钱德勒的小说，或者20世纪60年代伦敦的克雷兄弟，大概就会了解他们是怎样的人了。巴别尔一直为本地的黑帮传说着迷。在乌克兰某地住了几年后，他和家人在1906年回到了敖德萨。年轻的伊萨克在贫民窟外面的世界长大，作家巴别尔却被莫尔达万卡区丰富的社会多样性吸引，为它创作了一些精致的虚构作品（"我是个爱讲谎话的孩子"——在他的《童年》中有一个故事是这样开篇的，对于一名作家来说，这真是个可怕的攻击）。臭名昭著的犯罪团伙的头目、人称"国王别尼亚"的别尼亚·克里克，是贯穿所有故事的核心人物，他"和闪电一样快的发迹和可怕的收场"（被布尔什维克杀死了）尤其引人入胜，以至于1926年时，有一部默片专门讲述了他的故事。

巴别尔的下场也很悲惨，他因无中生有的间谍罪被逮捕，枪决于1940年1月在莫斯科的卢比扬卡监狱。不过，巴别尔的文学遗产并未随着他的离世一起消逝，它弥漫在具有浓郁敖德萨气味的海风之中。敖德萨是他笔下那些尖锐的、混乱的故事的名称和主角，他在1916年为这些故事写下了这样一句话："期待了那么久而始终未能盼到的文学弥赛亚（意为救世主）将从那边——从被大海环绕的阳光灿烂的草原走来。"[2]

[2]　引自《敖德萨故事》，戴骢译，王天兵编，人民文学出版社，2007年版。

前页：苏联电影《别尼亚·克里克》(1926) 的海报。电影改编自巴别尔的短篇小说集，导演是弗拉基米尔·维尔纳。

对页：1911年的敖德萨城市地图。这座繁忙的港口城市坐落在黑海西北岸，尽管大屠杀频繁，但城里犹太社区的规模从19世纪初期到19世纪末期一直在增长。

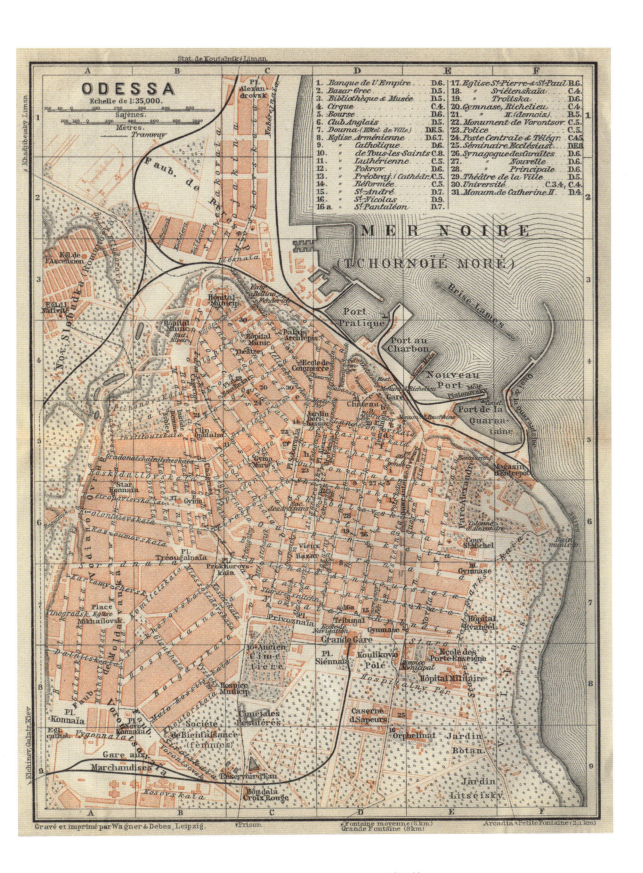

ODESSA

Echelle de 1:35,000.
Sajènes.
Metres.
Tramway

1.	*Banque de l'Empire*	D.6.
2.	*Bazar Grec*	D.5.
3.	*Bibliothèque & Musée*	D.5.
4.	*Cirque*	C.4.
5.	*Bourse*	D.6.
6.	*Club Anglais*	D.5.
7.	*Douma (Hôtel de Ville)*	DE.5.
8.	*Eglise Arménienne*	D.6.7.
9.	" *Catholique*	D.6.
10.	" *de Tous-les-Saints*	C.8.
11.	" *luthérienne*	C.5.
12.	" *Pokrov*	D.6.
13.	" *Préobraj. (Cathédr.*	C.5.
14.	" *Réformée*	C.5.
15.	" *St André*	D.7.
16.	" *St Nicolas*	D.9.
16 a.	" *St Pantaléon*	D.7.
17.	*Eglise St Pierre & St Paul*	B.6.
18.	" *Sriétenskaïa*	C.4.
19.	" *Troïtska*	D.6.
20.	*Gymnase, Richelieu*	C.4.
21.	" *II. (demois)*	B.5.
22.	*Monument de Vorontsov.*	C.5.
23.	*Police*	C.5.
24.	*Poste Centrale & Télégr.*	C.4.5.
25.	*Séminaire Ecclésiast.*	DE.8.
26.	*Synagogue des Caraïtes*	D.6.
27.	" *Nouvelle*	D.6.
28.	" *Principale*	D.6.
29.	*Théâtre de la Ville*	D.5.
30.	*Université*	C.3.4; C.4.
31.	*Monum. de Catherine II.*	D.4.

MER NOIRE

(TCHORNOÏÉ MORÉ)

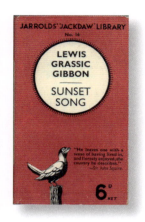

JARROLDS' 'JACKDAW' LIBRARY
No. 16
LEWIS
GRASSIC
GIBBON
SUNSET
SONG

"He leaves one with a sense of having lived in, and fiercely enjoyed, the country he describes."
—Sir John Squire.

6D NET

刘易斯·格拉西克·吉本是詹姆斯·莱斯利·米奇尔（1901—1935）的化名。他用这两个名字出版作品，1929年开始全职写作。1935年，刘易斯·格拉西克·吉本英年早逝，至此，他一共出版了17部作品。

《落日之歌》后，吉本又写了两部续篇《云雾山谷》和《灰色的花岗岩》，它们共同组成了"克丽斯·格思里三部曲"，1946年伦敦的出版商贾罗尔德把三部曲集成一册，命名为《苏格兰人的书》。

《落日之歌》同名电视剧由BBC苏格兰改编而成，1971年3月首播，1975年重播。电影版由特伦斯·戴维斯执导，2016年上映。

刘易斯·格拉西克·吉本《落日之歌》（1932）

苏格兰阿伯丁郡

Lewis Grassic Gibbon, *Sunset Song*, Aberdeenshire, Scotland

现代化夺走了小说中缅恩斯壮美的自然景观，战争消灭了"现在"，与此同时，克丽斯·格思里在古老石碑的避风港中，紧紧抓住了一个"未来"。

1932年，作家刘易斯·格拉西克·吉本凭借这本故事悲惨、风格独特的实验性小说《落日之歌》在英国文学界声名鹊起。故事的一部分是用苏格兰东北部方言多里克语写就，背景设定在1911年至1918年的缅恩斯地区（位于金卡丁郡）。吉本非常善于以一种非浪漫化的、如诗如歌而又细致微妙的手法描绘缅恩斯宏伟壮丽的景观，至今，人们仍然认为缅恩斯拥有美不胜收的自然风光。

初版《落日之歌》的尾页有一幅地图，读者可以在上面找到阿巴思诺特，也就是书中金拉第村的灵感来源。第二版去掉了地图。《落日之歌》于1933年在美国出版时，吉本的身份暴露了。实际上，他原名为詹姆斯·莱斯利·米奇尔（James Leslie Mitchell），在阿巴思诺特长大，家人还住在缅恩斯。在《落日之歌》以前，吉本早就以真名出版了八本风格各异的书。

1911年，阿巴思诺特村只有195位居民。所以尽管米奇尔试图用编造的名字掩盖人物的真实身份，村民们还是能很容易地从角色身上辨认出自己和其他邻居。《落日之歌》在米奇尔的家乡掀起了一阵偏见与猜忌的风暴，以至于这本书在村镇及周边地区的一些图书馆和书店里被禁。这本书和米奇尔一家很快就成了"缅恩斯热门话题"，作者认为事情进展到这个地步很好笑，于是开始创作一系列以"缅恩斯热门话题"为标题的短篇故事。

《落日之歌》记叙了克丽斯·格思里从年轻少女到已婚妇女的成长轨迹。作为小说的女主角，她的内心充满矛盾，她的身份，她的过去、现在和未来不可避免地与这片土地紧紧联结在一起。克丽斯天生聪慧，坚韧乐观，她的人生拥有无限可能，一出场就立即获得了读者的支持与喜爱。她会选择传统方式受土地奴役，还是接受教育争取自由？最终，这片土地还是控制住了克丽斯和她悲惨的爱人伊万："没有什么是亘古不变的，除了这片土地。""这片土地是永恒的……你贴近它，它贴近你……它拥抱你，它伤害你。"

为什么说《落日之歌》令人震惊呢？因为作者对家庭暴力、自杀、杀婴、乱

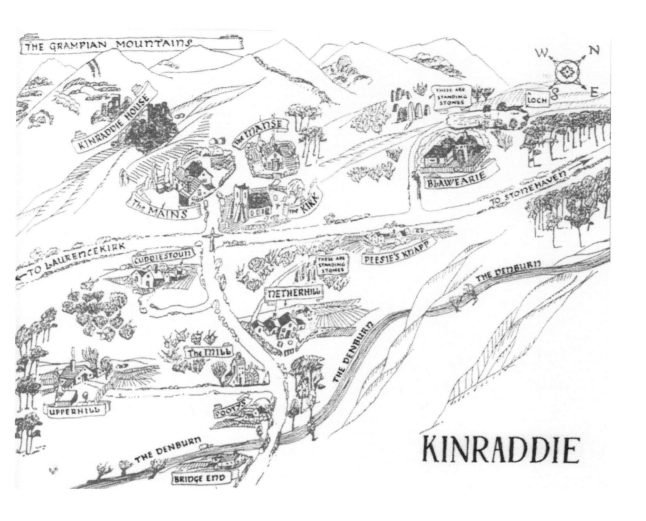

伦等场景毫不避讳，更糟的是，在克丽斯和丈夫伊万结婚之后，吉本也敢为读者打开卧室的门。

　　这部小说的框架设计巧妙，序曲和尾声都是"平坦的土地"，而且每章都根据耕种的不同阶段命名（犁地、条播、播种时节和收获），展现了吉本的现代主义写作风格，说明了他深厚的知识积淀，以及他对农业社会与土地之间的关系的密切关注。另一个值得注意的结构性元素是金拉第村旁山上的石碑。小说的每一章都以克丽斯从山上的自然景观中获取慰藉和灵感的场景作为开头。石碑围成了一圈，形成了文学上的框架元素，同时构成了一个为世世代代的民众提供心理和精神联结的永恒符号。当石碑成为金拉第村的战争纪念碑，伊万的名字刻在上面时，这一点深深地印入了我们的脑海。

吉本的家乡阿巴思诺特，位于苏格兰的阿伯丁郡，是书中虚构的金拉第村的原型。这张地图附在初版《落日之歌》（1931）的尾页，图上的地标造型被特意修改过，以防人们通过比较找到那座"真实的"小镇。

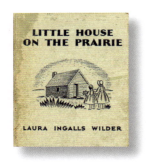

劳拉·英格斯·怀德《草原上的小木屋》（1935）

美国堪萨斯州

Laura Ingalls Wilder, Little House on the Prairie, Kansas, USA

英格斯一家卖掉了威斯康星州的农场，乘坐有篷马车来到了堪萨斯大草原，在草原上打造了一个新家。这是作者基于亲身经历而创作的系列小说中的第二部。

20世纪30年代，怀德曾经尝试卖掉她的回忆录，但是没人买。之后她才重新整理，将内容美化成一部适合当年轻读者的作品。她在原来的自传基础上添加了大量标注后，将其命名为《拓荒女孩》，于2014年出版。

NBC制作的电视系列剧《草原上的小木屋》（1974—1983）的背景设置在明尼苏达州的核桃林，英格斯一家从1874年到1879年在那里断断续续地住了一段时间。

路易斯·厄德里克（见本书第208—209页《痕迹》介绍）写了一系列儿童文学作品，从"小木屋"系列视角的反面进行叙述，也就是说，印第安人是"我们"，而不是"他们"，该系列第一部作品名为《桦树皮小屋》（1999）。

[1]　1平方英里＝2.589 988 11平方千米。（下同，不再重复注释）

[2]　引文参考《草原上的小木屋》，刘华、刘千玲译，四川文艺出版社，2008年版。

60多岁的劳拉·英格斯·怀德在女儿的帮助和鼓励下，将童年的回忆写成了一系列共8本供儿童和青少年阅读的小说。她用戏剧化而又亲切的语言，呈现了一个已经消失的世界特有的自给自足的生活方式，她的作品深深地影响了大众对19世纪末美国西进运动的看法。她在大萧条期间出版的第一本书《大森林里的小木屋》取得了巨大的成功，后来，整个系列越来越受欢迎。其中《草原上的小木屋》是里面最有代表性的一部，人们普遍认为它是美国文学的经典之作。

怀德的父亲，查尔斯·英格斯于1869年独自亲手建造的小木屋早已不在，但是1977年人们建造了一座复制品，大致位于堪萨斯州独立城的西南方向14英里处。今天，参观者能够看到英格斯在邻居爱德华兹先生的帮助下挖的井，头顶同样是书中那片无边无际的天空。尽管曾经的高草草原已经荡然无存，周围的建筑和公路也比之前多了，但总体来说，这片地区仍然人烟稀少。

怀德称为"高草草原"的生态系统，曾经覆盖了北美洲1.7亿平方英里[1]以上的面积。几乎所有的高秆草都在怀德生活的时代消失不见了，它们在犁地时被埋到了地下、被大火烧尽，为农场和小镇腾出了地方。如今，只有堪萨斯州和俄克拉何马州的弗林特山区的高草草原国家保护区内还留有一小块高草地。

可英格斯一家刚到这里时，这片草原还如同一片浩瀚的绿色海洋：

> 堪萨斯是一片无尽的平原，上面长满了高高的草丛，在风中舞动。一天又一天过去了，他们在堪萨斯州不断向前行进，除了碧波荡漾的草丛和广袤的天空之外，什么都没看见。天空如同一个完美的圆形，边缘呈弧线下坠，直到与平坦的草原相接，马车就在圆形的正中央。[2]

弗迪格里斯河和许多哺育这片土地的溪谷在草丛中蜿蜒盘绕。一排排树木（主要是棉白杨，堪萨斯州的州树）装饰着河流和小溪的两岸，其他种类的草木（还有携带病菌的蚊子）也滋长繁盛。不熟悉中西部的人可能会用"空旷""荒凉"或者"贫瘠"来形容这片土地，但是这里的土壤实际上很肥沃，用英格斯爸爸的话说就

是：“那儿土地不错，河谷里有木材，猎物也不少，总之人想要的东西应有尽有。”

在描绘草原的景观时，“大”和“空”是两个经常出现的字；这片土地不止一次被形容为“荒无人烟”。不过，查尔斯·英格斯明白自己实际上侵占了奥塞奇族的领地。和其他满怀希望的拓荒者一样，他预计政府将再次违约。“妈妈说……印第安人在这儿待不了多久了。爸爸听华盛顿的人说，印第安领地很快就会开放了。”

怀德用当时可以接受的字眼写下了这些话，而且对美国原住民表现出了一丝同情，但是她对所谓“印第安野人”的描述，再加上女儿罗斯·怀德·莱恩的极端右翼自由主义政治倾向，导致这本书及其刻画的美国人“天定命运”的形象引起了持续不断的争议。

“华盛顿的人”让爸爸失望了。他没等到被赶出去，就把家当装进有篷马车，带着一家人前往明尼苏达州，重新开启了一段新生活。现实中，英格斯一家人直到几年之后才在明尼苏达州核桃林市附近安顿下来；由于买下他们的威斯康星州农场的买家拖欠了款项，他们只能根据经济上的需要，先回到了那里。

"西部的大地是平坦的，没有树。草丛长得又高又厚。"1953年加思·威廉斯为第二版《草原上的小木屋》创作的插图。

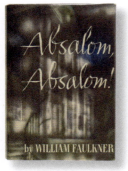

威廉·福克纳（1897—1962）出生在密西西比州北部，几乎在那里度过了一生。福克纳于1930年买下了内战前建造的山楸橡树宅邸，一直到去世都住在那里。现在这栋宅邸成了纪念这位作家的博物馆，由密西西比大学经营维护。

《押沙龙，押沙龙！》中的昆丁·康普生与父亲在福克纳于1929年创作的小说《喧哗与骚动》中就已经出现且为读者熟知，因此，《押沙龙，押沙龙！》也可以说是《喧哗与骚动》的一部续篇。

福克纳获得了1949年的诺贝尔文学奖。他还曾两次获得普利策小说奖，第一次是凭借《寓言》（1954），第二次是凭借他的最后一部小说《掠夺者》（1962）。

[1] 引自《押沙龙，押沙龙！》，李文俊译，上海译文出版社，2000年版。

[2] 同上。

威廉·福克纳《押沙龙，押沙龙！》（1936）

美国马萨诸塞州，剑桥与密西西比州

William Faulkner, *Absalom, Absalom!*,

Mississippi and Cambridge, Massachusetts, USA

这是一个关于野心和贪欲的悲剧，发生在内战前的美国南方，同时也是涉及好几代人的反传统侦探故事。

《押沙龙，押沙龙！》的故事于一个"漫长安静炎热令人困倦死气沉沉的9月下午"，在虚构的密西西比杰弗逊镇上一个"昏暗炎热不通风的房间"里开始；在12月没开暖气的哈佛大学宿舍，"寒冷的空气里，在钢铁般的新英格兰黑暗"[1]里结束。小说的主人公昆丁·康普生待在这两个房间里，沉浸在长达数小时的对话之中，而且都在纠结，杰弗逊最臭名昭著的种植园主托马斯·萨德本残忍的所作所为究竟在多大程度上触动了他、牵涉到了他，甚至定义了他的身份。一开始，小说就为昆丁描绘出了萨德本和他的奴隶创造出的奇迹。

> ……（他们）突然占领了那一百平方英里平静、惊讶的土地并且狂暴地从那了无声息的"虚无"中拉扯出房宅与那些整齐的花园，用那只一动不动、专横的手心朝上的手掌把那些建筑像桌上搭起的纸牌那样啪地击倒，他们创造了萨德本百里地，说要有萨德本百里地，就像古时候说要有光一样。[2]

在1833年的萨德本，上帝般的命令与1909年昆丁痛苦的回忆之间存在着一个事实。事实被命令掩盖了起来，却造成了实质性的影响，导致种植园主最终不仅没有成事，反而害了自己。这个事实就是，数不尽的种族虐待和性侵犯事件严重限制了种植园，甚至是整个国家的经济繁荣。小说记录了昆丁在新认识的北方同学不停的追问下，如何情绪激动地试图证明他的南方文化的合理性，甚至去重新理解它："讲讲南方。那里是什么样的。他们在那儿做什么。他们为什么在那儿生活。他们为什么要那样活着。"

福克纳虚构的约克纳帕塔法县有点儿像真实的密西西比州北部地区，他几乎一生都在那里度过。约克纳帕塔法代表了文学史上最伟大，影响也最持久的对于美国原罪的探索。福克纳创造了一系列分散的、巴尔扎克式的作品，有十几部之多，详细描述了密西西比州约克纳帕塔法县的居民的生活和所作所为。到了第六部小说《押沙龙，押沙龙！》，他已经可以画出整个县的地图，福克纳把地图附在了书后，并任命自己为这个县"唯一的所有者和经营者"。

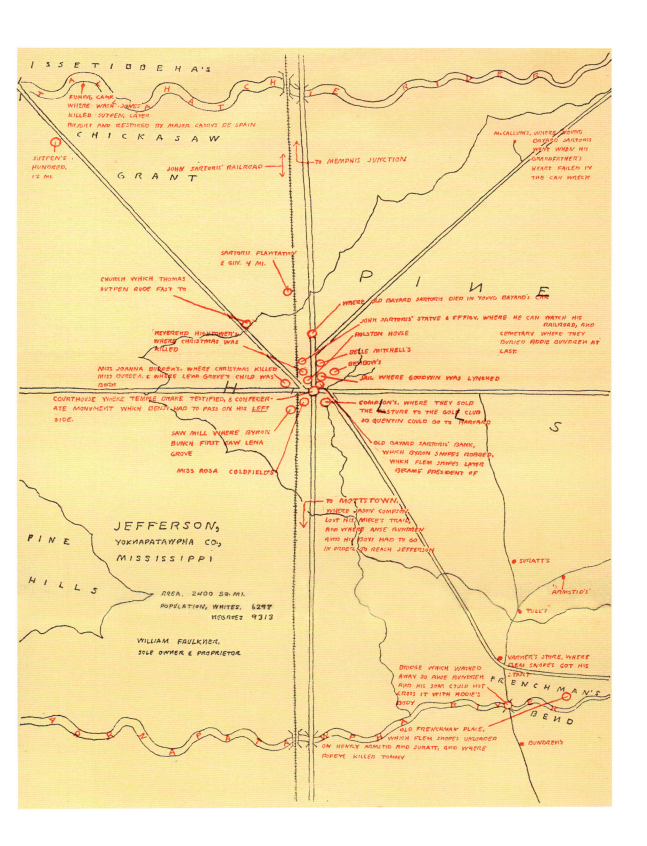

ISSETIBBEHA'S

FISHING CAMP, WHERE WASH JONES KILLED SUTPEN, LATER BOUGHT AND RESTORED BY MAJOR CASSIUS DE SPAIN

CHICKASAW

SUTPEN'S HUNDRED, 12 MI.

GRANT

JOHN SARTORIS' RAILROAD

TO MEMPHIS JUNCTION

McCALLUM'S, WHERE YOUNG BAYARD SARTORIS WENT WHEN HIS GRANDFATHER'S HEART FAILED IN THE CAR WRECK

SARTORIS PLANTATION & GIN, 4 MI.

PINE

CHURCH WHICH THOMAS SUTPEN RODE FAST TO

WHERE OLD BAYARD SARTORIS DIED IN YOUNG BAYARD'S CAR

JOHN SARTORIS' STATUE & EFFIGY, WHERE HE CAN WATCH HIS RAILROAD, AND

REVEREND HIGHTOWER'S, WHERE CHRISTMAS WAS KILLED

HOLSTON HOUSE

CEMETARY WHERE THEY BURIED ADDIE BUNDREN AT LAST.

BELLE MITCHELL'S

BENBOW'S

MISS JOANNA BURDEN'S, WHERE CHRISTMAS KILLED MISS BURDEN, & WHERE LENA GROVE'S CHILD WAS BORN

JAIL WHERE GOODWIN WAS LYNCHED

COURTHOUSE WHERE TEMPLE DRAKE TESTIFIED, & CONFEDER-ATE MONUMENT WHICH BENJY HAD TO PASS ON HIS LEFT SIDE.

COMPSON'S, WHERE THEY SOLD THE PASTURE TO THE GOLF CLUB SO QUENTIN COULD GO TO HARVARD

SAW MILL WHERE BYRON BUNCH FIRST SAW LENA GROVE

OLD BAYARD SARTORIS' BANK, WHICH BYRON SNOPES ROBBED, WHICH FLEM SNOPES LATER BECAME PRESIDENT OF

MISS ROSA COLDFIELD'S

TO MOTTSTOWN, WHERE JASON COMPSON LOST HIS NIECE'S TRAIL, AND WHERE ANSE BUNDREN AND HIS BOYS HAD TO GO IN ORDER TO REACH JEFFERSON

PINE

JEFFERSON, YOKNAPATAWPHA CO., MISSISSIPPI

AREA, 2400 SQ. MI.
POPULATION, WHITES, 6298
NEGROES 9313

SURATT'S

ARMSTID'S

HILLS

TULL'S

WILLIAM FAULKNER, SOLE OWNER & PROPRIETOR

VARNER'S STORE, WHERE FLEM SNOPES GOT HIS START

BRIDGE WHICH WASHED AWAY SO ANSE BUNDREN AND HIS SONS COULD NOT CROSS IT WITH ADDIE'S BODY

FRENCHMAN'S BEND

BUNDREN'S

OLD FRENCHMAN PLACE, WHICH FLEM SNOPES UNLOADED ON HENRY ARMSTID AND SURATT, AND WHERE POPEYE KILLED TOMMY

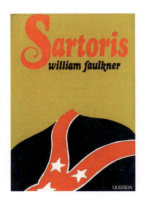

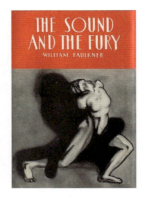

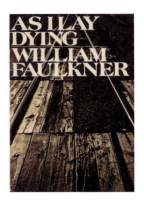

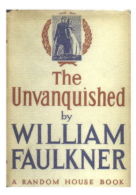

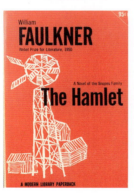

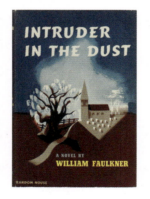

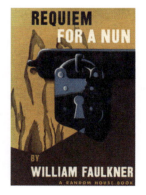

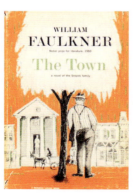

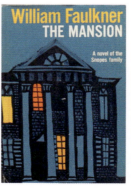

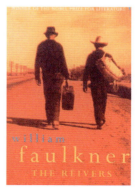

它开始以那同样奇特、轻盈、不受地心引力约束的形态出现——那折叠过的纸张，来自紫藤花开的密西西比夏季、来自雪茄烟味，来自飞东飞西的团团萤火虫。"南方，"施里夫说，"南方、耶稣啊。这就难怪你们南方人全都比你们的年龄显得更老，更老，更老。"[3]

尽管小说充满了地方色彩，但若要准确地理解其中的细节，就必须看到小说所创造的战前经济和社会环境。《押沙龙，押沙龙！》表现了福克纳的一种看法，那就是即使描述"一枚故乡的小邮票"都需要具有一种更广泛的地域感。他描绘了阿巴拉契亚山脉——贫穷、没受教育的萨德本的出生地；描绘了弗吉尼亚"潮水"种植园，在这里萨德本第一次看到了社会阶级差异，萌生出住进"大房子"的欲望；还有萨德本一路上亲手种下的毁灭之苦果逐渐生根发芽的地方——新奥尔良。整个故事在书中凝结成一系列关于萨德本百里地毫不留情的犀利争执，同时昆丁像强迫症一样不断回顾过去的几个场景，试图去理解那些（用他父亲的话说）"简直说不通"的事情。毕竟，与书名指向的那个圣经故事一样，《押沙龙，押沙龙！》本身也是一个跨越了几代人，关于地方与人的传承的故事。

的确，昆丁认为他自己就是一本移动的南方历史书，"他身体本身就是一座空荡荡的厅堂，回响着铿锵的战败者的姓名"——"不是一个存在"，而是"一个政治实体……一座营房，里面挤满了倔强、怀旧的鬼魂，即使是在43年后，这些鬼魂也仍然在从治愈那场疾病的高烧中恢复过来"。《押沙龙，押沙龙！》中景观的内在与外在都有鬼魂萦绕不去，它们在福克纳发展出"南方哥特式"小说的过程中扮演了至关重要的角色。此前的欧洲哥特小说中，暴力与荒诞来自超自然的生物，而在这部作品中，这些哥特式的特征是从南方社会中提炼出来、演变而成的。昆丁发现，土地本身如同鬼魅一般。他到千里之外去上大学，将密西西比州远远地抛在身后，但距离远并不意味着能够忘记，他的故乡仍然如影随形。不过，这种"错位"给备受折磨的昆丁提供了一个恰到好处的距离，让他得以客观地审视和思考，最终打破父亲无法逾越的僵局。昆丁和他的加拿大室友共同编出了一系列大胆的假设，这些假设拥有一种不容置疑的真实感，解释了康普森先生无法解释的一些事情。福克纳认为，我们会把家乡深深地内化于心，然后将它投射到任何地方，我们编出的故事都是已知的故事。将它们讲述出来，是一个承认与接受已知事物的过程。

[3] 引自《押沙龙，押沙龙！》，李文俊译，上海译文出版社，2000年版。

109页：福克纳为虚构的约克纳帕塔法县亲自绘制的一系列地图中的第一张，它被印在了第一版《押沙龙，押沙龙！》的最后一页。

对页：约克纳帕塔法县的原型是密西西比州拉斐特县，福克纳12部小说（和很多短篇）的故事都发生在这里，他一生中大部分时间也大都住在此处。

《蝴蝶梦》是达芙妮·杜穆里埃设定在康沃尔的九部小说中的第三部。在她的十七部小说中,《蝴蝶梦》一直是最成功的一部,出版首月就销售了4万多本,而且自那时起从未停印过。

杜穆里埃一家给康沃尔的度假屋命名为"渡边",这座由船库改造而成的小屋是达芙妮的父母于1926年购置的,此后一直为这家人所用。

阿尔弗雷德·希区柯克的电影《蝴蝶梦》于这本书出版两年后,也就是1940年上映。

[1] 引自《蝴蝶梦》,方华文译,花山文艺出版社,2016年版。

[2] Mandalay,缅甸数个古代王朝的都城。

达芙妮·杜穆里埃《蝴蝶梦》(1938)

英格兰福伊,康沃尔

Daphne du Maurier, *Rebecca*, Fowey, Cornwall, England

这是一个关于嫉妒的哥特小说,颇具悬疑色彩,由迈克西姆·德温特的妻子叙述。他们这对新婚夫妇回到丈夫在南康沃尔海岸的老家,之后发生的事,让叙述者越来越因为迈克西姆已故的前妻丽贝卡而深深困扰。

开始写《蝴蝶梦》第一稿的时候,达芙妮·杜穆里埃生活在埃及。她渴望回到雾气缭绕的康沃尔海岸,驾驶着她的小帆船绕过悬崖峭壁,而不是作为一位军官夫人,每天在亚历山大港的酷暑中扮演刻板的角色。正是这种离开她所爱之地的痛苦,才让这部小说更加热切地唤起了她对康沃尔的一往情深。

19岁时,达芙妮就为福伊的美丽海港深深着迷,繁忙的河流汇入宽阔的港湾,两侧是嶙峋的峭壁。对于一个在汉普斯特德长大、在法国读女子精修学校的女孩来说,康沃尔与她所熟悉的生活相去甚远。但是,这里有她向往的"写作、散步、闲逛的自由,爬山、划船、独处的自由",她回忆道。而且除了海之外,她很快就找到了其他令她痴迷的东西。她刚开始探索福伊地区时,发现波里德茅斯湾上边的岬角处坐落着一个杂草丛生的米纳比利庄园,便立刻迷上了它,且经常回到这座"秘密宅邸",有一次甚至走进了这座爬满常春藤的废弃建筑内部。私闯禁地的刺激加深了她对这个地方的痴迷,在亚历山大港的暑热中,她用笔墨绘出了米纳比利野生花园每一个迷幻的细节。

"昨夜我又一次梦游曼德利。"[1]尽管《蝴蝶梦》开头描绘的豪宅是虚构的,但它却有真实存在的原型。达芙妮将米纳比利庄园想象成了一个更令人叹为观止的曼德利庄园,连庄园名称都充满了遥远的曼德勒[2]的异国情调。一提到哥特风格的宅邸,就不得不说起勃朗特三姐妹对作者的影响,《简·爱》与《蝴蝶梦》有明显的相似性,而且更有说服力的是,达芙妮采用了典型的勃朗特式手法,将浓郁强烈的感情与鬼影森森的真实地点融为一体。康沃尔的自然景观本身就有很强的戏剧感,这部小说更是让康沃尔成了很多20世纪后期浪漫主义小说的灵感来源。

不过,曼德利庄园自有它独特的地形特点。在《蝴蝶梦》开篇的梦境中,怪物般的灌木丛和茂盛的杜鹃花覆盖住了通向房子的道路,这很可能是基于现实创造出的场景,和其他康沃尔地区有小山谷的庄园一样,米纳比利庄园长满了喜马拉雅杜鹃、竹子和维多利亚时期植物收集者带回来的各种各样疯狂生长的外国植物。在一个幻想家的眼中,曼德利庄园这些来自异域他乡的植物品种仿佛要变成一片凶险的热带雨林、野蛮生长、无法控制，如同她从婚姻中挖掘出来的那些黑暗的欲望。

曼德利庄园的花园几乎完全复刻了米纳比利的花园，它带来的感官愉悦也呼应着小说中易受影响的叙述者的心情变化。第二任德温特夫人躲开了能唤起强烈激情的血红色杜鹃花，一边与丈夫在"幸福谷"里散步，一边享受着白色杜鹃花令人愉悦的芬芳。但是她在迈克西姆第一任妻子的一块手帕上闻到了白色杜鹃的香味，于是，"幸福谷"在丽贝卡度过双重生活的海湾附近结束了。她永远无法再在美丽的曼德利庄园找到恒久的快乐，因为到处都是丽贝卡的影子。

德温特夫妇度蜜月回来后，住在了房子东翼的一间套房里，能够看到窗外漂亮的玫瑰花园，那是天真无邪的幼年迈克西姆和母亲一起玩耍的地方；但是，第二任妻子却不断地被邪恶的管家丹弗斯太太掌管的西翼吸引，因为丽贝卡的卧室在那边，还一直维持着原样，这对于她是一种致命的诱惑。从西翼的房间望去，能看到变幻不定的大海在大地边缘擦起的浪花，海看起来更近，也更可怕。

作为一名水手，达芙妮了解这条海岸边潜伏的危险，而格里本岬角上仍然矗立着一个白昼航向标，警告航海者远离这里的礁石。一次船舶失事成为整个故事的转折点，海难也成了康沃尔冒险故事的关键元素。当警示的烟花在大雾中爆炸，读者会感觉到曼德利庄园埋藏最深的秘密即将浮出黑暗的水面。故事情节虽然起伏曲折，但是我们从一开始就知道，无论发生什么变故，迈克西姆和他的新妻子与身处亚历山大港的小说作者一样，终究会失去他们的曼德利庄园。

事实上，《蝴蝶梦》及其改编电影的巨大成功让达芙妮得以在1943年住进米纳比利庄园。她的儿女觉得这座荒废的房子四处漏风、老鼠成群，她最终不得不搬到岬角另一侧的房子里，这令她感到非常绝望。与第二任德温特夫人一样，她注定要在颠沛流离中结束生命。不过，值得庆幸的是，这位著名的作家在风烛残年之时，依然能在她深爱的米纳比利花园中漫步。

1945年达芙妮·杜穆里埃和她的孩子们在米纳比利庄园拍摄的照片。杜穆里埃在1943年至1969年租下了这栋摇摇欲坠的房子，并且贴心地进行了修复。

后页：《植物学家》，由约瑟夫·爱德华·索撒尔于1928年所作，背景是宁静的福伊港湾，即杜穆里埃爱上康沃尔的地方。小说中曼德利庄园的原型，米纳比利庄园就坐落在小镇往西两英里的地方。

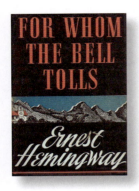

欧内斯特·海明威《丧钟为谁而鸣》（1940）

西班牙瓜达拉马山脉

Ernest Hemingway, *For Whom the Bell Tolls*, Guadarrama Mountains, Spain

这部关于西班牙内战的经典小说讲述了一位经历了爱与毁灭的美国准将的故事。海明威将故事背景设定在塞拉山脉，展现了大自然与人类暴行的对峙。

欧内斯特·海明威（1899—1961）在西班牙内战期间作为北美报业联盟的记者驻地西班牙，他利用这场战争中的经历完成了他的第三部小说《丧钟为谁而鸣》。

小说于1940年由查理斯·斯克里布纳之子出版社在美国首次出版，当时批评界的评论褒贬不一。尽管这部小说在1941年时获得普利策奖小说评委会的一致推荐，但是后来评委又担心它有伤风化，撤回了推荐。

西班牙的瓜达拉马山脉从卡斯蒂利亚中部平原的东北横贯至西南，这片古老的山脉由浅色花岗岩和片麻岩构成，山峦的斜坡上是一片茂密的松树林，其中包括多种松树：黑松、海岸松、岗松、苏格兰松，等等。只要去过那个地方，那种每天从早到晚都能闻到的气味——正如欧内斯特·海明威在《丧钟为谁而鸣》中所描述的，一种"压碎的松针的……松树气味""渗出的树脂的……浓烈香味"——就会令人多年不忘。

这部小说的时间设定在西班牙内战时期的最后一个5月，地点在瓜达拉马山脉。主人公名叫罗伯特·乔丹，是国际纵队里一个年轻的美国人。对自己的命运漠不关心的他作为一个爆破专家，被苏联指挥官分配到法西斯占领的山里，执行炸毁桥梁的任务。他与民主共和国的游击队结盟，他们的行动基地在一个"小山谷"，那里"杯形石壁上部"的"缘岩"中有一个山洞，他们就聚集其中。

小说开篇第二段，乔丹在"积满了松针的地面上"打开了一幅影印地图。在整部作品中，海明威始终非常重视军事视角与自然存在之间的对比。瓜达拉马的景观主要通过战略战术的角度来解读：空旷的地方可以用作火线，"木材"可以用作掩护。那些对山脉地形了如指掌的人非常重要，比如值得乔丹信赖的向导安塞尔莫，因为他们能够在不被发现的情况下穿越敌人的地盘。

尽管书中的角色都是些硬汉，但他们都能够欣赏群山的美。一场持续了两天的暴风雪在山里肆虐，乔丹明知这会暴露他们的位置，却仍然赞美风雪的野性。战友比拉尔同意他的看法："这场雪真是糟透了，但它真是太美了。"当战争需要"迅速行动、慢慢等待"时，他们就有时间欣赏"午后的云朵……在西班牙的高空中徐徐飘移"。乔丹的情人玛丽亚说起"脚踩在松针上的感觉……从高大的树木间穿过的风和相互碰撞摩擦的响声"，喜爱溢于言表。就连此次行动的目标，他们都从美感和军事两个角度审视，那是一座"单孔钢桥"，有一种"坚固金属的优雅"，横跨在"陡峭的峡谷之间宽阔的虚无空间之上，被衬托得色彩晦暗"。

山中松林并不是小说中唯一的景观。海明威在文中插入了战争初期的一些非

常暴力的场景：满是尘土的村镇广场上，被认定为法西斯分子的人遭遇一通鞭抽棒打，然后被扔下悬崖；瓜尔迪亚民用营遭到袭击，袭击结束后所有伤者的头颅都被子弹击穿了。天空也是一个景观，佛朗哥亮闪闪的飞机在空中呼啸而过：秃鹰军团的亨克尔轰炸机的移动方式"和世上任何东西都不同……像一群机械死神"，梅塞施密特战斗机和猛禽一起翱翔。

　　小说的首句和末句描述了几乎一模一样的场景：乔丹趴在森林里，看着身下的地面。在第一个场景中，他正在计划如何炸毁桥梁；在最后一个场景中，他在等待死亡的降临。他们的行动出了差错，导致他的腿被一颗炸弹炸断了，而此时，法西斯军队正越走越近。尽管情势危急，结尾的几个段落却令人异常振奋。乔丹"躺在那里""用手摸了摸地面的松针"和"身前松树的树皮"。这样的举动是他在物质被彻底湮灭之前，确定物质存在的一种方式。将死的他即将与他战斗过的森林融为一体。地理景观闪烁变幻，成为一种心灵景观。海明威写道："现在，他已经完全地融合了。"乔丹实现了小说标题的预言：他成了大陆的一小块，整体的一部分。

这张没有作者的照片拍摄于西班牙内战（1936—1939）最激烈的一段时间，照片中佛朗哥的民族主义狙击手在海拔7000英尺高的瓜达拉马山上，掩藏于松树林，对民主共和国军队发动袭击。

若热·亚马多《无边的土地》（1943）

巴西巴伊亚州

Jorge Amado, *Terras do Sem Fim*, Bahia, Brazil

一部史诗般的小说，讲述了20世纪初人们征服巴西东北部大西洋森林的过程，以及可可种植者之间的血腥冲突。

若热·亚马多（1912—2001）童年时期经历了巴西的巴伊亚州的权力斗争，《无边的土地》的背景就设定在那里。他的父亲是巴伊亚的可可种植者，在敌对方接连不断的伏击中幸存了下来。

亚马多的近30部小说被译成了近50种语言，这些作品分为两个与地点相关的主题：背景设定在20世纪初可可经济发展期的巴伊亚南部的乡村小说，还有设定在巴伊亚首府萨尔瓦多的城市小说。

《无边的土地》于1965年被改编成电影、舞台剧、电视剧和广播剧。

[1] Sequeiro Grande，意为"大荒原"。

在若热·亚马多的小说里，地域如同塞壬女妖，她们的歌声吸引着水手，同时对他们也是巨大的威胁。《无边的土地》开篇，移民和探险者无法拒绝塞壬的歌声，循着黄金的允诺登上一艘船，驶向巴伊亚州的伊列乌斯。

对他们而言，黄金是一种金色的果实，叫作可可，可可的果核可以用来做巧克力。可可树源自亚马孙地区，后来被移植到了位于巴伊亚州北部、土地更加肥沃的大西洋森林。随之而来的经济繁荣吸引了众多从各地赶来的移民，他们都做着一夜暴富的美梦。

原本只是港口小镇的伊列乌斯发展成了城市，比巴伊亚州的首府、巴西的第一个首都萨尔瓦多更大、更富裕。伊列乌斯是一个门户，通往有权有势的可可种植者长期争斗的地盘，那是一片无人之地，或者不如说是"一人之地"，在那里，只有仗着雄性激素刺激下的勇气、学会明争暗斗、玩转实力政治、拥有恰到好处的交情，人们才能存活下来。《无边的土地》前几章，船只抵达伊列乌斯后，船上的乘客立刻被卷入了小说的主要情节——争夺土地，这也是所有人的头等要事。当地最强大的可可种植园主巴达洛兄弟和奥拉旭·达·西尔维拉要争夺一大片潜力非凡的原始森林——塞克罗·格朗德森林[1]。他们的原则是，为了获胜，可以摧毁一切挡路的人或事物，甚至包括自己。

可以摧毁的目标有很多：奥拉旭的妻子埃丝特从城市移居过来，还爱上了他的律师维尔吉里奥；不识字的枪手达米昂，突然良心发现；移民工人安东尼奥意识到他永远不会再回到故乡；堂娜安娜·巴达洛想向父亲和叔叔证明自己；还有当地的妓女，以及处于边境小镇塔博加斯和伊列乌斯之间的所有人。

小说描写了十几个故事悬念，刻画了背景各异的人物，他们会聚成了一幅关于那时那地的历史的镶嵌画。书中有一章"森林"，一开头就热情地赞美了巴伊亚的大西洋森林，它那形成了几世纪之久的生态系统，还加入了人们为它编撰的种种传说。随后，亚马多才将"人"放了进来，巴达洛兄弟中的一人强迫他的随从闯入丛林之中，砍倒树木，为他的可可种子腾出地方。整章都在从各个主角和

次要角色的视角记录这件事的后果，呈现了一幅人类生态与自然生态对抗的图景。章节结尾，一位隐居的巫医临死前给所有侵犯这片神圣绿色土地的人下了诅咒：让他们在鲜血浸透的土地上收获可可果实。在《无边的土地》中，人类就是弥尔顿的堕落天使，"失乐园"变成了"毁乐园"。

亚马多的作品以歌剧般的沉稳笔触描绘出一片丰茂的巴伊亚森林。他用内心独白和场景切换将时间线拉长，谱写出充满悬念的渐强音。如果说森林的声音本身就如同一部戏剧，那么重复的语句能够不断给出关键情节点的概要，而且能变成一首咏叹调的合唱部分，不容喘息地一路迈向末日般的结局。这是当时亚马多的社会现实主义风格的典型特征。作为20世纪40年代的共产党员，他借助文学来提高社会对于理论的认识，《无边的土地》（英文版书名 *The Violent Land*，译成中文为"暴力之地"）致力于批判野蛮的资本主义制度，尖锐地指出它只是对之前那充满社会毒瘤、存在阶级制度的殖民地剥削体系的一种矫正而已，可可、契约奴役和森林代替了原来的蔗糖、奴隶制度和森林。作者成功地将人类与自然景观编成了一曲探险之歌，其中还暗藏了些许傲慢的态度，他写道："世界上最好的土地是由鲜血浇灌的。"

1933年拍摄的巴西巴伊亚州的可可种植园的照片。20世纪90年代一场流行性真菌疫病杀死了巴伊亚大部分地区的可可树。如今，伊列乌斯只剩下几个供游客参观的可可农场兼巧克力商店。

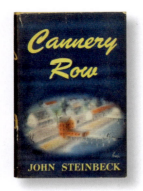

约翰·斯坦贝克《罐头厂街》（1945）

美国加利福尼亚州，蒙特雷

John Steinbeck, *Cannery Row*, Monterey, California, USA

故事设定在蒙特雷的罐头厂街，从20世纪初到1973年霍夫顿罐头厂关门，那里一直是沙丁鱼的罐装地。斯坦贝克的这部中篇小说描述了一个由流浪汉、妓女、海洋生物学家和中国杂货商构成的紧密联系的社区。

约翰·斯坦贝克（1902—1968）一生总共出版了20多本书，大部分虚构作品的背景都设定在了他的家乡加利福尼亚州。

1945年1月，维京出版社出版精装本的《罐头厂街》，售价2美元，同年还出版了一批"武装部队"T-5口袋书（一种专为第二次世界大战的士兵设计的袖珍图书），《罐头长街》是其中之一。这部小说已被翻译成30多种语言。

《罐头厂街》的续篇《甜蜜的星期四》于1954年出版。

1938年完成《愤怒的葡萄》之后，约翰·斯坦贝克立即开始动笔创作一部关于蒙特雷半岛上的罐头厂街的故事。罐头厂街位于旧金山以南118英里处，他从小就了解并且热爱这个地方。尽管他于1902年出生在萨利纳斯——一个离海边17英里的农业小镇，但是他经常去蒙特雷半岛，他家在那里有一座度假小屋，坐落在了无生气的太平洋丛林市，离蒙特雷海湾有两个街区，距海湾沿岸的罐头厂街有1英里路。斯坦贝克热爱大海，承认自己是个"水魔"，他一生中大部分时间都生活在水边。20世纪30年代，为了写作和工作，他和妻子卡罗尔搬到了斯坦贝克家的度假小屋，此后，他最亲近的朋友、海洋生物学家爱德华·F.里基茨成了他和罐头厂街之间的重要纽带。那时，斯坦贝克白天创作故事，傍晚去拜访里基茨，与他谈环境生态、宗教、音乐和哲学等话题。从很多方面来看，小说《罐头厂街》都是斯坦贝克专为爱德华·里基茨写的，充分体现了里基茨看待世界与地域的视角，呈现出万花筒般的复杂性。书中最重要的比喻是作者在第一章结尾提到的"潮间带"，也就是海岸上高潮线与低潮线之间的区域，斯坦贝克的《罐头厂街》正是描绘了这样一个人类的潮间带，其中每个样本、人物都相互联系。

小说开篇的第一句话就明确了故事的地理背景——"罐头厂街位于加利福尼亚州的蒙特雷半岛"——随即展现出街道的生机与活力：

[1] 引自《罐头厂街》，李天奇译，人民文学出版社，2019年版。

> 它是一首诗，一股恶臭，一阵刺耳的噪声，一片深浅不变的光，一个音调，一种习惯，一阵思乡之情，一个梦。一切在罐头厂街聚集成群，又四下分散：生锈的锡块和铁皮，碎木片，凹凸不平的地面，杂草丛生的前院，成山的垃圾，沙丁鱼罐头厂的波形铁板，廉价的酒场舞厅，餐馆和妓院，人头攒动的杂货店，实验室和便宜旅馆。这里的居民呢，曾有人说是"妓女、皮条客、赌徒和杂种"的混合体，换言之，也就是普通人。如果换个不同角度的窥视孔来看，他也许会说"圣人、天使、殉教者和信徒"，意思并没有任何改变。[1]

这条半英里长的蒙特雷海湾滨海路原来被称为"海景大道"，1958年为了纪念斯坦贝克的小说，更名为"罐头厂街"。

　　第一句话的内容从特殊变成一般，从事实变成抽象，整本书也是这样变化的。20世纪30年代的罐头厂街是一块工业飞地，沿着蒙特雷海湾开了大约二十个沙丁鱼罐头厂，整个区域味道浓郁，噪声不断。每年8月到次年2月，沙丁鱼罐头厂运转期间，全美三分之二的沙丁鱼被分解成鱼油和鱼肉碎，做成肥料和鸡饲料，这个利润丰厚的罐装过程会造成一股"恶臭"。

　　不过，斯坦贝克笔下的罐头厂街并不属于20世纪30年代和40年代繁忙的工业区，他用一段话就把这段历史打发了。他的罐头厂街是一个被孤立的地方，生活着一群边缘人；一个半明半昧的地方，在"魔法时间"，"珍珠般的时刻——白昼与夜晚交替的间隔，当时间停下来反思自己的时候"。

　　斯坦贝克在阐释这部作品的复杂性时说，《罐头厂街》包含四个层面的内容，他提醒我们，这个故事写的是真实的人物与地方的关系、人与环境之间的生态联系、孤独与欢笑，可能还有和平与战争（1943年，在写这本小说之前，斯坦贝克在海外做战地记者），个体与共体。《罐头厂街》还写出了一种如梦似幻的现实，对于科学家兼哲学家爱德华·里基茨（小说中的医生）而言，实现"突破"是人类大脑的重要功能，用里基茨的话说，"突破"就是达成对于这个世界整体性的精神领悟（小说中关于中国人的眼睛、艺术家的梦和潮间带的女人等几段令人困惑

罐头厂街的每个清晨都是一段颇具魔力的时光。在太阳升起、白昼来临之前，街道沐浴在银灰色的光线中，仿佛悬挂在时间长河之外。[2]

的插曲就属于这一层面）。

　　住在斯坦贝克的罐头厂街的虚构人物，实际上真有其人，斯坦贝克将他们如实刻画了出来：杂货铺的李忠，流浪汉麦克和孩子们，罐头厂街妓院的老鸨朵拉·弗拉德，还有海洋生物学家"医生"。斯坦贝克详细描述了每个人物生活的地点："一片空地的右手边"是李忠的杂货铺，拥有"奇迹般的货源供应"，实际上是一个杂货商人王易于1918年开的店，店后面还有个赌博室。中国人在那里建造的"永创楼"至今还在。从19世纪50年代开始，中国人来到蒙特雷半岛捕鱼（以鱿鱼为主），然后风干了送回中国，王易做的就是这门生意。书中那位"穿着掉鞋底的鞋啪啪地穿过街道"的中国老人很可能也是一个作者熟悉的人物，他经常在潮落的时候下海采海胆、鲍鱼或者蜗牛。

　　在现实中，斯坦贝克笔下的麦克与孩子们是一群流浪汉，他们睡在罐头厂废弃的锅炉里，这些锅炉是沙丁鱼装进罐头里之后蒸鱼用的。通往麦克和孩子们居住的"宫殿旅馆"有一条弯弯曲曲的"鸡肠小道"，穿过杂货铺和熊旗餐厅（虚构的）之间的空地（现在是个公园）；熊旗餐厅所在的位置曾经真的有一家妓院，老鸨名叫弗洛拉·伍德（这个地方现在被一座售卖纪念品的混凝土房子占据着）。斯坦贝克笔下的朵拉·弗拉德和真实世界的弗洛拉同样拥有泼辣的性格和好心肠，后者在20世纪30年代的当地社区里很有名，而且和朵拉一样，"个人所得税有点儿问题"。1936年，街上发生了一场大火，根据《蒙特雷县先驱报》头版的报道，消防员设法挽救了弗洛拉·伍德的房子。

　　医生居住的"西部生物实验室"，位于"街道对面，正对着空地"。在现实中，它是爱德华·里基茨工作的"太平洋生物实验室"，从30年代中期开始也是他的住所。斯坦贝克事无巨细地照实描述了爱德华住在那里时实验室的内部装潢。

　　简言之，艺术是生活本身编织出的"奇妙图案"。斯坦贝克在第二章写道："字词是种令人欢喜的符号，将人和景、树和植物、工厂和哈巴狗全都一股脑儿地吞下。事物变成词句，词句又变回事物，卷曲编织成神奇的花样。"[3]

[2] 引自《罐头厂街》，李天奇译，人民文学出版社，2019年版。

[3] 同上。

加利福尼亚州罐头厂街的壁画，画中捕沙丁鱼的渔民正在修理渔网。卡罗尔·海史密斯于2011年拍摄。

　　这部中篇小说的形式是开放和曲折的，如同生活本身。主要情节分散在几个章节，断断续续地讲述了麦克和孩子们为医生举办派对做出的各种努力。其他章节在主题上都是关联的，刻画了一些孤独、与世隔绝、向往着美好意义的蒙特雷居民的形象，从形式上勾画出将一切生命统一起来的微妙纽带。

　　如今，很多游客来到罐头厂街，想要按照斯坦贝克的街道地图走上一遍。他们希望几十年后的罐头厂街依然维持原样。他们想将虚构与现实、过去与现在、梦境与现实融合在一起。这可能恰恰是斯坦贝克所希望的，不过首要原则是以现实为基础。《罐头厂街》是一部关于"看见"的小说，到处都是眼睛，从具体的、令人愉悦的现实转移到抽象的、有时令人困惑的思考。事实与虚构在斯坦贝克的小说里和今天的罐头厂街上达到了完美的融合，斯坦贝克在这个地方留下了深刻的、至今仍然完好无损的印记。

3 战后全景
POSTWAR PANORAMAS

1946—1974

第二次世界大战后重建的世界大幅改变了地图的轮廓，这个时期的故事记录了越来越受欢迎的假日、向外蔓延的城郊和后殖民空间的政治，反映出一个充满希望的崭新世界。

杰拉德·柯奈利斯·凡海·里夫创作出《夜晚：冬天的故事》这部杰作时年仅23岁，这是他的第一部小说，之后《夜晚：冬天的故事》成了现代荷兰文学的经典之作。

自1947年首次出版以来，《夜晚：冬天的故事》从未停印过。

1987年，这部作品第一次从荷兰语翻译成德语，之后陆续被译成法语（1989）、匈牙利语（1999）、斯洛伐克语（2008）、瑞典语（2008）、西班牙语（2011）和英语（2016）。

杰拉德·里夫《夜晚：冬天的故事》（1947）

荷兰阿姆斯特丹

Gerard Reve, *De Avonden: een Winterverhaal*, Amsterdam, Netherlands

阴沉的大雾与冰霜包裹着战后的阿姆斯特丹，一个心怀不满的年轻人艰难地度过了1946年的最后十天。

《夜晚：冬天的故事》记录了1946年的最后十天里，23岁的弗里茨·凡埃格斯的经历。这本书专注于描写夜晚，主要是因为白天的大部分时间，弗里茨都在工作，所以在这段时间里，他几乎是不存在的。他做的是什么工作呢？"我把卡片从文件里拿出来，再放回去。"他这样回答一个朋友。

但是弗里茨从不抱怨他的工作，也不会表现出换工作的想法。至少那些时间是安排好了的。他的麻烦在于晚上和休息日，尤其是圣诞节，他的"雄心壮志"是能保持理智、安全无虞地度过这些日子。无论是对故事的主人公来说，还是对作者本人来说，这部小说都是一部能填补空白的力作。挨到睡觉时间这件事，从未显得如此迫切和充满戏剧性。

一切都发生在阿姆斯特丹郊区的几条街道上，那里寒冷的冬季天气和战后的破败景象如同一种延伸——一种对弗里茨郁郁寡欢的偏执头脑，经常出现在他脑海里的不祥梦境的延伸。弗里茨被迫与半聋的父亲、好心好意却十分笨拙的母亲分享一间小公寓，他描述了这对夫妇的用餐和梳妆习惯，野蛮的愤怒与勉为其难的亲情混杂其间，他们不停地争吵，但吵完总是回到原点，以至于弗里茨能够准确地预测接下来他们会搬出哪句老话，他还经常刺激他们说出他不想听的话，以获得一种自虐的快感。与此同时，在烧炉子、把荷兰盾（荷兰通用货币）塞到电表里、批评母亲的厨艺或父亲的餐桌礼仪这些令人不快的事情之间，唯一陪伴他、给他安慰的就是广播了，那些东一句西一句的新闻和音乐片段，对在光阴的海洋里虚度而不幸溺水的弗里茨而言，简直如同救命的浮木。"一切都完了，"他想，"一切都毁了。才10点03分。"

这部早熟的作品初次登场时让当时的评论家感到惊讶和气愤——作为一部令人绝望的现实主义作品，它对战争却只字未提。荷兰脱离纳粹的控制还不到两年，距离1944年1.8万人饿死的"饥饿之冬"也只有三年，人们正在激烈讨论荷兰人通敌行为的严重程度。但是弗里茨对这些完全不感兴趣，他只是偶尔回忆起那起争端，因为它妨碍了他重考学校的考试。

弗里茨选择了一个走下房前台阶的方式。街灯倒映在运河的冰面上。他跺了跺脚，把领子系得更紧一些，低着头向前走。一家银行门面挂的钟表指针显示现在是9点18分。

尽管如此，小说中弥漫的恐惧氛围毫无疑问是战争的后遗症。城市寒冷的街道，冰冻的运河，破旧的公寓里楼梯黑暗、房间冰冷彻骨，朋友们围着将熄的火苗取暖，这些景象都在强化一种深刻的脆弱感。你会感觉到，这个故事只能发生在此时此地，发生在任何其他地方都是无法想象的。"冰冻的街道闪闪发亮。'好像铺路的石块里面全是玻璃碴子。'他想。"

弗里茨感到极度沮丧，他没有女朋友，也不想尝试找一个，他像弹子球游戏里的小球，在孤独的卧室（他对自己身体的物质性感到恐惧）和客厅（他得面对父母可怕的、漫无目的的敌对生活）之间弹来弹去，不定期去一趟朋友或亲戚家。他通过让其他人感到害怕来减轻自己的恐惧，在这方面他可谓老手。比如，刚和人打完招呼，他就会挖苦他们面如菜色、快要秃顶、未老先衰，或者很可能会死掉，并且总是利用他鲁莽、怪异又无礼的想象力描述出一堆骇人的细节。对此，人们的反应各不相同，有的迁就着他胡诌，有的越来越焦虑，有的认为他在开玩笑，还有的干脆和他搭伙，相互交换一些令人毛骨悚然的关于事故、疾病和暴行的奇闻，营造出一种狂欢与恐怖结合的氛围。

这听起来已经有点可怕了，而里夫更是将敏锐的观察、可笑的内心独白和完美的对话做成了一幅闪闪发亮的拼贴画，让读者难以释手，一口气读到大结局。弗里茨为了成功度过无比漫长的新年前夜，他把自己绑了起来，他那普普通通但实际上很棒的父母和一个酒瓶陪伴着他。母亲相信瓶子里装的是红酒，但弗里茨知道那只是莓子苹果甜酒而已。"永恒的，可是，万能的，我们的上帝啊，"他恳求着神的怜悯，"将你的目光投向我的父母吧。请你看看他们是多么需要帮助。不要将你的视线从他们身上移开。"

这本书的成就在于，它令人信服地将现实主义与存在主义喜剧、物理地点与心理活动、个人与集体融合在一起。你会感觉到，在这个咄咄逼人的阴暗冬季里，为了在这些冰冷的运河中发现一些不同的东西，你必须换位思考，先进入书中这种危险的精神状态。

后页：比尔·布拉格的画作，2016年出版的英语译本初版的封面图。

納吉布·馬哈福茲《梅達格胡同》（1947）

埃及開羅

Naguib Mahfouz, *Zuqāq al-Midaq*, Cairo, Egypt

马哈福兹的小说讲述了20世纪40年代开罗城里一条小巷的居民的各种各样的故事，这条小巷隐蔽却生气勃勃。他的小说呈现了现代化变革影响下一幅埃及的生动画像。

納吉布·馬哈福茲（1911—2006）在50年的作家生涯中，一共创作了33部小说、13个短篇故事集、多部电影剧本和5部戏剧。1988年，他成为第一个获得诺贝尔文学奖的阿拉伯作家。

《梅达格胡同》被认为是他最好的一部小说，1947年在埃及首次出版时影响很小。不过，1970年再版后，它很快被译成了法语和其他14种语言，现在已经成为描绘20世纪中东生活最好的作品之一。

在开罗杰马利耶区一条有点破旧的窄小后街，纳吉布·马哈福兹找到了整个埃及的缩影。梅达格胡同是马哈福兹长大的地方，也是他同名小说的故事背景，它闭塞落后，与城市的其他部分隔绝开来，只有一两家商店、一个面包店、一间办公室和两幢三层楼房。但是它与埃及的古老文明密不可分——这里是法蒂玛家族、马穆鲁克家族和其他苏丹家族的世界。

胡同里古老的石板路通向历史悠久的萨纳迪格胡同，这里有开罗已经消逝的"远古荣光"，不过马哈福兹没有明确指出是哪段历史。如今，它是一些与"荣光"完全不相干的人物的居所，这些人各自以不同的方式应对贫穷、战争、英国的统治，以及个人志向带来的压力，而这些压力往往将人推向相反的方向。马哈福兹第一次描述这条街道时，它有一种晦暗的陷阱般的感觉：

> 太阳西沉了，暮色笼罩着梅达格胡同，胡同显得更加幽深莫测。这条死胡同就像一只由三道墙壁组成的口袋，袋口直通萨纳迪格胡同。沿着胡同，一边有一间铺子、一家咖啡馆和一个面包铺；另一边有一间铺子和一个公司代办处。再往上，如同它突然消逝的古老荣光，这条胡同也立刻就到了尽头，那里是两幢毗连的三层楼房。[1]

[1] 引文参考《梅达格胡同》，郅溥浩译，华文出版社，2018年版。

马哈福兹笔下的这条小巷远不只是书中人物活动的背景那么简单。从第一页开始，它本身就成了一个角色，作者不仅描绘了它的外观，还细细刻画了那些摇摇欲坠的墙壁、香料和民间草药的味道、城市里日落的深沉色彩，还有白天的喧闹沉淀下来之后，幽静夜晚的私语声。胡同三面都围着墙，阳光只有到了下午才能照进来，而且夜晚也会来得早一些，这里的很多居民离贫穷和窘困只有一步之遥。邪恶的宰塔把乞丐弄成残疾，这样他们能要到更多钱；人缘好但没资格行医的牙医布什博士拿到的便宜假牙都是从刚下葬的尸体上偷来的。

第二次世界大战和英国的军事力量如同一片黑云笼罩在这片土地上，不过，英国军队为胡同的几个居民提供了快捷的致富通道，年轻的侯赛因·卡尔什和理

许多事物可以做证，梅达格胡同是最珍贵的古代遗迹之一，它在开罗的历史上曾如同明星般闪耀。我指的是哪个朝代的开罗呢？法蒂玛王朝、马穆鲁克王朝还是其他苏丹王朝？只有安拉和考古学家才知道。总而言之，梅达格胡同是一个古老的、宝贵的历史遗迹。[2]

发匠阿拔斯都在军队基地找到了高薪工作。哈米黛最终成了为英国士兵服务的妓女，马哈福兹之后承认，他在潜意识里将她塑造成一个被占领的埃及的象征，梅达格胡同也是。但这一切只是虚假的繁荣。战争结束后，军队辞退了当地的劳动力，卡尔什又回到了梅达格胡同。

阿拔斯发现他之前的未婚妻哈米黛在酒吧里和英国士兵调情时，他冲了上去，结果被士兵打死了，故事也达到了高潮。然而，尽管胡同里的人刚开始很震惊，但他们迅速恢复了淡漠的态度。这是一条不老的胡同，书中的人物只是几个过客，很快就会湮没在历史的长河之中。

[2] 引文参考《梅达格胡同》，郅溥浩译，华文出版社，2018年版。

前页：这张20世纪20年代的复古版画由莫蒂默·门佩斯创作，描绘的是一条典型的"开罗街道"，如同马哈福兹的小说所描述的那样。

卡米洛·何塞·塞拉《蜂巢》(1951)

西班牙马德里

Camilo José Cela, *La colmena*, Madrid, Spain

作为一部西班牙战后经典著作，《蜂巢》遵循现代主义"合唱"城市小说的方式写成，文中相互联结的微缩图景共同组成了一个复杂的"殖民地"。小说记录了佛朗哥政权下形形色色的生活。

《蜂巢》的主要人物都是马德里的居民，他们将时间全部投入到满足最基本需求的活动中：食物、工作和性。马丁·马科是唯一一个在所有章节中都出现的角色，他是一个流浪作家，在城市里四处游荡，也是连接一切的纽带，代表了作者塞拉的一面。故事以第三人称叙述，叙述者屈尊俯就、讽刺挖苦，代表了塞拉的另一面，同时体现出塞拉对他成长之地的深入了解。

《蜂巢》记叙了1943年在马德里的三天，那时西班牙内战（1936—1939）刚结束四年。20世纪40年代是西班牙历史上的"饥荒年代"，也是一段残酷的报复期。20世纪30年代一系列支持西班牙共和国的纪录片、电影、戏剧、小说和诗歌涌现，比如兰斯顿·休斯[1]和巴勃罗·聂鲁达[2]的作品，亲共和国人士把马德里描绘成了一座英雄之城。40年代这座城市意志消沉，全然不复往昔的模样，更尚未成为20世纪80年代那个爆发新潮文化运动，以音乐和阿莫多瓦[3]电影闻名世界的热情之城。

《蜂巢》中对马德里的地理描写可以被分为准确符实、认知情感、审美、幻影和意识形态这五个角度。首先，在这部小说里，马丁·马科走的路线几乎完全符合1945年的城市地图[4]。他步行、乘地铁，从老城区走到东边更现代也更昂贵的地区，再到郊区简陋的棚户组成的村镇和墓地。如果马科从墓地又回到老城区，他就会走完一整圈；我们不知道作者会不会允许他这么做。

马德里的城市地理（街道、纪念碑、行政区、集会点、地铁站）也是马科的认知情感地图，用城市研究理论家凯文·林奇的术语来讲，马德里这座城市里充满了对马科来说意义重大的"道路""边界""区域""节点"和"标志物"。想象中的咖啡馆是聚会或者不欢迎他的地方，家人和朋友的住所以及妓院是他的避风港，郊区是宣告变化即将来临的边缘区域。

在这部小说中，马德里还具有美学上的意义。塞拉形容它为"一摞纸页，里面无序地流动着关于一座无序的城市的故事"。为了将马德里描绘成一个令人窒息的孤寂空间，表现在其中生活之人的人心涣散、随波逐流、价值缺失，作者打破了传

卡米洛·何塞·塞拉·特鲁洛克（1916—2002）是第一个获得诺贝尔文学奖的西班牙小说家(1989)。塞拉是一个复杂、矛盾的作家：他是佛朗哥主义的挑衅者，也因此成了典范。在意识形态上，他被左翼人士排斥在外，最保守的右翼人士也不信任他。

塞拉曾经是佛朗哥军队里的一名士兵，在独裁期间担任审查员。《蜂巢》本身却一直没有通过审查，1951年才在阿根廷出版。

[1] Langston Hughes，著名美国黑人作家。

[2] Pablo Neruda，智利著名诗人。

[3] 佩德罗·阿莫多瓦（Pedro Almodovar），西班牙导演、编剧、制作人。佛朗哥去世后，阿莫多瓦参加马德里文化复兴运动，成为运动的重要人物。

[4] 此图由玛丽亚·卡尔巴霍·拉戈绘制。

CÍRCULO DE LECTORES

CAMILO JOSÉ CELA

LA COLMENA

Con ilustraciones de Lorenzo Goñi

统的时序线性叙述，利用蒙太奇的手法随意剪辑和拼贴，将同时发生的几个事件打碎成217个微缩图景或者"巢室"，这些人物像蜜蜂一样在故事里随机地进进出出。

像蜜蜂巢室一样的碎片化叙述不是书名叫作"蜂巢"的唯一原因。受到比利时作家莫里斯·梅特林克的《蜜蜂的生活》的启发，西班牙无政府主义者认为一座完美的城市就应该像蜂巢一样运转。塞拉笔下的马德里远非平等的无政府主义城市，它的居民也不可能有这样的想象。《蜂巢》的核心主题是死亡，在最后几个墓地场景中，喜悦咖啡馆的大理石桌是回收再利用的墓碑，马德里被称为"坟墓、滑杆[5]和蜂巢"。《蜂巢》中的死亡意象不仅代表了在战争中和战后被杀害的100多万人，还代表了西班牙共和国激情澎湃的平等主义理想的消亡。

在准确符实、认知情感和审美的城市地理描写之上，作者还叠加了一层幻影地图。城市的每个角落都能唤起一些当下不存在的人和事。佛朗哥为了纪念法西斯主义英雄，给街道起了新的名称（"何塞·安东尼奥路""大元帅路""卡尔沃·索特洛路"），这些街道仍然会让马德里人想起一些传统的名号，比如"卡斯蒂利亚大道""格兰大道""静修大道"，等等。幸运的是，这几条街道的名字至今没变。死气沉沉的喜悦咖啡厅令人回想起战前那些满腔热血的知识分子、艺术家和政客的各种集会，就发生在小说没有提到的几个标志性咖啡厅里，比如庞波、环球、希洪，等等。写作风格方面，塞拉间接提了几个与马德里密切相关的早期西班牙作家，这些作家都是战前集会的活跃成员，包括戈麦斯·德拉塞尔纳、巴罗哈、巴列-因克兰等，塞拉用这部作品向他们致敬。

最后一个描写地理环境的层面是意识形态。这部小说经常因为过于保守而遭到批判——它没有公开谴责独裁者。20世纪40年代，在塞拉写《蜂巢》时，他之前的一部小说已经为他赢得了很高的知名度。可《蜂巢》还是没能通过审查，理由是它描写了性爱场景，缺乏爱国热忱。马丁·马科和《蜂巢》的叙述者帮我们厘清了年轻的塞拉的恐惧、忧虑和他的性格特点，还解释了他模棱两可的政治立场，他在脆弱和傲慢、积极参与和保持距离之间进退维谷。小说结尾出现了一点微弱的希冀，为他提供了一个支点：书中人物在一个共同的目标下团结起来，他们要从法西斯政府的铁爪中救出马丁·马科，让他免遭某种不明的厄运。一种尚不稳定的集体感，甚至是一种希望，似乎就要成形了。

《蜂巢》中的塞拉站在了情感与职业道路的汇合处，他的作品大多都有这个特点：父亲式的严苛讽刺与母亲式的柔情，为自己的脆弱感到担惊受怕；模棱两可的意识形态；渴望被认可；一种巨大的失落感；对他的同胞们满怀希望但又疑虑重重的信念（或者怀疑）。从这个意义上讲，作为西班牙的地理中心和首都的城市，马德里代表着整个国家的状态。

[5] 此处解释为一根架在空中或者竖直立起的杆子，上面涂满油脂或润滑剂，人们比赛走过去或者爬上去，也用来形容难以实现的事业。

对页：《蜂巢》1989年纪念版封面，由洛伦索·戈尼创作，画中是小说主角经常光顾的喜悦咖啡馆。

雷蒙德·钱德勒《漫长的告别》（1953）

美国洛杉矶

Raymond Chandler, *The Long Goodbye*, Los Angeles, USA

战后的洛杉矶，私人侦探菲利普·马洛在寻求正义的道路上，与坏警察、残忍的勒索犯，还有整个腐败的市政府为敌。

雷蒙德·钱德勒（1888—1959）直到40多岁才开始专职从事写作，在大萧条期间，他丢掉了石油主管的工作。据说他从来没想加入某个写作流派，而是希望成为一个诗人。

钱德勒成年后的大部分时间都是在洛杉矶度过的，但是他频繁地搬家，据估计，他住过24个不同的地方。

《漫长的告别》是以菲利普·马洛为主角的第六部小说，罗伯特·奥特曼于1973年将它改编成了同名电影。

　　与这个故事发生的城市一样，《漫长的告别》是一部非常奇特、漫无边际的小说，充满令人感到意外的题外话和奇怪的小插曲。故事的主人公是一名无足轻重的私家侦探菲利普·马洛，他在洛杉矶市中心有一间昏暗的办公室，银行存款只有几百美元，却拥有坚不可摧的道德准则，与战后道德沦丧的美国形成了鲜明的对比。马洛公正廉洁、不爱社交、不在乎钱，对性爱只是稍微有一点兴趣，他唯一的罪过是坚持为必败的事业而奋斗，去帮助那些软弱、愚蠢甚至卑劣的人，事实证明，这种坚持能像酒或毒品一样毁掉一个人。他在帮一个死去的朋友讨回公道的路上，揭露了一个反映着美国梦阴暗面的洛杉矶，在那里，爱只是一种普通的商品，金钱能买到幸福之外的一切。

　　洛杉矶是一座"反城市"，上百个各式各样的社区聚在一起，它们明争暗斗，形成了一个向外发散的大都市，而《漫长的告别》也是一部"反犯罪小说"，这对于一个几乎定义了犯罪小说的作者来说确实有些特别。钱德勒的作品中没有通俗小说作者普遍使用的技巧，读者如果习惯了钱德勒模仿者笔下那些低俗暴力的刺激，反而会觉得他的作品很无聊。而且，那些经典解谜故事里贯穿始终的核心线索（比如失窃的项链、在书房里被谋杀的管家）在他的作品里都找不到。取而代之的是一大堆不相干的题外话，还有一些没有任何贡献的支线情节、神出鬼没的人物、没有着落的线索，如果是一位有经验的编辑，一定会把它们都删掉。尽管小说的结局非常震撼，但是此前还有50页的叙述，即使删掉也不会对作品有任何显著影响。

　　然而，在《漫长的告别》写完后的半个世纪里，它被公认是唯一一种真正的美国文学体裁的典型范例。钱德勒的天才之处在于：第一，他拥有只有少数几个20世纪作家能够媲美的语言天赋，而这与作品体裁无关；第二，他的作品有一种深刻的地域感，定义了千千万万读者心目中的那座洛杉矶城。至少从表面上看，钱德勒对这座城市毫不留情。他笔下的洛杉矶是赌徒和瘾君子的天堂，时间和多舛的命运会让所有正人君子道德败坏，女人因酒精、淫欲或悲伤而堕落，警官不

一个不比其他地方更糟糕的城市，一个富裕、繁盛、充满荣耀的城市，一个迷失、挫败、无尽空虚的城市。究竟是哪般，完全取决于你所在的位置和个人成就。[1]

会主持公道，产业巨头对他们的致富手段造成的残酷后果漠不关心。城市的美景与居民的罪恶形成了鲜明的对比，20世纪50年代特有的乐观主义精神如同一个令人毛骨悚然的笑话。

　　洛杉矶的游客常常会发现，事实与钱德勒的描述所差无几。在那些如同一个模子里刻出来的、充满魅力的东部城市，人们只需要分清上城和下城的方向，洛杉矶却令人困惑，它无边无际，而且缺乏品位。它的建筑风格不够统一，不符合"美丽城市"的定义，西班牙大庄园和装饰艺术风格的摩天大楼会出现在同一个空间里，就好像每座建筑在设计建造时都完全没考虑周围的环境。这座城市的发展繁荣期大概是遇上了近代历史上建筑风格领域最无建树的年代，不开玩笑地说，你可以在洛杉矶开车走上100英里，目之所及尽是各式各样可怕的水泥造物。

　　然而，在这脏乱不堪的表面之下，隐藏着一个雄伟壮观的、有独特魅力的地方。在某种程度上，洛杉矶是整个星球上最令人难以置信的城市，一个疯狂的、不可能齐齐整整地划归于某个类别的大杂烩。

　　钱德勒描绘的洛杉矶有很大一部分早就消失了。那座显得颇为单一的城市已经被一座世界上最多元化的城市所取代。1000个各种民族的小领地融合在一起。你可以从亚美尼亚的埃里温开车去泰国的曼谷，只需调个广播台的时间就能到。圣莫尼卡和马里布在钱德勒的年代还是独立的行政区，现在已经并入了大洛杉矶地区，加利福尼亚州南部的有些地方在他的年代还保留了原始的自然景观，现在早已被犁了个遍。不过，如果你剥开现代的表层，仍然能看到小说中的那座城市，在阳光的炙烤下，景观壮丽宏伟、腐败无穷无尽、市民偶尔表现出他们的正直品格。《漫长的告别》中暗藏的玄机在于，马洛的叙述滔滔不绝、冷峻无情，就像煮过了的鸡蛋一样硬，都能参加白宫草坪上的滚彩蛋比赛了。他将自己描绘为一个对生活感到厌倦、已经无法感受它的魅力的人，而事实上，他简直就是骑士堂吉诃德，坚守着他的道德准则，愿意为之牺牲一切。同样，作者表面上对他的家乡持鄙视态度，但是字里行间都透露出他对这座沙漠与海洋之间的梦幻城市有一种恒久的热爱。在这座城市里，能看到一幅人类行为的全景图，无论好坏，万事皆有可能发生。

[1] 引文参考《漫长的告别》，姚向辉译，海南出版社，2018年版。

后页：1932年的洛杉矶地图，2014年由卡尔·莫里茨·勒希纳绘制，洛伦·拉特克编辑，详细展示了《漫长的告别》中的关键地理位置（见图中标"KEY"的部分）。

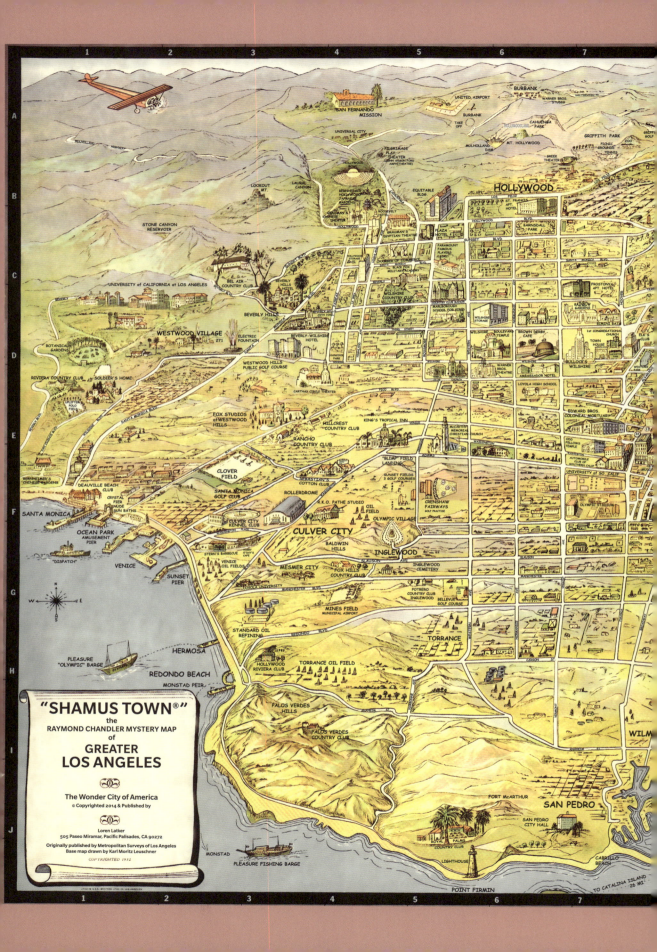

"SHAMUS TOWN®"

the
RAYMOND CHANDLER MYSTERY MAP
of
GREATER
LOS ANGELES

The Wonder City of America

© Copyrighted 2014 & Published by

Loren Latker
505 Paseo Miramar, Pacific Palisades, CA 90272

Originally published by Metropolitan Surveys of Los Angeles
Base map drawn by Karl Moritz Leuschner

COPYRIGHTED 1932

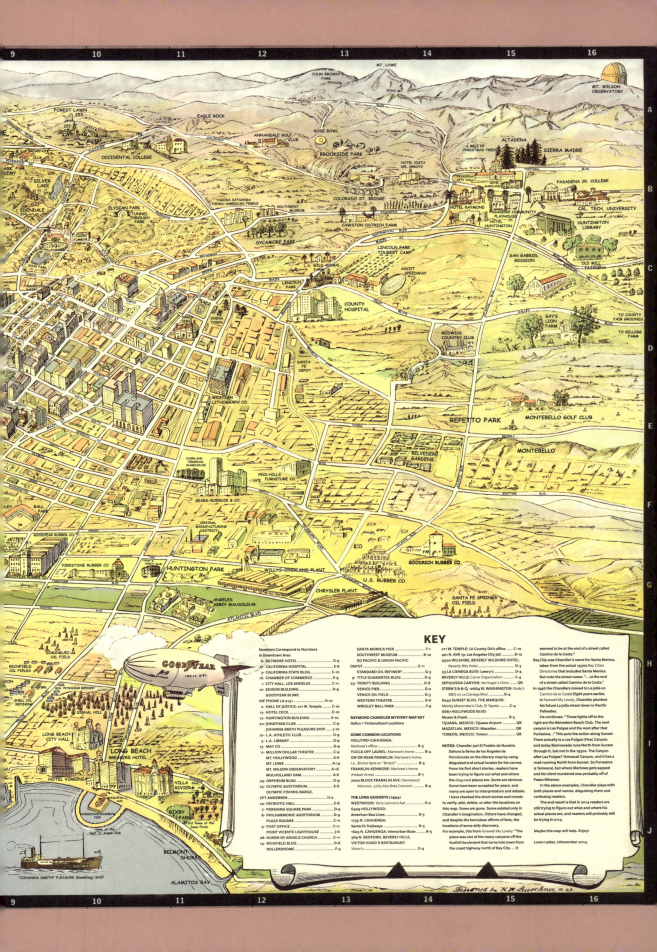

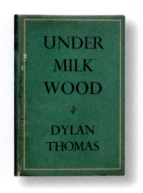

狄兰·托马斯于1914年出生在威尔士的斯旺西，他在19岁时出版了第一本诗集。

《牛奶树下，声音的戏剧》的首次现场演出是1953年5月14日，在纽约的诗歌中心。其中一名朗诵者是狄兰·托马斯本人。

作为一部"声音的戏剧"，它在1954年1月25日由BBC通过广播演绎之后才一举成名。

狄兰·托马斯《牛奶树下，声音的戏剧》（1954）

威尔士拉恩

Dylan Thomas, *Under Milk Wood, A Play For Voices*, Laugharne, Wales

这部经典的广播剧将一群只存在于作者想象之中的各式各样的怪人聚在一起，为观众奉献了一场滑稽演出，从而展现了一个丰富多彩的威尔士。

据说狄兰·托马斯"最喜欢海边的小镇，更喜欢威尔士海边的小镇"，《牛奶树下，声音的戏剧》的灵感源泉就来自此处。这是一部写了10年的作品，直到诗人于1953年11月9日去世时，最后几页还没有完成修订。

《牛奶树下，声音的戏剧》是托马斯在新码头时写的，之后与妻子凯特琳和孩子住在海边时他也在创作。他们住在海港小镇拉恩一栋坐落在崎岖陡峭的岩石上、被海风侵蚀的破旧房子里。剧中住在拉雷格布海滨小镇上的人物，原型是拉恩善良的居民，或者说至少是托马斯幻想中的拉恩居民，他们浪漫又质朴、疯狂又理智、狭隘又广博，而且非常滑稽。在BBC的广播节目中，他将拉恩描述为"海边一个传奇般的、懒惰的、充满黑魔法的小精神病院"。

托马斯英年早逝后，他的同代人、经常和他一起打趣起哄的朋友演员理查德·伯顿曾说过，《牛奶树下，声音的戏剧》是一部关于"宗教、性与死亡"的作品，他曾为托马斯最后的也是最经久不衰的一部作品贡献了配音。的确，《牛奶树下，声音的戏剧》既充斥着古怪的想法，又洋溢着怀旧与"思乡"（hiraeth）的情绪，"思乡"是用于指代一种向往家乡的忧郁情怀的词语，威尔士人（尤其是南威尔士人）号称这个词是他们的专利。

托马斯勾画出了一幅超现实的织锦，一个关于生与死的梦境，通过小镇上众多居民的集体想象力，讲述了一个发生在春季的一天一夜的故事。剧中共有69个人，其中"猫船长"是一个退休的瞎眼船长，他常常梦见他那些被大海吞噬的船员，还会为他去世已久的心上人哭泣；还有妓女罗斯·普罗伯特："躺下来，放轻松。让我在你的大腿上沉了船。"

一本正经、散发着薰衣草香的裁缝米芙凡薇·普莱斯把她的心献给了布商莫格·爱德华兹，他们沐浴在爱的光辉之中。两次失去丈夫的寡妇奥格摩尔－普里查德夫人一边替变成鬼的丈夫们做日常杂务，一边严厉地说："在阳光进来之前，你注意让它先把鞋擦干净。"

牧师伊莱·詹金斯每天早上吟诵一首诗或祷词，迎接美好的一天，并且下定

决心"永远，永远不离开这座小镇"。

邮差威利·尼利在送每封信之前都要打开看一看。漂亮的波莉·嘉德晾衣服时怀里还抱着宝宝，她在孩子身上看见了孩子父亲的影子，而孩子父亲的影子是汤姆、迪克还是哈利，也许是已经埋在地里的小威利·韦？每晚都为镇子上的男人牺牲自己的她，为她爱过和失去的人哼唱着挽歌："哦，汤姆、迪克和哈利是三个好男人 / 我永远不会再爱了。"

傲慢古板的女教师哥萨莫·拜农是酒馆老板"辛巴达水手"爱慕的对象。"管风琴摩根"是一个迷恋巴赫的管风琴手。17岁的"小屋"梅·罗斯是个天生的小恶魔（"你等着吧，我会作恶到死！"）。

第一次世界大战期间，托马斯在斯旺西度过了闲适的童年。他出身于一个中产阶级家庭，住在一个如梦似幻的地方。那里有挂满各种船画的酒吧、锌板屋顶的小礼拜堂、彩色的教堂、盐白色的房子、粉色的小酒馆，还有金黄色的沙滩。"牛奶树"与沉闷的、令人一头雾水的拉雷格布小镇，就是在这样的梦境和幻想中诞生的。

据凯特琳回忆，在拉恩时，不爱旅行的托马斯（尽管他经常幻想着一些遥远的异域国度）发现并接受了他与生俱来的孤独。他在那里找到了拉雷格布和牛奶树：一个安静的睡梦世界，一个海滨小镇，没有星星，像《圣经》的封面一样漆黑，它们将成为并永远代表着他对威尔士梦境般的回忆。

狄兰·托马斯写作的小棚屋，他在这里创作了一部分《牛奶树下，声音的戏剧》，小棚屋就在他出生的小镇拉恩，拉雷格布的一些特点就是根据拉恩创造出来的。他将这座棚屋形容为"我洒满字词的小屋"，他生命中的最后四年也是在这里工作的。

三岛由纪夫的原名是平冈公威（1925—1970），他被认为是20世纪最重要的日本作家之一。

《潮骚》被改编成了五部电影，其中包括一部动画电影。

三岛由纪夫曾说，这个故事是对公元二世纪的希腊爱情故事"达佛涅斯和克洛伊"的改写。

三岛由纪夫《潮骚》（1954）

日本伊势湾，歌岛

Yukio Mishima, *Shiosai*, Uta-jima, Ise Bay, Japan

《潮骚》讲述了第二次世界大战后，发生在一个偏远小岛上的曲折的爱情故事。渔夫新治与比他更有权势的安夫都爱上了采珠女初江，这场竞争的结局颇具戏剧性。

日本群岛有着陡峭的高山和森林，岛的边缘环绕着一圈狭窄的宜居空间，还有三个肥沃的水稻种植平原和6852个小岛，它长期以来一直在日本文学中扮演着重要的角色，例如安部公房的《砂女》中骇人的孤独，川端康成的《雪国》中无人惊扰的纯然，远藤周作的《沉默》中黑暗的海岸和危险的道路，古川日出男的《马儿们，即使那样光芒也是纯洁的》（*Horses, Horses, in the End the Light Remains Pure*）中核电站堆芯熔毁后的福岛。但是，三岛由纪夫可能比其他日本作家更重视地理景观的微妙变化和其中蕴含的意义。

1954年的小说《潮骚》是一个不容忽视的典型例证。作为一部经典的"三角爱情"类小说，它对日本文化影响极大，至少改编成了五部电影。故事发生在虚构的歌岛上，由于作者将它描述得太像伊势湾的神岛了，于是神岛号称是歌岛的原型，吸引了很多粉丝，他们前来体验书中那种极致的浪漫。书中的主人公仿佛是用岛上的土块造出来的，他们筋骨血肉的构成成分与周围的环境别无二致。故事情节似乎也充分借助了岛上的地理环境，有惊险的高峰、险峻的悬崖、遮风挡雨的山洞和赤裸裸的开放空间。

故事的主人公新治是个渔民，他完全按照潮汐和天气来安排日常活动。他是一个求生者，家里一贫如洗，饥一顿、饱一顿，勉强维持着生计。他爱上了被送到另一座岛上做学徒的采珠女初江。初江是美与传统的化身，也是通往岛外世界的桥梁，她是一位旅者，通过对外销售珍珠为这座小岛赚钱。她还吸引了富家子弟安夫的注意力，在这座小岛上，他家地位显赫。木秀于林，风必摧之，而在日本群岛，风暴总是在不远处暗暗酝酿着。

小说家们热爱岛屿，这些与世隔绝的地域，小到能在脑海中轻易勾勒出地图，又足够多元化，能够尽情发展故事情节，同时，各种地理位置可以形成对比，呼应人物的情感与心绪。三岛由纪夫的小说向来非常倚重地域，他以地域为基石，搭建故事中的字面和象征意义，引发深刻的哲学思考，释放激烈的情感。而《潮骚》则是其中地理意义最强的一部作品，地域代表了一切。歌岛是造物主、催化

伊势二见浦夫妇岩的照片。这两块神圣的岩石代表着丈夫和妻子，新治希望和初江达成这样的结合。连接两块石头的草绳成为"注连绳"，是将圣地与不净之地隔开的结绳。

前页：歌川广重的伊势二见浦夫妇岩版画，背景是富士山。

剂、事情的原委，是故事的开始与终结、骨架与血肉。从故事的开头，三岛由纪夫笔下的歌岛就传达了一种劫难迫近感和孤立感：

> "竖立灯塔的悬崖下面，伊良湖水道海流的轰响不绝于耳。连接伊势海和太平洋的这座狭窄的海门，在有风的日子里总是翻卷着漩涡。隔着水道，渥美半岛的尖端迫在眼前，在这片多石的荒凉的临水岸边，耸立着伊良湖岬角无人管理的小小灯塔。"[1]

三岛由纪夫选择神岛作为原型时，明确地知道他想要什么。书中的人物、故事，还有读者都被传送到了那座小岛上。若将这个故事放置到其他地域，它就失去了灵魂。在岛屿上，潮水的声响无处不在，我们无处可逃。

[1]　引自《潮骚》，陈德文译，人民文学出版社，2013年版。

弗朗索瓦丝·萨冈《你好，忧愁》（1954）

法国科特达祖尔

Françoise Sagan, *Bonjour Tristesse*, Côte d'Azur, France

故事发生在时髦的科特达祖尔海岸边。在炙热的阳光下，风景优美的度假村里，这部冷静又理智的小说展示了生活富足的小资产阶级的风流韵事，以及幸福感的缺失。

　　"那年夏天，我十七岁，无忧无虑，沉浸于幸福之中。"[1] 小说首页的第一句话简单直接，开启了一个感情浓烈、令人难以忘怀的短篇故事。这部小说首次出版于1954年，故事发生在法国最东南边的科特达祖尔[2]炙热的阳光下：这里是富人们最喜爱的游乐场，既有美不胜收的海滨度假村，又有礁石环绕的海湾和陡峭的悬崖，是一个少不了纵情享乐和阴谋诡计的地方。

　　《你好，忧愁》出版后，评论褒贬不一。那时作者年仅18岁，需要父母同意才能和出版商签合约。弗朗索瓦丝·萨冈是她的笔名，取自萨冈公主（她的文学偶像马塞尔·普鲁斯特创造的一个角色）。这部小说是出版前一年的夏天写的，当时年轻的弗朗索瓦丝错过了每年一度的南法家庭度假游。她为了参加重考大学的入学考试，不得不待在巴黎参加强化补习。那年秋天，和小说中的女主人公塞茜尔一样，弗朗索瓦丝通过了考试，被索邦大学录取，可进了大学之后，她没怎么学习，大部分时间都在圣日耳曼德佩区的一家咖啡馆里写作。她描绘着一幅幅令人难以忘怀的图景，回味在圣拉斐尔和胡安莱潘附近蔚蓝海岸边度过的那些慵懒的日日夜夜。她本应在那里度过一个无忧无虑的夏天：公共海滩的早晨、躲进松树林的下午，还有赌场里喧闹的夜晚，不过，在太阳底下待太久会受伤，道路急转弯容易发生危险。平静的地中海海面之下，必然暗流涌动。

　　小说的名字取自1932年保罗·艾吕雅的一首诗，一首忧郁的诗的前几行。《你好，忧愁》一经出版就引起了强烈的反响，它集中于一个与众不同的"三角家庭"：一位丧妻的花花公子、他十几岁的女儿，还有一个女人，至少从女儿的角度来看，这个女人就是她和父亲之间的第三者，她的出现最后酿成了悲惨的后果。

　　商人雷蒙的妻子早逝，他的女儿塞茜尔上了寄宿学校。一年暑假，父女二人来到时髦的科特达祖尔，住在度假小镇圣拉斐尔附近。雷蒙的情人艾尔莎加入了他们，她不到30岁，魅力十足却头脑简单，远远达不到雷蒙和塞茜尔的知识水平。她的头发是红色的，皮肤苍白，这些都让她很容易被海边无情的烈日晒伤。

弗朗索瓦丝·萨冈（1935—2004），法国文学界"让人头疼的天才作家"。《你好，忧愁》是她的第一部作品，1954年首次出版，毁誉参半；到1958年时已经被翻译成20种语言。

过早成名导致很多事失去了控制，而且大部分都是在公众的目光下发生的。尽管她取得了文学上的成功，但是萨冈去世时却背负着100万法郎的债务。

[1] 引自《你好，忧愁》，余中先译，人民文学出版社，2006年版。

[2] 又称"蔚蓝海岸"。

太阳蹦出了天轨，轰然作鸣，坠落到我身上……我在哪儿？在沧海的尽头。时光的尽头，快乐的尽头……随后，是咸水的清凉。我们一起笑着，目眩眼花，浑身懒洋洋的，满怀感激之情。我们拥有阳光和大海，拥有欢笑和爱情……[3]

> 我们热得浑身无力，半天半天地待在海滩上，在酷热的暑日下沐浴，肌肤渐渐染成了健康的古铜色，只有艾尔莎晒得发红，并且可怕地一层层脱皮……天刚蒙蒙亮，我就泡在清凉透彻的海水里，我躲匿于水中。在水中耗得精疲力竭，以胡乱的运动洗涤着身上从巴黎带来的一切阴影与灰尘。[4]

假期刚开始不久，塞茜尔就邂逅了帅气的西利尔。他有一艘小帆船，助力两个人的调情迅速演变成干柴烈火。可他是真心的，她却只想试试看。情窦初开的激情，在地中海风景的衬托下，更加凸显了丰富的感官享受，比如塞茜尔的早餐仪式："我咬一口橙子，一股甘甜的浆汁溅到舌头上，马上喝一口浓黑滚烫的咖啡，然后再吃清凉的果肉。"塞茜尔和西利尔的幽会，在远离燥热的海滩上、松香弥漫间的鱼水之欢，永远地与那时那地的那个盛夏联系在一起。

这种半田园牧歌式的场景被安妮的到来扰乱。安妮是一个冷静、聪慧、优雅的女人，与雷蒙年龄相仿。安妮是塞茜尔母亲的朋友，但我们很快就知道，她的目的其实是追求雷蒙。尽管艾尔莎拥有年轻的资本，但是比不过年龄大一些的安妮，而且遭到了恶劣的对待——安妮和雷蒙很快就宣布他们想要结婚。安妮对塞茜尔的态度并不明确：她究竟是对手，还是母亲般的角色？安妮命令塞茜尔去学习，要求她多吃点，还让她和西利尔分手；父亲雷蒙没有表态。塞茜尔违抗命令，成了西利尔的情人，同时酝酿了一个灾难性的计划，想要让自己和雷蒙永远地摆脱安妮。

即便今天再看《你好，忧愁》，它仍然令人惊讶。书中叙述者的感情疏离，作者行文极其精致，可它却被误解为一本伤风败俗的书，或许是因为当时的世界还没准备好接受如此复杂、矛盾的人物关系，人物之间既互相吸引又彼此厌恶。萨冈将科特达祖尔的富人刻画得出神入化，他们从闷热的城市里逃出来，花几周时间在船上、海滩上和别墅里吃喝玩乐、眉来眼去。总而言之，《你好，忧愁》是一部非常时髦却永远令人心痛的小说，描写炙热的地中海夏天，诉说伤痛的青春与失落的纯真。

[3] 引自《你好，忧愁》，余中先译，人民文学出版社，2006年版。

[4] 同上。

对页：大概是在1960年，豪厄尔·沃克拍摄的照片，人们在戛纳的新月形海滩上享受暑热。这是萨冈小说中故事的发生地，也是法国海滨的一部分。

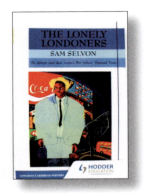

萨缪尔·塞尔文《孤独的伦敦人》(1956)

英格兰伦敦

Samuel Selvon, *The Lonely Londoners*, London, England

在这个关于种族与求生的故事里，一队从"疾风号"下来的移民试图在20世纪50年代的伦敦生存下来。塞尔文在叙述中加入了特立尼达方言的元素，他通过精彩的人物刻画来替这个充满智慧和同情心的群体发声。

萨缪尔·塞尔文 (1923—1994) 于1950年4月移民到伦敦，他和巴贝多作家乔治·莱明（他1954年的小说《移民》与《孤独的伦敦人》关注的问题相似）乘坐了同一艘船。

这本书是记录黑人移民在伦敦的生活的第一批小说之一，可以说是汉尼夫·库雷什的《郊区佛爷》和扎迪·史密斯的《白牙》等小说的先驱。

塞尔文先试了用"标准英语"来写这本小说，但是发现"就是行不通"。当他决定用方言来写的时候，这本书就"行云流水"了，他在6个月内就完成了创作。

[1] Windrush generation，第二次世界大战后，当时的英国劳工短缺，于是英国政府利用从纳粹德国缴获的战轮改装而成的客轮"帝国疾风号"（MV Empire Windrush）从加勒比海的牙买加、特立尼达和多巴哥等地载送492名劳工与其子女抵达艾塞克斯郡的蒂尔伯里码头。这班人及他们的后裔，被统称为"疾风世代"。

在这部特立尼达作家萨缪尔·塞尔文的作品中，伦敦既是传说，也是真实的生活。小说是这样开头的：

> "一个阴沉的冬季夜晚，伦敦给人一种不真实感，笼罩着城市的雾气不停地飘动，灯影模糊不清，就好像这座城市根本不是伦敦，而是另一个星球上什么奇怪的地方，就在这个时候，摩西·阿罗埃塔在切普斯托路和韦斯本路交会的路口跳上一辆46号公交车，准备去滑铁卢会见一个从特立尼达坐船来的老伙计。"

小说开篇第一句话就把伦敦变成了传说。一方面，它沐浴在文学传统的光辉之中，T. S. 艾略特的"不真实的城市"被狄更斯的浓雾包裹着；另一方面，你也可以在某两条路的交会点随意"跳"上某辆真实存在的公交车。城市的日常运转机制及地理上的真实性，与它作为一个想象与幻梦之地的显赫名声并存，而这种张力正是这本美妙诙谐、情节曲折的小说的核心主题之一。

《孤独的伦敦人》首次出版于1956年，讲述了几个刚刚抵达伦敦不久的（主要是）来自西印度群岛的男人（和两三个女人）的故事，他们是战后移民潮中的一分子，后来被称为"疾风世代"[1]。这本书的结构较为松散，没有按照故事情节展开，而是先跟着一个人物叙述，然后转移到另一个人物身上，一种（明显的）目标缺失感贯穿始终，呼应了塞尔文笔下的"男孩们"困惑的、漫无目的的游荡。

塞尔文采用了轻松幽默的散文体裁，将"标准英语"和特立尼达方言混在一起，向我们简要介绍了这些人的生活：船长（一个狡诈的尼日利亚人）如何利用他不可理喻的神秘魅力搞定了不少女人（经常导致灾难性的后果），过分自信的加拉哈德（摩西在故事的开头赶去会见的人）如何落到了抓鸽子吃的下场，以及他们如何努力找工作、找姑娘。塞尔文将这些奇闻逸事集合在一起，组成了一部小说、一幅城市的画像。

塞尔文使用的混合了方言的英语是加勒比文学发展史上的重要里程碑。加勒

The Lonely Londoner
Samuel Selvon

就这样，老加拉哈德像大人物一样冷静地走上大街，胳膊上挂着塑料雨衣，眼睛盯着路人，每遇到一个精心打扮的人，都会礼貌地点个头说声"晚上好"，完全不管对方是否有回应。这可是伦敦啊，这种生活，老天爷，你就该口袋里装满钱，像国王一样大摇大摆，没有一丝烦恼。

比文学在那段时期经历了一场复兴，与他同时代的作家还有V. S. 奈保尔和德里克·沃尔科特，以及与伦敦加勒比艺术家运动有关的一些作家。用混合语写作也是这部作品作为伦敦城市画像如此合适的原因之一。如今，在伦敦的街道行走，经常能在方圆百米范围内听到十几种不同的语言。伦敦这座国际化特大都市，就像是一个混入了各种截然不同的社会群体，并且还在无限扩张的大熔炉，只不过每个群体都保留了自己的语言和风俗习惯，他们乘坐地铁，上街游荡，把这座城市变成了自己的家。

与无数移民一样，塞尔文笔下的"男孩们"通过给居住的区域起名，将伦敦纳入了他们的语言体系。比如，摩西告诉加拉哈德，他"住在'水湾'里，对你来说就是贝斯沃特，你得在城里住上至少两年，才会像我这么说"。我们通过语言来宣告自己的所有权，获得对砖块和水泥的控制，否则它们可能永远不会给人腾出落脚的地方。（塞尔文笔下的人物经常要面对候车室窗户上贴着的"'水湾'是白人的地盘"的标语，他们清楚地意识到，落脚地是要靠争取才能得到的。）

然而，正是这些名字给地域赋予了一种神秘的力量，牢牢地控制着我们自己，正如塞尔文在小说结尾处指出的：

噢，它是什么、在哪儿、为什么是这样，没有人知道，但是人们说："我走在滑铁卢大桥上""我在查令十字街约会""皮卡迪利广场是我的游乐园"，说过这些地方，去过这些地方，在伟大的伦敦城、世界的中心生活过……

一座城市、世界上的任何一个地域，究竟有什么魔力，能让你如此喜欢它，以至于你不会为了任何原因离开它？是什么能够把人们留住，总的来说，说真的，事实上，他们为了谋生历尽千辛万苦，住在小小的蜗居里，在同一个地方睡觉、吃饭、更衣、洗漱、做饭，活着。

前页：艾伦·温盖特出版社——一个由安德烈·多伊奇经营的颇具影响力的小出版社——出版的《孤独的伦敦人》（1956）创作的封面图。

150

伦敦是一头让人精疲力竭的迷人巨兽，它那么昂贵，你不得不为了生存耗尽心力，它让居民住在他们勉强能付得起房租的小房间里，房间之间相隔好几英里，这将他们一个个孤立起来。这座城市给塞尔文笔下人物留下的印象，让很多现代伦敦人都感到颇为熟悉。如今与当初并无不同，这座城市的迷思藏在各个地名里的诗，仍然令人神魂颠倒。人们继续努力、继续奔忙，每个人都是孤独的伦敦人……

"皮卡迪利圆形广场——那座广场像磁石一样吸引着他，那座广场代表着生活，那座广场是世界的开始与终结。"一群牙买加移民在研究伦敦地铁图的照片（约1948年）。

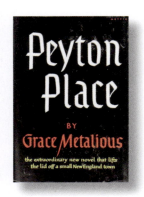

格雷斯·麦泰莉《冷暖人间》（1956）

美国新罕布什尔州

Grace Metalious, *Peyton Place*, New Hampshire, USA

格雷斯·麦泰莉这部精彩的先锋之作揭露了在康涅狄格河沿岸树林环绕、风景如画的新英格兰小镇上，蕾丝窗帘和漂亮的白色百叶窗后发生的真实故事。

格雷斯·麦泰莉（1924—1964）在6个月内完成了《冷暖人间》的初稿。

1956年出版后，这本书在短短10天之内就卖了6万本，成为20世纪最畅销的小说，像《飘》这样的经典之作都望尘莫及。

这部小说被改编成美国广播公司（ABC）的第一部在黄金时段播放的肥皂剧，从1964年一直播到1969年，造就了米娅·法罗和瑞恩·奥尼尔两位影星。

这部作品为数百万读者敲响了新世纪的大门，它宣告了消费社会的到来，更重要的是，它呈现了三个女人的生活故事。

佩顿是由格雷斯生活过的几个地方混搭出来的虚构地点，包括她的出生地吉尔曼顿（她之后还会回到这个地方），还有这本书的完成地普利茅斯。由于改编的两部好莱坞电影和世界上第一部电视肥皂剧粉饰了作品中的阴暗面，新英格兰的本来面貌和人们印象中的样子大相径庭。正如阿迪斯·卡梅隆教授在维拉戈出版社版本（2002）的前言中提到的，这部小说备受争议，被认为是对淳朴热情、人见人爱的美国乡村小镇的污蔑。

不过，书中文字已然正中目标，吹响了女性解放的新时代号角，是被压抑的一代积累的怒气一并爆发的行动信号。它在美国和加拿大的图书馆都被禁了，但是被禁得越厉害，书卖得就越好，麦泰莉很快就成了名人。可以说，这是第一本女性主义的畅销书。

从小说开篇，"美好"乡村的梦幻泡泡就破灭了。在如同女人一样善变的秋老虎到来的一天，初中生艾莉森·麦肯齐步行穿过小镇，小镇主路两端各有一个教堂，沐浴在暖洋洋的空气中。新英格兰的树对秋老虎表现出了标志性的反应："针叶树像一群不情愿的老头站在周围的山上。"把针叶树砍下来就可以做成横条的外墙隔板，在旅游指南里经常能看到有这种外墙的房子。这些树木也相当于伐木工的保险，在没有其他工作可做（"当人被生活撞了一下腰"）时，他们还可以利用自然资源谋生。对于年少的艾莉森而言，树林则是她的秘密藏身地、她的初恋："她停了下来，用鼻子凑近光秃秃的白绿色树枝，闻到了一股潮湿、新鲜的味道，她的指尖滑过树枝裸露的表面，直到手上沾满了湿漉漉的汁液。"

随着人物逐渐出场，我们开始感受到镇子上蓄积的愤怒和情绪，那是一盒充满挫败、欲望和扭曲的激情的生活"巧克力"："康斯坦丝隐约感到内心有一种躁动，她严厉地告诉自己，这不是需要性爱，而可能是有点消化不良。"

卢卡斯·克罗斯是书中尤为重要的人物，他酗酒、淫乱、令人害怕，他把自

己和几个酒友锁在了肯尼·斯特恩斯装满苹果酒桶的地窖里。戒酒协会出钱让他们排演一个短剧，展示酗酒的所有坏处，他们却自己喝了起来，很可能还用那笔钱买了酒。在一场令人毛骨悚然的史诗级酒精狂欢中，他们喝得烂醉如泥、不省人事，直到钱都花光了为止。这些人变成了凶猛的野兽，在重重压力之下颓然倒地。

可惜的是，对于自己给出的警示，麦泰莉熟视无睹。她赶走了幸运女神，挥金如土，稿酬却远远赶不上花销。在这本书出版八年之后，麦泰莉死于肝硬化。她去世的时候，电影和电视剧还没有上映，她欠国税局的债务是银行存款的三倍。她在纽约的奢侈生活人尽皆知，暗地里还在吉尔曼顿买下了她梦想中的房子。她一直爱着那座小镇，尽管她已经把它的秘密全然公开，惹恼了所有人，但她最终还是回到了镇上，在那里黯然辞世。

电影中艾莉森·麦肯齐（米娅·法罗饰）和诺曼·佩奇（拉斯·坦布林饰）站在山上俯瞰佩顿镇的著名场景，实际上是缅因州卡姆登城的巴蒂山。

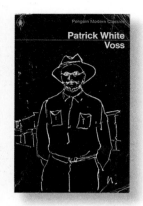

[1] The London Blitz，第二次世界大战中纳粹德国对英国首都伦敦实施的战略轰炸，大约发生在1940年至1941年间。

帕特里克·怀特《探险家沃斯》（1957）

澳大利亚内陆地区

Patrick White, *Voss*, Outback, Australia

这部备受好评的作品是对澳大利亚著名探险家路德维希·莱克哈特（文中名为沃斯）命运的重新阐述，包括他与这片冷酷无情的土地之间的斗争。

澳大利亚有一处偏远之地，在口语中常常被称为"内陆""灌木丛"或者"禁地"。对于澳大利亚人来说，这些名称指代了他们心目中一个令人敬畏的存在。在这片四面环海的澳洲大陆上，只有靠海的边缘才有文明社会，中间广袤的大地土壤贫瘠、不宜居住。即便如此，这片未知的内陆散发的恐怖气息与迷人魅力像磁石一样吸引着第一批白人移居者，吸引着他们去战胜那片辽阔的土地，为最靠近中心地带的地域命名，仿佛这么做就能树立权威，明确他们的统治地位。

帕特里克·怀特于1957年出版的小说《探险家沃斯》就体现了这种非此即彼的二分原则。1939年至1986年期间，怀特一共出版了十二部小说，《探险家沃斯》是其中的第五部，它在世界范围内广受好评，英国和美国文学评论家甚至将这本书与列夫·托尔斯泰和赫尔曼·梅尔维尔的作品相提并论。《探险家沃斯》获得了两个重要奖项：澳大利亚的迈尔斯·富兰克林奖和英国的 W. H. 史密斯文学奖，自此以后，它被翻译成多国语言。1973年怀特获得诺贝尔奖时，颁奖词中明确地赞美了这部作品对澳大利亚独特的自然风光的描写："用史诗般的心理叙事艺术将一片新大陆纳入了文学世界。"

然而，在怀特的家乡，这本书非同寻常的语法（一个评论家称之为"繁复的文艺语言"）却令很多读者敬而远之。他创造了一种新风格来表达抽象的思想，用他自己的话说，就是"用字词堆砌出全新的形式"。这样说来，作者本人也是一名探险家，在无人涉足的文体风格领域砥砺前行，竭力为壮美的澳洲自然风光创造一个属于它自己的声音。还有人认为，主人公那种尼采式的自命不凡和希特勒式的狂妄自大体现了德国神秘主义思想，而作者对此毫不在意，简直令人费解。和梅尔维尔的亚哈船长（小说《白鲸》的主人公）一样，沃斯有一种天神般的傲慢，试图以人的意志去征服自然环境。有人问他是否研究过地图时，他不屑地表示自己会先绘制一幅地图出来。沃斯对这片土地充满了敌意，将它视作唯一值得一战的对手。

怀特承认，这部小说是在伦敦大轰炸[1]期间构思出来的，受到了他参与埃及

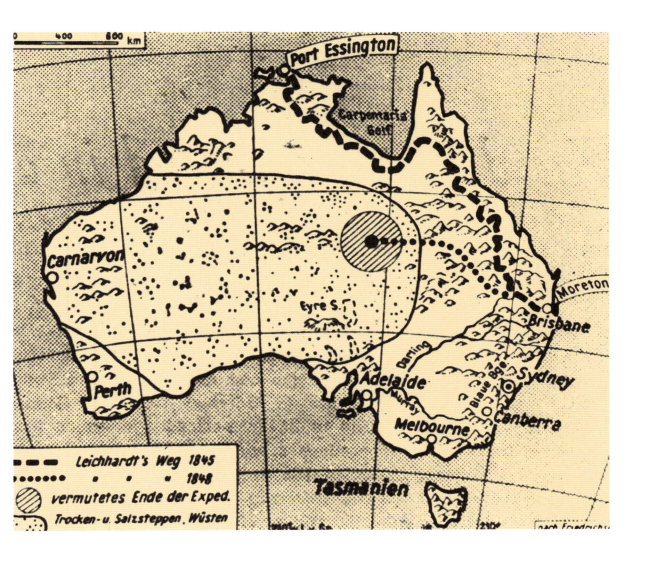

德国探险家路德维希·莱克哈特在澳大利亚探险的路线图，怀特的《探险家沃斯》参考了这条路线。

西部沙漠或那段经历的影响。小说更直接的灵感来源则是普鲁士探险家路德维希·莱克哈特（1813—1848）探索澳洲大陆的经历：莱克哈特死于一次从澳洲东部穿越到西部的探险。在怀特的故事中，沃斯走过的地理环境正是他内心的外在呈现：冷漠、易怒、无情和不可理喻。沃斯"深入心中的黑暗荆棘丛"，将神秘的，甚至有点哥特式恐怖的自然环境内化了。随着沃斯跨过已知自我的边界，走进一个同样"令人不安的国度"，澳洲内陆这片地域就成了书中的主人公。

怀特笔下的沙漠隐喻一方面看起来是在暗指《圣经》，另一方面也很像奥德修斯四处游历的经典神话。不过，这片土地最终不仅没有被人类占有，还让他们失去了一切。傲慢的沃斯是无法征服自然的。如果他能够接受作为凡人终究要回归尘土的命运，悲剧就不会发生了。他的精神旅伴劳拉·特里维廉意识到了这一点，宣称："你就是我的沙漠！"

探险一开始，莱克哈特的队伍就踏上了封神的征程。他们几乎成了澳大利亚

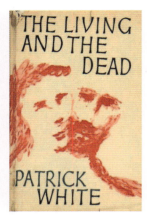
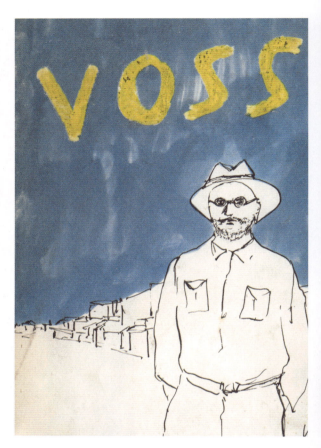
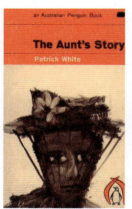
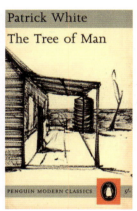

澳大利亚画家西德尼·诺兰
（1917—1992）为帕特里克·怀
特的几部作品绘制了封面图，最
早的一部是《探险家沃斯》，最
后一部是1958年的《树叶裙》。

对页："我被迫走进了这个国度。"
大卫·布莱尔的《澳大利西亚历
史》中的麦克法兰与厄斯金版画，
由麦格雷迪汤姆森和奈文出版社
于1879年出版。

艺术家西德尼·诺兰简朴风格艺术作品中的人物。探险者们离开了富饶的海岸，
走上了"通往地狱之路"，"书写着自己的传奇故事"。海滨代表了故事背景中表面
的、有限的部分，而"地狱之路"则代表了神秘的、无限的部分，评论家们对后
者感触良多，有些人视之为华兹华斯式的浪漫主义情怀，也有人认为怀特书写的
冒险之旅，就像托马斯·哈代笔下的韦塞克斯一样个性独特。

　　最终，劳拉总结了从沃斯与自然搏斗中获得的智慧："知识向来与地理无
关……它超越了世间存在的一切地图……（而且）只有在心灵的国度里受尽折磨、
直到最终死去的那一刻才能得到。"就这样，这位探险家成了一个隐喻——所有那
些内心如同未经探索的沙漠一样荒芜的人，只有痛苦和谦卑才能开启他们精神探
索的旅程。

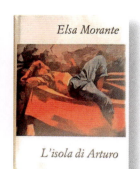

艾尔莎·莫兰黛（1912—1985）
和小说家阿尔贝托·莫拉维亚维
持了20年的婚姻，他们是意大利
文学界最有名的夫妇。

《阿图罗的岛》出版于1957年，
正值意大利新现实主义学说盛
行的时代，这本书完全是逆潮
流而上。

"阿图罗就是我。"莫兰黛这样告
诉采访者；她一直希望自己是个
男孩，中年的她用成熟的创造力
让小男孩的形象跃然纸上。

艾尔莎·莫兰黛《阿图罗的岛》（1957）

意大利那不勒斯湾，普罗奇达

Elsa Morante, *L'Isola di Arturo*, Procida, Bay of Naples, Italy

这部意大利经典作品在神话和现实中找到了完美的平衡，讲述了一个男孩在地中海无忧无虑的童年时光是如何无情地变成了一场青少年时期的存在主义噩梦的。

阿图罗的父亲威廉拥有一半德国血统、一半意大利血统，他的母亲是那不勒斯人，17岁时生下他之后就去世了。他出生在小岛普罗奇达上，那是一座火山岛，位于那不勒斯湾。作为一个私生子，威廉与当地社区毫无往来，不过他还是想办法通过和罗密欧的关系继承了一座房子，获得了收入。罗密欧是一个厌恶女人的商人，他经常在一处叫作"流氓之家"的偏僻宅邸里举办臭名昭著的男性聚会。

这幢房子实际上曾经是一座修道院，书中的叙述者和主人公就是在这里长大的，他的父亲几乎一直不在身边，婴幼儿时期，他由一名男保姆照顾，之后就只能自力更生了，只有一只叫作伊马科拉泰拉的狗陪伴着他。他没有被任何女人亲过，只在他的小岛王国（普罗奇达的面积只有1.5平方英里）四处游荡。"流氓之家"里有些书可以读，都是男人写给男人看的男性英雄故事，他梦想着有一天能够和父亲一起离开小岛，他认为父亲一定是个伟大的旅行家和探险家或者战争英雄。可是，在阿图罗快15岁时，威廉把第二个17岁的新娘带回了家，她和阿图罗死去的母亲长得几乎一模一样，而且也很快就怀孕了，而威廉又回归了神秘的流浪生活。于是，阿图罗将初吻献给了唯一一个他不能拥有的女人，他的继母农齐亚泰拉。

莫兰黛的小说将地中海海岸的美丽风光和海边狂放的男孩的童年描写得热烈而动人，同时用词又体现了控制、迷恋与禁锢这三个元素，它们之间是紧密联系的。在这座天堂般的小岛崎岖多岩的中心地带，有一座戒备森严的监狱。阿图罗感觉这个岛和他的童年一样，都是他的监狱，原因却是它太迷人了。每次他想坐上一条小船、逃离那不勒斯主岛、划得越远越好时，他都会被一阵无法抵抗的思乡之情淹没，无一例外地回到家里。同一场经历的积极意义和消极意义永远难解难分。阿图罗完全在父亲威廉的控制之下，有时甚至到了残忍的程度，而他却为父亲而着迷，他们之间的关系有一种奇特的美感。

与阿图罗相反，威廉拒绝接受任何权威。在他再次踏上旅程之前，妻子责备

在我看来，地球上的一切都在忙着亲吻：岸边的小船紧紧地挨在一起，它们在亲吻！大海用海浪亲吻小岛；羊吃草的时候在亲吻土地，微风亲吻着树叶和小草，发出了轻柔的叹息。

了他，他非常生气，咆哮道："责任与义务对于我形同虚设，我本身就是丑闻。"对于女人，他还说："她们总是想抓住你不放，就像你在她怀着你时一样。"

与丈夫向往自由和个性的现代观念完全相反，年少的妻子农齐亚泰拉对于责任和家人关系的看法非常传统。她听完醉酒的丈夫发表的这番令人震惊的关于厌恶女人的长篇大论，却仍然在他睡着之后给他盖上了一层毯子。这种行为的美学意义和农齐亚泰拉盲目的自我牺牲精神快把阿图罗逼疯了，尤其是尽管她爱着阿图罗，但除了他们的第一次亲吻，她不会做任何越轨的事，还搬出了"威廉是我的丈夫"作为理由。小说最后几个激烈的场景中，阿图罗想要让不情愿的继母明白，威廉实际上为情所困，他"爱着一个男人"，一个关押在岛上的监狱里的年轻罪犯，这很可能是读者见过的几个最刺激的文学场景了。

莫兰黛小说的成就在于，它探索了迷恋的情感与两性关系中，美学意义与话语权的关系。她的行文也是达到这一效果的重要因素。整部小说如同一个奇妙的咒语，从第一页开始就紧紧抓住了读者的心。直到小说结尾，我们才回到乏善可陈的历史背景中来；阿图罗过完17岁生日之后，第一次真正离开普罗奇达，他发现第二次世界大战即将爆发，打算志愿参军。这是读者第一次了解到故事发生的大概时间。

《阿图罗的岛》被认为是20世纪意大利最优秀的小说之一，它探讨了现代意大利的所有重要主题，其中最显著的是对于归属感的强烈向往和被我们所爱的人占有或侮辱的强烈恐惧。不过，莫兰黛的神来之笔在于故事的背景设置，普罗奇达拥有美不胜收的风景，却令人举步维艰，这座小岛成了整个社会的困境的象征。

前页：罗纳德·格伦迪宁为1959年美国版《阿图罗的岛》创作的插画。阿图罗和他唯一的朋友小狗一起站在前景中，身后是令人浮想联翩的地中海海岸。

钦努阿·阿契贝《瓦解》（1958）

尼日利亚尼日尔河东岸，奥尼查

Chinua Achebe, *Things Fall Apart*, Onitsha, East Bank Niger River, Nigeria

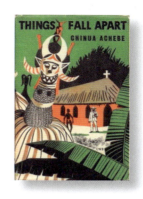

雄心勃勃的摔跤手奥贡喀沃想要成为一位伟大的氏族领袖，但是他因为一次致命的事故被赶出了部落。小说讲述了他七年之后重返家乡的故事，在他流亡期间，基督教传教士给当地的原生文化带来了翻天覆地的变化。

这是尼日利亚作家钦努阿·阿契贝的第一部也是最有名的一部小说，他借助伊格博人的传说，以19世纪初前殖民时代的尼日利亚为背景，虚构了一个叫作乌姆奥菲亚的村庄，探讨了文化、神话、宗教和性别的话题。阿契贝用殖民者的语言——英语进行叙述，但是也结合了伊格博语的语言模式和语法结构，创造了一种主流小说中从未出现过的叙述方式。阿契贝的英语具有尼日利亚文化的美学特征，包括他所描写的地域的独特风味，还有伊格博语的内在诗意。《瓦解》将尼日利亚（对很多读者来讲代表了整个西非地区）描绘成一个除了混乱和暴力之外，还有很多其他内涵的国家。简单来说，终于有一本书能够从非西方视角，以不带种族歧视色彩的话语，为这个国家取得文学界的一席之地。这本书从被殖民者的角度，讲述了一个关于殖民主义的复杂故事，对帝国主义的欧洲中心视角发起了挑战。

阿契贝经常被称为现代非洲文学之父，《瓦解》是他最成功的一本书，他曾说："这本书紧紧地抓住了我，几乎造就了我。"

奥贡喀沃的故事必须跨越前殖民和后殖民时期的村庄生活，他的村庄正处于历史的节点上，而奥贡喀沃和他的氏族对此一无所知。他决定成为乌姆奥菲亚强有力的领导者，却意外地造成了另一个族人的死亡，被部落首领流放了。因而这部小说也是关于乌姆奥菲亚的故事，一个建立在伊格博文化与传说之上的村庄，它的人民被迫放弃传统、改变信仰，接受基督教传教士建立的新的统治制度。经过了七年流放生活，奥贡喀沃回到家乡，发现他熟悉的那种神圣不可侵犯的生活方式已经不复存在。乌姆奥菲亚的改变是不可避免的，这个故事最关注的是，抵抗或是接受这种改变（无论好坏）将如何毁掉一个人。正如奥贡喀沃的朋友奥比埃里卡所解释的，白人"在那些将我们凝聚在一起的东西上割了一刀，我们就土崩瓦解了"。

阿契贝还探究了乌姆奥菲亚村庄与它赖以生存的土地之间的关系，他将伊格博人的信仰巧妙地融入叙事中，描述了村庄的地理环境，由于乌姆奥菲亚完全依

钦努阿·阿契贝（1930—2013）于2007年获得了布克国际文学奖。他出生于尼日利亚的奥吉迪，作品出版后受到威胁，导致他曾有一段时间离开故乡，过着流放般的生活。

书名来自叶芝的一首诗《基督重临》。

这部小说被海尼曼出版社买下来之前，曾被几个出版商拒绝。第一版只印了2000册，但这部小说目前在世界范围内的销量已经超过了1000万册，被翻译成50种语言。

一个人约他的亲戚们来参加宴会，并不是因为他们快要饿死了。他们在自己家里都有饭吃。我们聚在洒满月光的小广场上，并不是因为有月亮。每个人在自己的院子里都能看见月亮。我们之所以聚会，是因为亲戚们聚一聚是有好处的。

靠那片土地维生，所以部落的信仰体系与自然环境息息相关，他们甚至每年都会举办新木薯庆祝会来迎接新年。"邪恶森林"是一位神灵，人们害怕他，敬畏他，阿尼是他们的土地与丰饶女神。文中在很多方面都提到了氏族日常生活中的各种身体上的活动。奥贡喀沃是个摔跤手，他经常为了赢得冠军和其他人扭打在一起；部落的鼓乐声音激昂，节奏像他们共同的心跳一样整齐划一；与奥贡喀沃有关的那场大火，不仅让我们想到当地的气候，还有他本人的致命缺点——不受控制的坏脾气。

"有一种特权，叫作对叙事的绝对主导权，那些掌握了这种特权的人，能够随心所欲地写出任何地方的故事。"阿契贝写道。阿契贝用《瓦解》为尼日利亚、为伊格博民族和造就他们的信仰和社会体系的那片土地夺回了叙事话语权，而它曾经属于帝国，属于那些讲述非洲故事的西方作家。阿契贝为他的人民和他们的故事夺回了这一特权，并将它留给了真正属于这片土地的叙述者。

对页：1971年改编电影的海报，制片人是好莱坞律师爱德华·莫斯克，编剧是他的妻子弗恩。

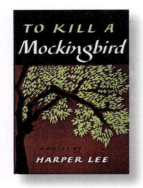

哈珀·李（1926—2016）出生在亚拉巴马州的门罗维尔，这里也是斯库特的家乡梅科姆镇的原型。小说自首次出版以来从未停印过。

杜鲁门·卡波特是哈珀·李一生的挚友，也是斯库特最好的朋友迪尔的灵感来源。

小说于1962年被改编成电影，之后，格里利·派克与哈珀·李成了好友，派克的孙子也起名为哈珀。

[1] 引自《杀死一只知更鸟》，李育超译，译林出版社，2017年版。

哈珀·李《杀死一只知更鸟》（1960）

美国亚拉巴马州，门罗维尔

Harper Lee, *To Kill a Mockingbird*, Monroeville, Alabama, USA

故事的叙述者斯库特·芬奇遇见了来自不同社会地位和收入阶层的各式各样的人物，也眼看着父亲在法庭上为被指控强奸白人女性的无辜黑人辩护。随着故事的展开，大萧条时期美国南方的两种不同立场，面临一场现实的考验。

"地理景观造成区隔"这一点在北美洲体现得尤其明显，这里的地貌极为复杂多样。看一下地图你就会发现，落基山脉划分了美国几个州的边界，山脉两侧的气候环境完全不同，甚至可以说，密西西比河将整个北美洲劈成了两半。关于如何利用空间、人们如何在其中生存、如何从政治的角度理解它，我们只要透过飞机舷窗鸟瞰科罗拉多州或者路易斯安那州，就能有所领会。不过，物理上的区隔只是相对明显而已，地理景观还有可能造成法律、情感和社会层面的区隔。只是这种区隔只有在人们在同一个环境里活动（或者不活动，一样也能说明问题）时，在同一环境里被分隔开来（自愿或被迫）时，才会清晰可辨。

我们在《杀死一只知更鸟》中遇到的人物都生活在虚构的梅科姆镇，它位于亚拉巴马州南部农村地区、莫比尔北边约70英里处。梅科姆镇看起来和很多南部的农村小镇差不多。亚拉巴马州南部地势平坦，覆盖着针叶林，美国深南部（Deep South）常见的大种植园通常都不会设在这里，而是在亚拉巴马州北部那些更富裕的地区，对于住在墨西哥湾附近的南部人来说，北部人在意识形态上和他们相去甚远，甚至有点儿难以苟同。梅科姆镇的居民在更小块的农地里种植作物，在汤比格比河或亚拉巴马河上以捕鱼或运输为生。美国东南部各州的气候会让当地人常年感到身体不适，令人窒息的酷热、让大脑无法清晰思考的潮湿空气，还有随之而生的令人昏昏欲睡的悠长蝉鸣，生长迅速且茂盛的亚热带植被。与气候斗争完全是白费工夫，这片区域的气候深深地影响了当地的居民。梅科姆镇被形容为一个"疲疲沓沓"的小镇，一下雨，镇上的土路就会变成"红色烂泥坑"，连橡树的树荫下都"热浪滚滚"。时间一长，人们都不想动，即使能轻快地走上两步，也会很快精疲力竭。到了中午，人们就都像植物一样打蔫，身上的衣服皱皱巴巴，动作也慢了下来：他们"优哉游哉地穿过广场，在周围的店铺里晃进晃出，什么事儿都不紧不慢"[1]。

压抑的环境造成的后果并不局限于身体上的疲惫。大萧条截断了这片地区的大部分收入来源，各个收入阶层的居民都受到了影响。穷困潦倒的坎宁安一家用

一幅描绘了斯库特、吉姆和迪尔在暗中侦查大路的壁画。这幅壁画中的街道位于历史上著名的亚拉巴马州门罗维尔市区，这里是哈珀·李的家乡，同时也是斯库特所在的梅科姆镇的原型。1991年，《杀死一只知更鸟》被改编成话剧，在这里首次搬上舞台。

木材和坚果代替现金作为给阿迪克斯的报酬，而坎宁安先生却拒绝接受任何帮助："坎宁安先生完全可以从公共事业振兴署谋到一份差事，但是如果他离开的话，他的土地就会荒废，他宁愿饿肚子，也要保住自己的土地和投票权。"像前辈们一样坚守土地是一种政治和道德上的义务，其重要性远胜过经济上的保障。由于能做的事不多，时间似乎都拉长了，不过，梅科姆镇的居民完全没有考虑过生产效率的问题："一切都不着急，因为人们没有什么地方要去，没有什么东西可买，也没有买东西的钱，就是梅科姆镇以外也没什么可看的。"

河流缓缓流淌，土地被过度开垦，人们处于故步自封、一事无成的状态，叙述者没有对这些现象做出评论，只是向读者陈述事实。斯库特的表兄弗朗西斯称阿迪克斯为"黑鬼同情者"；保姆卡波妮带孩子们去她的教堂，却被告知她不能带白人小孩进去；斯库特将她一年级老师的家乡、北亚拉巴马州描述为"尽是些造酒商、大骡党、钢铁厂主、共和党人、教授和其他没有什么背景的人"，每当这些场景出现时，我们都会看到，由于住在不同的地域，过着不同的生活，人与人之间的隔阂一代代地传承了下来。

斯库特和同学们对"外籍"老师的恐惧并不是小说中唯一一处对人格的地理标注。家族谱系将一个人永远地系在了某个特定的地区，有时甚至绑在了一处财产上，定位一个人的归属地对于理解这个人的本质至关重要。斯库特第一次写到她的家庭时，就表现出对家人缺少人脉感到失望，语气还略带讥讽："作为南方

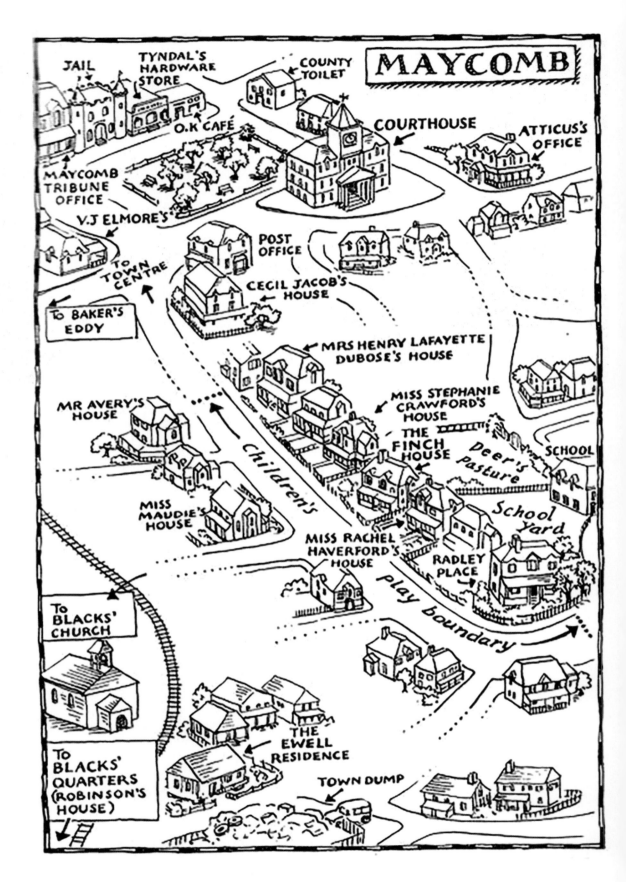

梅科姆镇不像亚拉巴马州大多数同等规模的小镇那样脏乱不堪。从一开始，镇上的楼房屋舍就建造得很结实，县政府大楼庄严气派，街道也特别宽敞。[2]

人，我们家族的祖先在黑斯廷斯战役中名不见经传，跟交战双方都不沾边儿，这对某些家族成员来说是个耻辱。"由于缺少著名的祖先，芬奇一家人仍然觉得立足不稳，他们将自己的家族与"位于亚拉巴马河岸边，在圣斯蒂芬斯北边约40英里处"的一个芬奇庄园联系了起来，阿迪克斯·芬奇执业当律师的梅科姆镇就在芬奇庄园以东20英里。阿迪克斯是一个完全属于梅科姆镇的人：

> 作为一个土生土长的梅科姆镇人，他熟悉这里的人们，人们也熟悉他；因为西蒙·芬奇历来都是勤恳经营，阿迪克斯几乎和镇上的每个家庭都有血缘或姻亲关系。[3]

斯库特向老师解释沃尔特·坎宁安为什么很穷时，只简单地说了一句"他是坎宁安家的人"。他的姓氏就能传达很多关于"坎宁安家族，或者是其中的一支"的信息。斯库特和沃尔特的处世方式将永远由家族生活的位置与那个位置带来的社会和收入阶层区隔来决定。

尤厄尔家族也属于本地的社会底层，他们是小说第二部分的关键角色。《杀死一只知更鸟》最著名的情节就是马耶拉·尤厄尔谎称汤姆·鲁宾逊强奸了她，汤姆被迫经历了一场悲惨的庭审。1935年的南亚拉巴马州那种令人透不过气来的种族关系，是人类各种内部分隔现象具体可感的体现。1955年，在密西西比州发生了一起真实案件——一个黑人青少年，名为埃米特·提尔，他被错误指控对一个白人女性吹口哨，最后被施以私刑致死。在那时那地，没有什么事能比一个黑人男性性侵白人女性更能激发强烈的非理性情绪了。五年后，《杀死一只知更鸟》就出版了。汤姆这起案件的关键在于殴打马耶拉的人是不是一个左撇子，文中轻描淡写地提及，"当汤姆是一个小男孩的时候"，一场几乎让他丧命的轧棉花机事故，让他的左臂比右臂短一英尺。在棉花王国，童工、贫穷的黑人小孩常常缺乏医疗服务，而一个贫穷的白人妇女一定不能对黑人男性表现出任何好感，汤姆最终被定罪，并死在了一次伪造的"越狱"中……这一切都是地理景观控制人类活动的结果，这里世世代代的居民信仰和行为准则，一直处于地理景观的影响之下。

[2] 引自《杀死一只知更鸟》，李育超译，译林出版社，2017年版。

[3] 同上。

对页：梅科姆镇的手绘地图，上面标注了小说中出现的关键地点。这幅地图体现了小镇上的种族隔离。

塔莱·韦索斯（1897—1970）于 1897 年出生在挪威南部一个位于泰勒马克郡文耶的农场家庭，1970 年，他在这里去世。

他因《冰宫》这部作品获得了 1964 年的北欧理事会文学奖。

挪威有两个官方语言：书面挪威语（博克莫尔语）和新挪威语（尼诺斯克语）。韦索斯的所有书、戏剧和诗歌都是用新挪威语写的，这种语言来自挪威农村地区方言（书面挪威语与书面丹麦语更相似）。

塔莱·韦索斯《冰宫》（1963）

挪威泰勒马克

Tarjei Vesaas, *Is-slottet*, Telemark, Norway

以隆冬时节的一个偏远村庄为背景，挪威最受喜爱的作家在作品中探索了友谊、童年、群体与失去的主题。

寒冰与黑暗是塔莱·韦索斯的《冰宫》里的重要角色，故事设置在正值深冬的挪威的一个农业社区。从一开始，冰就被描述为一种威胁："它发出了枪炮般的轰隆声，炸开了一条条像刀痕般的狭长裂缝。"这声音吓到了小女孩茜茜。当时她刚放学，正在去找乌恩的路上。乌恩的母亲去世了，她搬来村里不久，和姑妈一起生活。小说开头的险恶环境预示着不祥，这个冷酷无情的冰雪世界将永远影响这两个女孩的命运。

她们两人见面后出现了一个令人尴尬的情况，第二天，乌恩没有去学校，她决定去传说中的"冰宫"探险。冰宫是一个藏在瀑布的冰帘后面、鬼斧神工的冰洞，洞里面有很多小空间。韦索斯的作品中有很多反复出现的象征符号，在这里，冰洞代表了不受人类社会控制、只有孩子们才能走进的世界。

乌恩在冰墙里找到了一个裂缝，走进冰宫，离开了茜茜和大人们所处的现实世界，步入了一个陌生的奇境，一个童话和传说中的世界。她找到了"长满石化森林的房间""看起来像是在哭泣流泪的眼泪之屋"，还有"墙面凸凹不平、有很多棱角的房间"。她找不到出去的路，感觉有一只"冰中巨眼"在监视她，最终，在可怕的寒冷中，她再也坚持不住了："她想睡觉；她身体虚弱，已经准备好迎接死亡。"

一阵暴风雪突然降临，厚厚的雪层让村民们无法去寻找乌恩。这层雪被也裹住了茜茜越来越麻木的内心，使她陷入深深的忧郁。一周又一周过去了，她在父母和同学们积极向前看的心态和对乌恩无法忘怀的记忆之间挣扎。同时，井然有序的人类世界与大自然桀骜不驯的冰雪王国之间的关系也越来越紧张。韦索斯从叙事结构上将这种张力表现了出来，讲述情节的段落与诗意的、碎片化的自然景观描写来回交错。

春天日益临近，冰宫逐渐融化，最后彻底坍塌。茜茜终于与自己的悲伤达成和解。她在小说开始时明明那么害怕黑暗，现在却能够安心地身处其中。"害怕黑暗？"韦索斯写道，"不。欢快的木管乐手出现了，陪着她一路前行。"

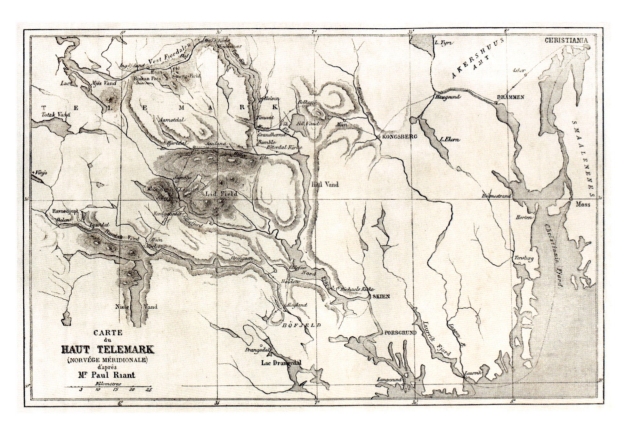

　　韦索斯对挪威农村自然景观的现实主义描绘广受赞赏，不过，他也会将超自然元素汇入自然环境中。北欧神话的元素赋予这个关于友谊和失去、看似平铺直叙的故事新的理解维度。斯堪的纳维亚神话通常会将大自然描绘得不可捉摸、难以驯服，人们经常要屈从于它的野蛮和任性。例如，经常出现在斯堪的纳维亚民间传说中的"bergtagning"，这个词的字面意思是"被带到山里"，实际含义是指人们探索自然的时候失踪了，而且是被超自然力量抓走的那种失踪。冰雪永远将乌恩从这个世界上抹除，就与这个常见的民间传说的创作动机有关。

　　《冰宫》将实景与象征神奇地融为一体，韦索斯将冰雪覆盖的挪威偏远地区描绘得非同寻常、令人神往，确立了这部小说经典名篇的地位。

　　乌恩低下头，看见了一个魔法世界，里面有冰峰、冰墙、磨砂的冰圆顶、柔和的弧度，图案繁乱的花窗。到处都是冰，水流从冰缝中喷涌出来，一刻不停地堆砌着这座宫殿。瀑布的水流分成了几支，流向不同的地方，建造出新的形状。一切都闪闪发亮。

米哈伊尔·布尔加科夫（1891—1940）曾经是一名医生，后来他弃医从文，进入了新闻业。

《大师和玛格丽特》中的名句"手稿是烧不毁的"充满勇气，肯定了艺术在压迫下坚忍而持久的生命力。

1940年，布尔加科夫去世后，他的遗孀叶莲娜将这部颠覆性的作品秘密保存了25年，直到这本书有了出版的可能性后，她才把这部作品拿了出来。

[1] Pontius Pilate，罗马帝国犹太行省总督。根据《新约圣经》所述，彼拉多曾多次审问耶稣，他原本不认为耶稣犯了什么罪，却在仇视耶稣的犹太宗教领袖的压力下判处耶稣，把他钉死在十字架上。

米哈伊尔·布尔加科夫《大师和玛格丽特》（1966）

苏联莫斯科

Mikhail Bulgakov, *Мастер и Маргарита*, Moscow, Russia

在这篇20世纪经典小说中，魔鬼和他的随从们（包括一只会说话的猫）参观了充满无神论者的莫斯科，大师的秘密情人玛格丽特与魔鬼达成了一个协议。

米哈伊尔·布尔加科夫于1921年移居到莫斯科，他30岁之前从未在那里生活过。他出生在乌克兰的首都基辅，当时的基辅还处在沙皇俄国的统治下。尽管他一直热爱文学，但还是先选择了从医，之后不久，长达七年的政治动乱就开始了（第一次世界大战、1917年苏俄的两次革命，接着是四年惨痛的内战）。布尔加科夫的家人在这个过程中流散各地，他失去了家，他生于斯、长于斯的祖国面目全非。于是，他决定放弃医生的职业，前往苏联的首都，开始新生活。

布尔加科夫很快就在他的"第二故乡"找到了归属感。20世纪20年代初，布尔什维克开始重振首都的经济，重建那些被毁掉的基础设施，与此同时，他写了一些关于莫斯科生活的幽默小品文。他婚后在莫斯科的第一个家是一间拥挤的公寓，由于卫生间和厨房设施是公用的，住户们为此争吵不断，他厌恶这个地方。这间公寓位于莫斯科内城环路大花园街10号（他住在50号房），讽刺的是，城里主要的布尔加科夫故居博物馆就设在这里，很多游客慕名而来，就是为了看看楼梯井里满墙的粉丝涂鸦和寄语。

20世纪20年代后期，布尔加科夫开始写作《大师和玛格丽特》这部与众不同的小说。魔鬼沃兰德研究调查了莫斯科居民的道德立场，履行了以牙还牙的应报正义，还做了些令人捧腹的恶作剧。玛格丽特和她的爱人"大师"之间的爱情故事非常感人，大师因为写了一部关于本丢·彼拉多[1]的小说（有点像第五部福音书）而遭到迫害。在一场精彩绝伦的"撒旦的春季舞会"（基本上是按照美国大使馆于1935年举办的晚会创作的）之后，故事情节继续推进，沃兰德、大师和玛格丽特遇见了死后的彼拉多。

整部小说不动声色地夹杂着对人民生活的政治讽刺，而且作者将耶稣、彼拉多和撒旦人格化，这是对无神论的大胆挑衅。现实情况是，布尔加科夫生前无法出版这本书，而且在之后的几十年里，它的存在也一直是严格保密的。

小说中回到古代世界的那几章内容生动地展现了彼拉多在希律王官时的耶路撒冷城——繁忙而动荡。凉爽的阳台、集市附近狭窄曲折的小路，还有耶稣被钉上十字架时，受难地各各他的闷热天气。相比之下，布尔加科夫笔下关于现代城市的描写反而缺少感官层面的细节描绘，不过，这正好符合他所处的莫斯科的现实情形。其中最有标志性的地点是花园街附近一个叫作"牧首湖"[2]的小公园（实际上就是一个方形的池塘，周围有一圈阴暗的小巷），正是在这里的一条长椅上，两个作家遇见了第一次显形的魔鬼沃兰德，不久之后，其中一位作家就被开始运行不久的有轨电车轧死了。

布尔加科夫在花园街上那间"被诅咒的公寓"，其实也是小说主角们的家，不过，在沃兰德和随从们搬进去之后，住户们就会后悔住在这里、认识这帮人了。"撒旦的春季舞会"则在一个豪华的宅邸里举办，而且可以看出这宅邸就是美国大使的官邸斯巴索大厦。故事中重要的地点还有莫斯科河、克里姆林宫墙外的亚历山大公园和商品应有尽有的外宾商店[3]；还有餐厅"格里鲍耶陀夫之家"，它的原型是特维尔大道上的莫斯科作家协会，这样的设定意在讽刺它是"物质享受的圣殿"，与真正的艺术无关。日落时分，沃兰德终于决定离开，他站在老商人的豪宅的阳台栏杆边，凝视着整座城市。这座豪宅就是帕什科夫大厦，站在楼上可以俯瞰整座克里姆林宫，那些漂亮的红墙和金顶教堂尽收眼底。

布尔加科夫为那些创立了基督教世界的城市而着迷：古老的耶路撒冷，从10世纪开始成为俄国的基督教摇篮的基辅，还有如今俄国的东正教大本营莫斯科。苏联时期，莫斯科城的宗教信仰与唯物主义之间的关系尤其紧张。在《大师和玛格丽特》中，布尔加科夫的莫斯科将这种冲突外化于城市的地理空间中。

1976年版《大师和玛格丽特》的插画：大师站在格里鲍耶陀夫之家上面，玛格丽特在帕什科夫大厦上面，我们从图中能看到建筑的白色柱子。

[2] 引文参考《大师和玛格丽特》，钱诚译，人民文学出版社，2004年版。

[3] Torgsin，全称"全苏外宾商品供应联合公司"，引文参考同上。

布尔加科夫小说中的地图，由杰米·怀特绘制，展示了《大师与玛格丽特》中主要情节发生的地方。撒旦的随从卡罗维夫、黑猫河马和阿扎泽勒（从左至右）为地图揭幕，地图上标出了小说的一些关键地点，比如燃烧的公寓和亚历山大公园。

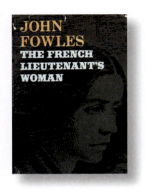

JOHN
FOWLES
THE FRENCH
LIEUTENANT'S
WOMAN

约翰·福尔斯《法国中尉的女人》（1969）

英格兰多塞特郡，莱姆里吉斯

John Fowles, *The French Lieutenant's Woman*, Lyme Regis, Dorset, England

这是一部野心勃勃的后现代历史爱情小说，探讨了维多利亚时期的伪善，还捕捉了这个表面平静闲适的海滨小镇里暗藏的各种玄机。

约翰·福尔斯（1926—2005）于1965年和妻女搬到多塞特郡的莱姆里吉斯后，经常能看到一位穿维多利亚时期黑色服饰的女人眺望大海的幻象，于是他以此为灵感，写了《法国中尉的女人》。

小说的元文本性质对改编电影来说是一个挑战，但是哈罗德·品特迎难而上。这部电影获得了五项奥斯卡奖提名，品特改编的剧本是其中之一，出演莎拉·伍德拉夫的梅丽尔·斯特里普也获得了最佳女主角的提名。

电影上映的时候，这本书已经卖出了400万册。

《法国中尉的女人》是一部极具反差性的小说，其中绅士查尔斯·史密森与莎拉·伍德拉夫的爱情就是最显著的对比。这部作品还将维多利亚社会中很多看似矛盾的两面并置比较，比如整体的严肃拘谨与性交易行业的繁荣；对进步的推崇与固化的阶级系统；对贸易的依赖与绅士阶层对它的痛恨。约翰·福尔斯借助这部小说幸灾乐祸地讽刺了维多利亚时期的各种伪善。

莱姆里吉斯是一个平静的海滨小镇，看上去与混乱全然无关。这是一个快被人们遗忘的偏僻角落，它在文学史上的闪光时刻就是《劝导》中路易莎·墨斯格罗夫摔下来的时候。不过，对福尔斯而言，这座坐落在美丽的多塞特海岸的小镇恰好是维多利亚时期英格兰的缩影：平静的表面之下暗藏了很多矛盾冲突。

一开始，莱姆里吉斯的街道看上去干净明亮，后来它们却形成了一个阴暗的圆形监狱。莎拉沮丧地说道，"这个世界告诉我，我周围的人都是善良、虔诚的基督徒。但是在我看来，他们比最凶残的异教徒更残忍，比最愚蠢的动物更笨"。治理这座小镇的精英们坐在客厅里和布道坛上颐指气使，简直就是器量狭小、妄下论断的暴君。

莱姆里吉斯的西边有一片下崖坡，"坡上长了一片黑暗的树林和林下植物"，下崖坡通常是由坍塌或滑坡形成的，但是这里又不太可能发生滑坡，因而显得尤其怪异。这个镇子也一样，明明外表整洁干净，实际上却缺乏教养、难以控制。下崖坡是一个充满秘密、酝酿叛乱的地方，就连到那里散步都被认为是不得体的举动，而莎拉却经常这么做。不过，福尔斯也提到了，下崖坡自有它未经雕饰的美。"平地很少，来这里的人也很少。但是恰恰是这种陡峭的斜坡，让它能够面朝阳光。"尽管莱姆里吉斯的人认为下崖坡是一个阴暗不见光的所在，实际上它却沐浴在灿烂的阳光之中。

福尔斯对环境的观察细致入微，他表示，莱姆里吉斯自从查尔斯生活的时代以来几乎没有发生过什么变化，不过还是有几个例外。到了他写作的年代，莱姆里吉斯镇上那座漂亮的礼堂、智慧与美的中心，已经被献祭给了"大英帝国的'方便'

上图：1981年电影的截图，这部同名电影由哈罗德·品特改编、卡洛尔·赖兹导演，梅丽尔·斯特里普饰演莎拉，伍德拉夫和安娜。斯特里普向约翰·福尔斯保证，她不会试图诠释莎拉的本性，而是留给观众去决定。

前页：清晨的科布港口墙，莱姆里吉斯海边最著名的景点。福尔斯将科布形容为"原始而复杂，笨拙却精致，曲线微妙，颇具体量感，如同亨利·摩尔或者米开朗琪罗的雕塑"。

之神"，而且成了"英伦三岛上位置最糟、长得最丑的公共厕所"，他补充道。这段旁白强调了本书的主题，无论是好是坏，变化都是不可避免的。不过，它在给人以慰藉的同时，还从侧面对查尔斯和其他维多利亚时代之流表示了温和的、带有一点讽刺意味的赞许：他们不能说有多高贵，但至少还是有点浪漫情怀的。

莱姆里吉斯的地理位置非常特别，正处于英格兰的侏罗纪海岸边，这里对于化石爱好者来说是一个地质宝藏。作为一个业余的自然历史学者，查尔斯在"达尔文主义"中找到了反叛的激情，并享受着参与这场如同前卫朋克音乐会的科学运动所带来的"震颤"。然而，这又是书中一处矛盾的表现，查尔斯是个精英主义者，他暗地里反对社会进步，却公开声援进化论。莱姆里吉斯周围都是化石，镇上住的人也是一群"化石"。

莱姆里吉斯的社区很小，社会层级明确，体现了维多利亚时期表面的平静和潜藏的张力。查尔斯过着一成不变的日常生活，他看不见社会整体的发展趋势——这个因循守旧的小镇和它所代表的一切都即将覆灭。"他是个维多利亚人。我们不能期望他能理解这个我们刚刚开始意识到的事实……持有的欲望与享受的欲望是两种相互毁灭的力量。"这种对人类基本的冲动解释了一座小镇、一个时代，还有这本书中传奇的爱情故事。

托妮·莫里森《最蓝的眼睛》（1970）

美国俄亥俄州，洛雷恩

Toni Morrison, The Bluest Eye, Lorain, Ohio, USA

一个关于贫穷、人类堕落和文化量度的故事，《最蓝的眼睛》清晰地呈现了
美国黑人女性的生活体验，被认为是20世纪该类别最重要的小说之一。

　　《最蓝的眼睛》的故事发生在作者的故乡——俄亥俄州洛雷恩市的工人阶层非
裔美国人社区，时间是20世纪40年代初，即大萧条刚结束后不久。洛雷恩市坐落
在伊利湖湖口，曾经是一座繁荣的工业小镇，如今已经成了美国"铁锈地带"[1]的
一部分。

　　这部忧郁的短篇小说讲述了一个关于种族歧视导致自我仇恨的故事，书中白
皮肤、金发和蓝眼睛是公认的美的标准。11岁的佩科拉·布里德洛夫相信（而且
有人鼓励她相信）黑皮肤是丑陋的代名词，因此她不可能是美丽的，也不可能得
到爱。事实上，她的生活的确充满暴力和灾祸，甚至连自然世界中最有希望、最
令人迷醉的那些元素都集体变成了对她的惩罚："春天在鞭打的疼痛记忆中飞逝，
连翘花毫无乐趣可言。春天的某个星期六，我陷进了一片空地上的草丛里，一边
剥着草茎，一边想着……死亡，想着当我闭上双眼时，这个世界将去向何方。"

　　托妮·莫里森出生在洛雷恩市伊利里亚大道2245号（伊利湖附近）的一座两
层木板房里，房屋后院杂草丛生。莫里森把这座房子用作了《最蓝的眼睛》的背
景，而镇中心的一个破商店则成了小说中布里德洛夫一家人的家。"在俄亥俄州洛
雷恩市，百老汇路和第35街交叉口的东南角有一个废弃的店铺，"她写道，"它与
背景中铅灰色的天空、四周灰蒙蒙的木板房和黑色电话线杆子都格格不入，而是
以一种既恼人又忧郁的姿态闯入过路人的视野。"

　　《最蓝的眼睛》是一部关于看与被看、隐形阶层与特权阶层的小说，和1970
年、1941年时一样，至今它仍然与美国社会息息相关。生活在城镇贫困社区的人
一无所有，缺少生活空间和户外活动的自由，陷入身无分文、缺衣少食的恶性循
环之中，不得脱身。这个群体的声音是迫切的，也是自我反思的：

　　　　意识到可能会发生露宿街头这种情况，我们便开始渴求财产和所有
　　权……有财产的黑人倾尽一切力量和情感，去经营自己的小巢。他们就像疯
　　狂而绝望的鸟儿，给所有东西都添置了过多的装饰，为了他们辛辛苦苦挣来

托妮·莫里森于1931年出生在
俄亥俄州洛雷恩市的一个工人阶
级美籍非裔家庭。她曾在霍华德
大学和康奈尔大学接受教育，是
图书出版界首位黑人女性资深编
辑。1970年，她出版了自己的处
女作小说，自此之后，又陆续推
出了多部关于种族、关注黑人女
性生活的虚构作品。

莫里森获得了1993年的诺贝尔文
学奖，她是首位获得此项荣誉的
非裔美国人作家。

由于书中对性侵犯毫不避讳的呈
现，这本书自出版以来，在美国
一直备受争议。

[1] Rust Belt，指发达国家从
前工业繁盛、现已衰落的一些
地区。

托妮·莫里森原名克洛伊·沃福德（第二排左三），她是洛雷恩市高中1949级唯一的黑人女孩。照片来自洛雷恩市历史协会。

的家，斤斤计较、坐立不安……这些房子就像温室里的向日葵，而旁边的一排排出租房则是野草丛。[2]

　　莫里森拥有一种能力，能让作品中的每一行字都美妙非凡，这与她在家时常常读民间传说和听民歌、关注其中流淌的黑人文化传统和语言有关。这本书是她对快乐与压迫并存的20世纪中期的美国中西部——如此特定时间和地点——的呈现。《最蓝的眼睛》是她的作品中最具自传色彩的一部，展现了种族隔离对美国的影响。南方的邦联州（13个支持分离主义的蓄奴州）通过了冷酷无情的"吉姆·克劳法"（Jim Crow Laws），将美国公民按照种族来区分公共空间的活动范围，这项法案从1861年一直实行到1965年。正是由于这个原因，包括莫里森的家庭、小说中的沃福德一家、佩科拉的父母宝琳和克利·布里德洛夫在内的很多非裔美国人都从亚拉巴马州和佐治亚州移民到北方去了。但是，背井离乡的南方人很快就发现，在这些按理说应该更自由的州（甚至是黑人自己的社区之中）却存在着一种恶劣的境况，莫里森称之为"实质性种族隔离"。《最蓝的眼睛》就是从这颗富有争议的种子生发出来的杰出作品。

[2]　引文参考《最蓝的眼睛》，杨向荣译，南海出版公司，2013年版。

托芙 · 扬松《夏日书》（1972）

芬兰佩林格群岛

Tove Jansson, *Sommarboken*, Pellinki Archipelago, Finland

这是一个生动、简单却深刻得出人意料的故事，讲述了一个老奶奶和她6岁的孙女在芬兰湾的一个小岛上度过夏天的经历。

托芙 · 扬松（1914—2001）是一位作家兼画家，她的父母是芬兰的瑞典语居民，他们都是职业艺术家。

她的国际知名度很高，主要是由于她创作并绘制插图的"姆明一家"系列儿童图画书，目前已经被翻译成35种语言。

　　对于托芙 · 扬松而言，岛上的生活代表着自由。她热爱大海，还在信里告诉朋友，"当你独自一人与大海和自我相处足够长的时间之后，你就会变得不同，有很多新的思路"。1961年，她在一篇题为《岛》的文章中写道，"很多人都梦想有一座小岛，其人数超乎你的想象"。

　　1947年，托芙签下了佩林格群岛中一座小岛（布雷兹卡）五十年的租约，实现了她的梦想。她整个夏天都住在帐篷里，一边建造单室小木屋，一边创作新的姆明故事书。这个被命名为"风玫瑰图"（气象科学专业统计图表，用来统计某个地区一段时期内分布风向的、风速相对频率）的小木屋长5米、宽4米，三侧都有窗户（后来进行了扩建，加上了一间客房和一条门廊）。

　　房子建好后，她的父母和弟弟拉尔斯搬了过来；另一个弟弟佩尔 · 奥洛夫在附近的小岛建了自己的度假屋。有时候亲戚和朋友们都过来玩，布雷兹卡小岛就显得相当拥挤。1963年，她终于获得了在另一个小岛上建房子的许可，在克洛夫哈鲁岛光秃秃的岩石上为她和多年的伴侣图里基 · 皮耶蒂莱建了一个家。不过，布雷兹卡和克洛夫哈鲁都不是托芙梦想中的小岛。她一直梦想着能生活在这条岛链上最大的孔梅尔斯卡岛上，那座岛有两个灯塔，她想成为守灯人。

　　《夏日书》中的小岛没有名字，不过它明显是布雷兹卡岛，书中三个主要人物的原型是作者的母亲、弟弟拉尔斯和他的女儿索菲亚。

　　来到布雷兹卡岛的参观者可能会惊讶于它的方寸天地：绕着岛走一圈只需要不到五分钟。我们在小说里通过孩子的视角来观察，一切事物都会显得更大、更神秘。索菲亚和奶奶跨过花岗岩巨石之间的沟壑时感叹道，"我从没走过这么远的路"。

　　小岛的大部分地方已经被修整成了"井然有序、风景优美的公园"，美丽精致的苔藓地毯中间，穿插着整洁的小径，旁边还有一片干净的沙滩。不过，"魔法森林"里被风吹成了扭曲怪异的形状的云杉树丛，还有隐藏其中的沼泽，仍然保留着些许荒野的气息。

扬松在这间小屋里创作了《夏日书》。这间由她亲自建造的房子坐落在克洛夫哈鲁岛的崖顶下面，那是位于芬兰湾的一座面积不大的礁岩岛。她和她的伴侣在这里一起度过了很多个夏天，著名的姆明系列故事也发生在这里。

小岛周围的大海、一家人去探险的附近其他小岛，与天气一样，都是同样重要的元素。索菲亚感到无聊，她祈求发生一些事情，结果得到了一场风暴。她兴奋极了，享受着风暴的毁灭性力量，幸而没有受伤。人类能够将一座小岛清理干净、在上面添砖加瓦，但是从未征服过自然的力量。

《夏日书》赞美了芬兰湾数不清的礁石和小岛构成的自然景观，描绘了斯堪的纳维亚人再熟悉不过的一种生活方式，这本书在瑞典和芬兰一举成名，人们将它视为一曲夏日赞歌，在经历了漫长而黑暗的冬季之后，斯堪的纳维亚人把夏季看作是他们"重生"的季节。事实证明这本书在其他地区也很受欢迎，不过，托芙·扬松不应该感到意外，因为这部作品拥有一种普遍的吸引力，它讲述了三代人之间的动人的亲情故事，关于成长和衰老，关于对舒适的渴望和对自由的需求之间的矛盾冲突。

索菲亚和奶奶在岸边坐下来，继续探讨这个问题。那是风和日丽的一天，海面缓缓地隆起了一条长长的波浪。正是在这样的大热天里，一只只小船才会独自出海。奇异的大物体从海里上了岸，一些东西沉了下去，另一些东西升了起来，牛奶变酸了，蜻蜓绝望地四处纷飞。

亚历山大·索尔仁尼琴《古拉格群岛》(1973)

苏联白海，索洛韦茨基群岛

Aleksandr Solzhenitsyn, *Arkhipelág Gulág*, Solovetsky Islands, White Sea, Russia

索尔仁尼琴为苏联战俘营制度创作了一部不朽的编年史，远超个人叙述能够达成的规模和范围，这部作品不仅是一本小说，而且是一个重要的历史事件，应当置于世界文学和政治文化背景中来理解。

亚历山大·索尔仁尼琴（1918—2008）于1945年至1953年被关押在苏联的监狱和劳改营里。他的三卷本鸿篇巨制《古拉格群岛》即取材于这段经历，以及227名其他证人提供的资料。在再创作过程中，索尔仁尼琴非常害怕因"小说遭到逮捕"，所以"这本书的书稿从来没有被全部摆在一张桌子上过"。

书名中的自然景观"群岛"是一个比喻，"奇妙的古拉格之国"的岛屿实际上是一个个劳改营，它们组成了遍布苏联领土的劳改营网络。索尔仁尼琴还给国际英语词典贡献了一个新词——古拉格，一个曾经鲜为人知的劳改营管理系统的俄语简称（"劳动改造营管理总局"），现在已经用于指代单个劳改营本身。

古拉格没有局限于偏僻的、荒无人烟的西伯利亚或中亚地区，"这片群岛纵横交错，在它所在的国家领土范围内形成各种图案，如同一块巨大的拼缀图，将一座又一座城市切割开来，盘旋在街道的上空"。的确，索尔仁尼琴被关进去之后，第一年是在莫斯科度过的，营地离城市的主要公园和主干道都不远。

如果要选一个《古拉格群岛》中标志性的地理背景，那一定是位于北极圈南部的白海之中的索洛韦茨基群岛（也称索洛维基）。用索尔仁尼琴的话说，索洛维基是"古拉格之母"，1923年至1933年的"特别劳改营"所在地。索洛维基的"监狱"历史悠久，前身是15世纪修建的索洛维茨基修道院，建成后很快就扩张成一个富裕的修道士聚集地，占据了宗教和军事战略上的重要地位，同时还关押了很多宗教和政治思想上的异端分子。

苏联早期，修道院解散了（1990年重建），作为宗教中心，索洛维基偏远的地理位置和奇异的自然景观引发了虔诚的思索；作为集中营，黑暗的想象将严酷的自然力量彻底释放了出来，关押在那里的犯人遭受着更多折磨。集中营管理体系在索洛维基逐渐形成，包括劳改营体制可以盈利等原则。索洛维基是原初的古拉格群岛，它像癌症一样悄悄转移，在苏联全境传播开来。

在"群岛露出海面"这一章节，索尔仁尼琴笔下的索洛维基不再局限于人类的日常生活节奏，它被放入更漫长的地质年代背景之中，一直追溯到它形成的冰

《古拉格群岛》创作于1958年至1968年，并于1968年以微缩胶卷的形式被偷偷带出苏联，送到西方世界。

《古拉格群岛》最初以英文由YMCA（基督教青年会）出版社在巴黎出版，这一事件导致作者于1974年2月13日被苏联驱逐出境。直到1989年年末，这部作品才以俄语正式出版。

2009年9月，《古拉格群岛》被纳入俄罗斯的高中文学课本。

莫斯科—伏尔加河运河劳改营
（1935—1943）俄罗斯的境内入
口的照片，当时由苏联的国家政
治保卫局把守。

河时期：

    在连续半年夜如白昼的白海上，波修瓦·索洛维茨基岛的白色教堂从
水面升了起来，四周围着一圈巨石垒成的围墙，长满苔藓的墙面呈铁锈红
色，灰白色的索洛维茨基海鸥在堡垒的上空盘旋，发出刺耳的鸣叫……这些
岛屿从海里升起来，我们不在；它们围出了上百个鱼虾成群的湖泊，我们不
在……冰川来了又去，湖岸边遍地是大理石块。

    《古拉格群岛》的地理背景不是单一的。作为一部非虚构的纪实作品、回忆录
或者历史小说，其中的地理景观却是想象的产物。索尔仁尼琴的"文学调查实验"
向同时代的读者发起了挑战，并要求他们自己去拼凑出"一个几乎不可见，也无
法感知的国度"，而现在，随着古拉格客观存在的有形痕迹逐渐淡化、剥落或被彻
底抹除，这项挑战的难度有增无减。

    如今，索洛维基是俄罗斯游客和少数有探险精神的外国人的热门旅行目的地。

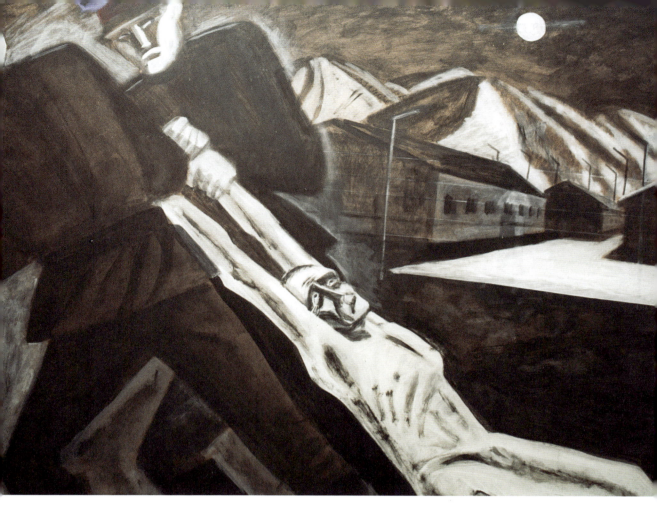

令人不安的历史在这里层层累积，人们通过不同而又相似的窗口审视着它，朝圣者、观光客和观鲸团在空中盘旋的海鸥的陪伴下，纷纷乘着小船来到这片岛屿，迫不及待地想要看那座修道院一簇簇精致的洋葱形圆顶和四周厚重的石墙一眼。正如索尔仁尼琴所描述的那样，人工建筑物与自然景观融为一体，围墙由索洛维基大理石堆砌而成，而大理石则是冰川时期形成的群岛的构成部分，是一种有生命的材料，表面覆盖着橙红色的苔藓。不过，正在进行中的"修复"工作把苔藓从石墙上清除掉了，这种暴力行径是对生态环境的不尊重，它清除了一种脆弱的生命形式，也抹去了一个历史景观。

古拉格"僵尸"，由伊戈尔·奥布罗索夫（1930—2010）创作的绘画。奥布罗索夫的作品受到了他在"大清洗"时期（20世纪30—40年代）个人经历的深刻影响。他的众多作品都在苏联被封禁，直到苏联解体之后才得以重见天日。这幅画就是其中之一，描绘出了古拉格生活的恐怖氛围。

4 当代地形

CONTEMPORARY GEOGRAPHIES

从无限扩张的险恶的大都会、多元化的新兴社区到令人眼花缭乱的城市，都是当代人探求地理意义的主要场所。但是，在城市之外，与世隔绝的小岛和永不屈服的冰原也提出了同样的问题：我们在多大程度上改变了自己的生存环境，环境又在多大程度上定义了我们？

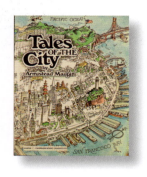

亚米斯德·莫平《城市故事》（1978）

美国旧金山

Armistead Maupin, *Tales of the City*, San Francisco, USA

一部20世纪70年代旧金山喧闹生活的编年史，莫平的这套故事集成了同性恋、双性恋、跨性别者权利运动（LGBT movement）的一座文化里程碑，也是描绘这座加州城市的经典之作，备受人们喜爱。

亚米斯德·莫平1944年出生在北卡罗来纳州，1971年移居旧金山，在美联社做记者。他一共创作了9部小说，包括六卷本的《城市故事》系列。他对旧金山产生了感情，现在仍然住在那里。

在编成小说之前，《城市故事》以连载的方式发表在1976年的《太平洋太阳报》和《旧金山纪事报》上。

《城市故事》一开始是在1978年以小说的形式出版的，现已在全世界售出了600万本。

[1] Tony Kushner，美国著名编剧，关注同性恋者及其他社会边缘化人群所处的困境，1993年因《天使在美国》（Angels in America）获普利策戏剧奖。

[2] Dashiell Hammett，美国侦探小说家，"硬汉侦探小说"的鼻祖和代表作家之一。

在托尼·库什纳[1]的史诗级舞台剧《天使在美国》中，一位天使告诉剧中人物，天堂是"一座很像旧金山的城市"。如果这是真的，那么天堂最有可能参考的模板就是亚米斯德·莫平笔下的旧金山。莫平的《城市故事》包括九部小说，最初以专栏连载的形式刊登在《旧金山纪事报》上。四十年来，这部作品描绘的图景吸引和抚慰了世界各地的读者，让他们深深地迷恋上这座城市。《城市故事》是一部情节曲折的肥皂剧，其中充斥着伪装与隐瞒、失散已久的亲人、深藏已久的黑暗秘密，还有失忆之类的荒唐叙事手法，但这些故事都取材于旧金山真实的日常生活。莫平刚开始写书时还是一名记者，为了创作1976年的第一本《城市故事》，他勇闯"舞出曼妙臀"的迪斯科舞会，去一家著名的"提货点"超市做调研。2014年，为了完成最后一个故事，他到内华达黑岩沙漠露营，参加了每年举办一次的纵情声色、迷幻狂欢的"火人节"。

莫平曾表示，《城市故事》最初的创作意图是"暗讽刺旧金山的生活方式"。20世纪70年代末，这种"生活方式"包括：太平洋高地社会名流的古板传统（旧金山的人们一直认为自己的城市比南边那个粗俗的特大都市更复杂、更精致），卡斯楚区同性恋解放者的大胆浮夸，还有遗存的嬉皮士传统。莫平可以在这些圈子里自如穿行。在南方长大的他本是"紧张不安、超级保守的种族主义顽童"，他还曾短暂地为顽固不化、臭名昭著的参议员杰西·赫尔姆斯工作过。他27岁时来到旧金山之后不久，就彻底找到了自我。他笔下的人物和作者一样，在这座城市里得到了重生，万千彩虹旗在掌声与欢呼声中飘扬。当人们终于准备好做自己的时候，他们就会来到这个地方。

在此之前，与旧金山关系最紧密的虚构作品还是达希尔·哈米特[2]的山姆·史培德系列小说，以明暗对比的手法描绘了一座仍然保留着坚韧气质的淘金小镇，沉浸在希区柯克的《迷魂记》里那种忧郁怀旧的迷惘之中。尽管在《城市故事》中，朝圣者们夜夜饱受相思之苦，美好的梦想时常遇挫，但自由带来的快乐和彼此之间的友情在这个"童话"里无处不在。旧金山经常迷雾重重，但对莫

平而言，它的内核永远阳光明媚。

《城市故事》的前几部小说主要围绕巴巴里小径28号的寄宿公寓展开，巴巴里小径是旧金山的670条人行道和楼梯街之一（它的原型是俄罗斯山的麦孔德雷小径）。安娜·马德里加尔是公寓的房东，她精心培育了一种无籽大麻。她也是年轻租客们的保护伞，经常通过巧妙的干预把他们推回人生正轨。她的四位租客是这系列作品的"常驻人物"——玛丽·安、迈克尔（昵称"迈鼠"，人物原型就是莫平本人）、布莱恩和莫娜。不过，《城市故事》没有传统意义上的主角，每部小说一章讲述一个短故事，从一个人物跳到另一个人物，从一条故事线转到另一条故事线，一本书里总是有五六个故事同时进行。书里还有几个坏蛋，比如隐瞒性取向的双性恋负心汉、令人厌恶的社会杂志编辑、正常到做不出任何好事的人等，

"她站起身，走向窗户，面对着一幅近乎荒唐的异国情调全景图：电报山上的九曲花街，庄严宏伟的挪威货轮，厚重宽广的蓝色港湾。"大约在1975年，莫平小说中的角色站在电报山上看到的风景。

房子在巴巴里小径上，那是一条狭窄的木板人行道，离利文沃斯不远，在联盟街和榛树街之间。它是一栋饱经风霜的三层小楼，墙板是棕色的。这让玛丽·安想到一头老熊，皮毛里还夹杂着几片树叶。她立刻就喜欢上了它。

但其中最可怕的反派是艾滋病毒，它潜伏在未知的前方，静静等待着他们。当危机来临时，莫平是第一批勇于直面现实的通俗小说家之一。艾滋病夺走了迈克尔的爱人，如果此时回顾一下之前的三部小说，你们就会发现它们简直如田园牧歌一样美好。

对于在这座城市生活的人来说，《城市故事》中的旧金山有点像奥兹国的翡翠城，略带魔幻色彩。对于曾经在这里生活，尤其是在小说中最好的年代生活过的人来说，这部作品就是落在纸面上的普鲁斯特式的一片片回忆。小说的第一页，玛丽·安在美景咖啡馆（爱尔兰咖啡鸡尾酒是从这里流传开来的）喝下一杯又一杯爱尔兰咖啡，为了移居到旧金山她鼓足勇气；布莱恩特大街上的神奇面包工厂散发出的香味在周围的工业区弥漫开来，那是夹心糕点里添加的化学香精气味；还有圣诞节时英保良百货大楼顶上旋转的摩天轮（现已停用），斯文森冰激凌店的瑞士橙粒冰激凌……《城市故事》事无巨细地记录下了20世纪末和21世纪初旧金山生活的点点滴滴。"巴比伦沙滩毯子""三和餐馆""马布海花园夜店"……这些名字仿佛有魔力，而它们所处的时间和地点，却是如此地忠于事实，从未踏足此地的人对它们充满了热切的向往，这令旧金山本地人惊讶不已。直至今日，导游仍然会带着粉丝们沿麦孔德雷小径往下走，参观小说里的各个景点，即使其中很多早已消失。

就这样，莫平笔下的旧金山终于幻化成一个梦。硅谷的财富赶走了很多放荡不羁的梦想家和艺术家。如今，像玛丽·安那样的人不可能心血来潮就在俄罗斯山租一间房子，甚至可能永远都租不到。2012年，最残酷的打击降临了：莫平和伴侣离开这座城市，搬到了圣达菲，旧金山失去了它的诗人。不过，两年之后又发生了戏剧性的反转，他搬了回来，还宣布，根据自己备受欢迎的小说改编而成的电视剧将制作续集。这个故事最完美的结局就是《城市故事》永不落幕。

厄尔·拉芙蕾丝《龙不能跳舞》（1979）

特立尼达和多巴哥，西班牙港

Earl Lovelace, *The Dragon Can't Dance*, Port of Spain, Trinidad and Tobago

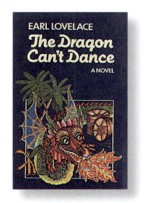

小说的背景设定在特立尼达和多巴哥共和国的首都，西班牙港的拉芬蒂勒棚户区，故事通过对狂欢节的描写，探索了棚户区居民的梦想和他们百折不挠的创造力，以及社会、政治和民族的各种冲突。

《龙不能跳舞》探讨了在政治动荡的年代，狂欢节对于书中各色人物的深刻意义，这本书的背景设置在西班牙港的拉芬蒂勒棚户区。书名中的"龙"由奥德里克·普洛斯派特在狂欢节游行中扮演，他每年都会穿上骇人的猛龙服饰参加游行，但他对17岁的公主扮演者（希尔维亚）的爱让他有些犹豫——他不知道是否还要像往年一样继续游行。与此同时，希尔维亚在贫穷的奥德里克和地主盖伊之间摇摆不定——她的狂欢节服饰是盖伊买的。故事伊始，钢鼓乐帮派之间的斗争暂时停了下来，奥德里克等人对政府提出了挑战。

拉芬蒂勒是钢鼓乐和钢鼓乐队的诞生地。19世纪，由于英国殖民政府禁止当地人使用钢鼓，钢鼓乐演变成了击打竹管、锅和垃圾桶，之后连油桶也变成了可以奏出和弦的乐器。20世纪60年代初，作者生活在拉芬蒂勒路的一座出租房里。小说中写道，"这条柏油小路划过了山峦的脸庞"，它沿着陡峭的山壁蜿蜒爬上西班牙湾东边的斜坡。拉芙蕾丝一定听得到从山顶传来的钢鼓乐声，他被附近"身体健硕和精力充沛"的人群震慑住了，他发现这里"不仅是个安静祥和的地方"——《龙不能跳舞》处处渗透着钢鼓乐般的节奏与能量。

书的"序言"分为"山""狂欢节"和"卡吕普索"三个部分，它用悦耳的克里奥尔英语讲述了故事的背景，这种语言是在先后被西班牙人、法国人和英国人殖民过的岛群上发展出来的混合语：

> 这座山，就是加略山，在这里，太阳在饥饿中落下，又从坑坑洼洼的路上升起来……笑声不是笑声，而是从这些房子的胸膛里发出的呻吟。不，不是房子，是在红土和石头上撑起来的棚屋，像烟一样薄，像风筝纸一样脆弱，搭在颤颤巍巍的柱子上，如同杂耍艺人鼻尖儿上的扫帚把。

这部小说的历史和地理根基都相当坚实。可以说，故事本身就是作者的尖刻讽刺，它发生在"黑奴解放运动125年之后"，而且特立尼达在1962年独立。拉芬蒂勒由之前被奴役的非洲人建立。1834年解放运动之后，奴隶主获得了补偿，可

厄尔·拉芙蕾丝于1935年出生在特立尼达，他是为数不多的几位生活在加勒比海地区的重要西印度作家。他的作品被译成了德语、荷兰语、法语、匈牙利语和日语。

这部加勒比经典文学作品于1979年由安德烈·德意志出版社在伦敦首次出版。

《龙不能跳舞》是拉芙蕾丝的第三部小说，前两部分别是《众神堕落时》（1965）和《伦敦校长》（1968）。

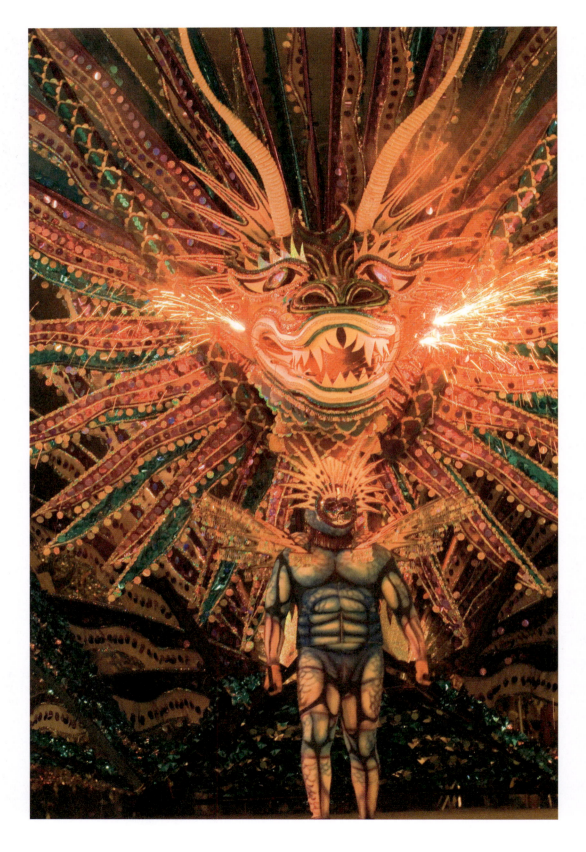

这些黑人既缺地也缺钱，他们抛弃了种植园，占据了城市的边缘地带。正如小说中所写的，"殖民体制的机器继续将人放进肚子里磨碎，吐出糖、可可和干椰肉，他们拒绝贡献自己的身体。他们爬上了这座山，在敌人的眉毛上安营扎寨"。其他来这里找工作的西印度群岛人、被奴役的东印度人的后代纷纷加入他们的队伍，小说细致地呈现了这种文化碰撞的多元性，还暗示了解放运动的工作并没有完成。拉芬蒂勒的孩子们"睿智的黄眼睛宣告着营养不良和早熟"，他们是"一场从祖先传下来的对奴役的抵抗运动"的继承人，"他们总是在试图逃脱掌控，即将成为马戎[1]、逃亡者、灌木丛黑鬼和叛乱分子"。

反叛和文化抗争是狂欢节的核心要义之一，每年穿过西班牙港的四旬斋节大游行正是这部小说美学形式的灵感来源。狂欢节最初是对18世纪法国大庄园主阶级假面舞会的戏仿，第二次世界大战期间曾被禁止。

拉芙蕾丝成年之前，英国殖民法基本上封禁了狂欢节民间艺术。20世纪50年代中期，拉芙蕾丝在特立尼达农村地区当护林员，后来又去了农业部工作，在这一过程中，他深入接触了乡村地区和当地社区的文化传统，邦戈鼓、棍术、舞蹈、乐歌和各种故事传说。"如果我潜心学术，就会错过这一切。我坐在角落和一些家伙赌博、跳舞、和球队一起踢球。""通过在乡下与他们亲密接触，我了解了在镇子上生活的人。我能近距离观察他们，他们与我没有任何不同，于是我明白了他们是谁——一群受尽苦难、心怀悲痛的人。年轻人完全有权利奋起反抗。"

书中人物的出场显得很随意，如同一场假面游行，有几个人是在遇到危机和困境时突然出现的。"奥德里克走得很慢，像缓缓行驶的游船一样，只有在狂欢节时，他才会加快脚步"，他正在思考是不是应该放弃"艺术家—战士"的角色，安顿下来，好好过日子。但是他觉得自己对山上的人民有一种神圣的责任，"让他们看到他们自身的美，让他们在这场永无止境的反抗中坚持下来，在这块土石山上挤作一团，像张开的龙爪一样悬在城市上面，如果不被当成人，他们就威胁说要带来毁灭"。扮演卡吕普索[2]的演员菲洛（原型是特立尼达歌手、创作人斯林格·弗朗西斯科[3]）面临着重重压力——在满足娱乐大众要求的同时，他努力想要保留住他的艺术形式中即兴发挥的政治评论。"鱼眼"、码头工人和擅长用长棍打架的"暴徒"，也作为钢鼓乐手，抵制想将战士和乐手角色分开的赞助商。奥德里克被新政党吸引，但是掌权的人民民族运动党又令他非常失望，他领导了一场抗议运动，结果锒铛入狱。这段故事影射了以失败告终的20世纪60年代末和20世纪70年代初席卷加勒比海地区的黑人民族主义运动，作家拉芙蕾丝是当时的激进分子和政治评论家。

小说中爱丽丝街（"以女王的姑妈爱丽丝公主的名字命名"）的居民除了希尔

[1] Maroon，意为"暗红色"，这里指17世纪和18世纪西印度群岛、法属圭亚那的逃亡黑奴或他们的后代。

[2] Calypso，希腊神话中的海之女神，是扛起天穹的巨人阿特拉斯的女儿，父亲将她囚禁在一座岛上。她后来将奥德修斯困在她的岛上七年。

[3] 斯林格·弗朗西斯科·奥尔特（Slinger Francisco），更名为 The Mighty Sparrow，是格林纳达的卡里普索歌手、歌曲作者和吉他手。

对页：西班牙港狂欢节精美的服饰展现出一种旺盛的生命力，狂欢节游行会在每年圣灰星期三（四旬斋首日）之前的周一和周二进行。

山上的狂欢节游行就要开始了，收音机的声音开到了最大，棚屋都跟着震颤了起来，卡吕普索音乐隆隆作响，宣告着这一季最新的节拍，邀请人们跟着它舞动身躯，这节拍越过了红土和石块，挣开了枷锁，盖过了眼前的呻吟声和臭味，流入了这些坚韧不拔的人们的骨髓之中，他们大声呼喊着：生命！

维亚之外，还有克雷西尔达小姐，她是扮演"狂欢节女王"的"白黑混血女人"，拥有一间客厅杂货店，是个傲慢的势利眼；帕里亚格刚从东印度的农村"新大陆"来到这里，他梦想着一个"长笛、西塔琴与钢鼓和谐齐奏"的世界，却发现"我们不需要合而为一"。他融入克里奥尔语社区的努力注定要以失败告终，揭穿了"我们合而为一"的谎言。

尽管《龙不能舞蹈》的情节存在一些虚构性，但故事发生的地点却是真实的。在作者的回忆中，加略山是一条"蜿蜒曲折的、全是台阶的路"，被他当作"一座赎罪之山"，如今，"加略山"是一条陡峭的山路，沿路设有"苦路十四处"[4]，每一处都能看到镶嵌着青铜浮雕的砖砌壁龛。小说中的大部分故事都发生在克雷西尔达小姐的院子里，那是一个加勒比海露天生活空间，紧挨着房屋和棚子。与西班牙港整洁的混凝土营房围场不同，拉芬蒂勒区的院子里到处都是土。克雷西尔达小姐的房子的原型是作者居住过的"有侧院的两层小楼"，位于人口众多的贝尔蒙特区。

"大草原"指的是女王公园"大草坪"，也就是城里的一大块绿地，狂欢节会在这里达到高潮。如今，公园边上的爱德华七世时代的豪宅旁边，建起了一栋钢筋玻璃结构的国家表演艺术学院，从拉芬蒂勒的山坡上能看得清清楚楚。

现在，拉芬蒂勒的基础设施、便利设施、大豪宅和摇摇晃晃的棚屋都进行了翻修，环境大幅改善，这里已经成为索卡歌手[5]、足球明星等各类人才的摇篮。不过，该地区的失业率仍然很高，而且还顶着"危险地带"的名声，不是游客可以随意来去的地方。山顶上有一个专门为小说里提到的"亡命之徒"钢鼓乐队搭建的舞台和练习场。他们的排练常常会造成交通堵塞。不过，由于暴力斗争愈演愈烈，他们离开了这座山。小说中描述了各种帮派为争夺领地斗殴的场景，"到了战争时节，每个街角都有驻守的士兵"，"警车的尖锐鸣叫"已经成为"惯常的骚扰"。

这部虚构的杰作揭示了狂欢节对于一无所有之人的深刻意义，将危险的贫民窟地区变得更有人情味，把城市景观变成了历史的一部分。

[4] Stations of the Cross, 苦路十四处的14个站点象征性地重现了耶稣背上十字架，前往刑场游街示众的路途，是基督徒的追思与朝圣之路，又称"拜苦路"。

[5] Soca, soul-calypso 的简称，70年代出现于特立尼达和多巴哥，80年代发展范围更广，是一种加入了灵魂乐元素的卡吕普索音乐。

费尔南多·佩索阿《惶然录》（1982）

葡萄牙里斯本

Fernando Pessoa, *Livro do Desassossego*, Lisbon, Portugal

一部收录佩索阿各种沉思、格言，一部行走于里斯本随意排列的主干道间的曲折漫步经历的选集。这部杰作充满了这座葡萄牙城市的种种事物和佩索阿关于它们的思索。

费尔南多·安东尼奥·诺盖拉·佩索阿（1888—1935）生于里斯本，是葡萄牙最有名的现代作家。他非常多产，可生前只出版了一本书，即在他去世前一年（1934）出版的《音讯》。

佩索阿的作品卷帙浩繁（用英语、法语和葡萄牙语写就），至今还未全部出版。《惶然录》被认为是佩索阿最重要的散文作品，却未能在他生前编撰成书。佩索阿去世后，人们从3大箱、2.5万份手稿中将这些文章整理出来，每个版本都会重新进行排序和解读。

《惶然录》于1982年首次在里斯本出版，那时佩索阿已经去世42年。1991年这本书出版了英语译本。《惶然录》包含了大约500条伯纳多·索阿雷斯虚构的碎片化思绪。索阿雷斯是佩索阿的化名，他用多个化名署名自己的多部作品，将一个作家的统一身份拆解开来。伯纳多是一名助理会计员，不仅厌女，而且有种族歧视倾向，他怀念代表葡萄牙帝国昔日辉煌的里斯本建筑。他还是一名作家。佩索阿将索阿雷斯描述为他本人"缺少理智和情感的残缺版"，并将索阿雷斯的办公室设置在他曾经居住过的道拉多雷斯大街上。

无论是从个人还是象征意义上来讲，佩索阿和里斯本都是不可分割的。这座城市为了表示忠诚，为他建了一座博物馆，给路牌更了名，还让他的雕像坐在了著名的巴西人咖啡馆的门廊里。他在这座位于欧洲地理和政治边缘的沿海城市度过了一生（除了年轻时在南非的那几年）。他对它了如指掌，他热爱它、观察它，在它的街道上漫步，在它的咖啡馆里写作。他用诗歌赞美它，还用英语写了一本游览手册。《惶然录》的第一句话确实像旅游手册的描述："在里斯本，远离火车的小镇上会有一些楼上陈设体面而楼下买卖寻常的餐馆……"

尽管第一句话是描述性的，可真实的里斯本却在《惶然录》的文学性中消解了，它变成了"可悲的谬误"的目标和展示新兴现代城市中艺术家境况的舞台。读者无法读到真实的里斯本，只能借助主人公忧郁的目光来观察它，而对于主人公而言，里斯本是"他者"。城市花园、城市上面的阳台、壮观的特茹河，都是他进入冥思的原因、投射情绪的影幕。

于是，里斯本难免变得多雨、阴沉、满溢怀旧之情。用著名评论家乔治·斯坦纳的话说，书中的里斯本与《惶然录》书名一致，"温柔地孕育着感伤"。

佩索阿敬佩的那些作家都关注城市引发的"社会和个人意识的转变"这个主题，这些作家包括夏尔·波德莱尔、T. S. 艾略特和埃德加·爱伦·坡，等等。《惶然录》中的里斯本既是一座盛产无名人群、无常变化与孤独感的大都市，也是一位"多变而沉默"的缪斯，为在它的街道上独自流连、善于观察的艺术家提供灵

不，他人并不存在……太阳扬起沉重的光翼，泛出刺目而斑斓的色彩，只是为了我一个人而升起。太阳下面光波闪闪的江流，尽管在我的视野之外，也只是为了我一个人而涌动。让人们得以放目江河滚滚波涛的空阔广场，也是为我一个人而建立。[1]

感。城市的居民形成一片面孔的海洋，让索阿雷斯得以作为闲逛者隐匿其中。"闲逛者"是新出现的一类城市艺术家，他们非常了解城市，他们书写它们的故事。法国诗人波德莱尔和德国批评家沃尔特·本雅明就是两位著名的"闲逛者"，他们分别在19世纪、20世纪观察和研究他们的城市。

　　阅读《惶然录》的方式应当与闲逛者探索里斯本的方式差不多。由于书中人物的虚构性（佩索阿没有留下关于该如何编辑这些片段的任何线索），读者可以按照任意方法和顺序展开阅读，比如跳读、回看，或者永远不看其中的某些篇目。总而言之，这本书邀请读者采用游览里斯本的方式在文字中闲逛。这座城市个性鲜明、街道狭窄，到处都是出乎意料的秘密角落。你可以缓缓地接近它，放松下来，漫无目的、不做预设地准备迎接一切新发现。有些读者可能会认为《惶然录》是一部天才的、现代巫师的杰作，有些人则可能将它视为收录了一位抑郁症虚构作家的各种颓废幻觉的选集。看第一眼的时候，你可能会对这本书有明显的好恶倾向。不过，如果怀着冷静的心态和开放的视野在书中漫步，你一定会撞见一些难忘的闪光角落。

[1] 引自《惶然录》，韩少功译，上海文艺出版社，2012年版。

对页：这幅画是由BoWo工作室制作的"人脸地图"，他们利用里斯本的街道绘出了费尔南多·佩索阿的肖像。

彼得·施耐德于1940年出生在德国北部的港口城市吕贝克。他早期是个政治温和派，20世纪60年代中期曾为西德未来的总理威利·布兰特撰写演讲稿，但是后来却突然变成了左派人士。他本来是一位教师，结果由于政治观点激进，整整3年被禁止在西德的学校教书。

《跳墙者》是施耐德创作的几本关于东西德分裂的作品之一，其他作品还有《德国喜剧》(1991)和《柏林此时》(2014)。

彼得·施耐德《跳墙者》(1982)

德国，东柏林和西柏林

Peter Schneider, *Der Mauerspringer*, West and East Berlin, Germany

冷战时期的柏林，一位不知名的叙述者在东柏林和西柏林之间往返穿行，会见各种朋友，收集将城市割为两半的柏林墙的故事。

尽管号称是一部小说，《跳墙者》却几乎不符合小说的标准，不过这丝毫不会减弱它的魅力。在这135页的故事中，不知名的叙述者从他西柏林的家出发，到东柏林拜访朋友，一直在两边来回穿梭，寻找关于跨过柏林墙的人的故事。他听说了威利、(另一个)威利和鲁茨的故事——柏林墙建成后，这三个东柏林小男孩找到了一条跨过墙的路径，每周都会到墙另一侧的电影院去看西部片；他听说有东德人到西边来开展反对共产主义的运动，结果被情报机构和双面间谍耍得团团转，以至于忘记了他应该站在哪边；他还听说有个失业的西柏林跳墙者"卡贝先生"不愿意承认这堵墙是个障碍，不停地跳过来又跳过去。这本书没有开头，也没有结尾，其中穿插着一些颇具喜感和戏剧性的桥段和爱情故事，但是大部分看起来与人物无关，与那个时代也无关。

如此一来，故事情节并不能体现这本书的精髓，它实际上讲的是柏林如何成了一座悬在空中的，与世界和时代脱节的城市。第二次世界大战结束时，德国被一分为二，柏林仍然是共产主义东欧的一座资本主义孤岛。1961年，东德政府封闭了边界，建起了柏林墙，把城市分为两半，将资本主义的西半边彻底孤立了出去。之后的近30年，直到1989年11月，柏林一直都是小说叙述者所说的"连体城市"，每一半都独具特色，命运却紧紧相连。

这本书的开头就像一篇传统的游记，游客乘飞机从西边来，飞机在城市上空转了半圈，从机场的东边降落。叙述者描述了此时游客透过舷窗看到的柏林：

> 从空中看，这座城市非常统一。不熟悉它的人完全看不出这是两种政治意识形态冲突的前线。它被划成了一列列规整的长方形，容不下任何曲线的存在，造成了整齐划一的整体印象。城市中心的公寓楼紧紧地码在一起，像堡垒一样……柏林人通常将这些公寓楼称为'公寓兵营'，准确地传达了建筑师的设计理念。

即使是在地面上，这面将城市分为两半的墙也很难找，它只是西柏林地图上

一条精细的粉色虚线，东柏林的地图干脆画到柏林墙的位置为止，拒绝承认墙外有任何东西。

在20世纪60年代和20世纪70年代的谍战电影中，与经济繁荣、爱好娱乐的西柏林相比，东柏林显得肮脏又刻板。这部小说也一脉相承，叙述者第一次越过柏林墙时，注意到了一种东边独有的"混合燃料、消毒剂、发热的铁轨、拌蔬菜和火车站的气味"。不过，随着跨越边界的次数越来越多，他察觉到了一些对称性，并且发现两边的居民好像并没什么不同。

有时，他用最具体、最精确的措辞来描述这座城市。比如柏林墙：

> 环绕西柏林的边界长102.5英里，其中65.8英里用顶上插着管子的混凝土板作为分界，另外34英里是冲压金属围栏。沿着边界一共设有260个瞭望塔，日夜有人把守，人数是边界守兵的两倍。这些瞭望塔之间铺了柏油军用道路，连起来在边界线内绕了一圈。道路左右两侧的斜坡上铺着沙子，沙里藏了绊索，如果任何人或物碰到，就会有信号弹发射出来。如果有这样的事发生，守卫边界的军队能随时跳上吉普车，狗群也随时待命。

然而，这些描述只强调了笼罩着整本书的阴暗、抽象的氛围。这个地方到处都是流言蜚语和亦真亦假的故事，不过只要说明了问题，是真是假又有什么关系呢？叙述者周围住着许多如同影子一般的人，他听得见脚步声，但是从未看到过他们。一个住在东边的朋友指出了一幅涂鸦，画家才涂了四个字母，就被当局抹掉了，有时候他们能写到五个字母，不过叙述者还是猜不出来写的是什么词。

到西边来的东柏林人都带着怀疑的态度，当叙述者和他的朋友罗伯特被卷入一场暴力示威活动，在充满告密者和秘密警察的世界长大的罗伯特认为这只是一场作秀，警察砸东西只是为了证明他们的权威。读者在这个真假难辨的镜像世界中来回穿行，也像叙述者一样，感觉悬在了半空中，没有任何变化的可能性。当然，最终变化还是来临了。

后页："跳墙者"，加布里埃尔·海姆勒绘制的壁画的一部分。这幅壁画是"东边画廊"（保留下来的一段柏林墙）的一部分。

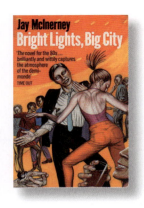

杰伊·麦金纳尼《如此灿烂，这个城市》（1984）

美国纽约

Jay McInerney, *Bright Lights, Big City*, New York City, USA

故事发生在20世纪80年代的纽约，记述了一个想要成为作家的年轻人一周的生活。这位年轻人细数了一长串的个人伤痛之后，开始去夜店彻夜狂欢和吸毒，丢掉了在一家颇有声望的杂志社的工作，最终连自尊心也失去了。

杰伊·麦金纳尼于1955年出生在康涅狄格州，1979年移居纽约。他在雪城大学曾师从雷蒙德·卡佛。1983年，他用6周时间完成了《如此灿烂，这个城市》的初稿，随即被兰登书屋选中，书屋给他提供了7500美元的预付款。24岁的他因此声名鹊起。

这部小说被译成法语、意大利语、希伯来语、捷克语和中文。在屈指可数的第二人称叙事作品中，它可以说是一部绝无仅有的佳作。直至今日，任何以第二人称叙事的作家都有被指控抄袭麦金纳尼的风险。

[1] Rastafarian, 拉斯特法里教，又称拉斯特法里运动，是20世纪30年代起从牙买加兴起的一个黑人基督教宗教运动，常常与长发绺、大麻和鲍勃·马利的雷鬼乐联系在一起。

杰伊·麦金纳尼的《如此灿烂，这个城市》的一个绝妙之处在于，它将读者送回了那个疯狂的、邪恶的、尚未士绅化的纽约城。在这部让麦金纳尼一举成名的小说中，纽约城的地铁里画满了乱七八糟的涂鸦，拉斯特法里教信徒[1]散发着大麻的臭味，曼哈顿下城仍然躁动不安、危险重重，而且，你在中城的街道上能买到一切——毒品、假卡地亚表，甚至是活体白鼬。

如今，40多年过去了，地铁里的涂鸦已经被擦掉了，时代广场的偷窥秀换成了薅游客羊毛的廉价骗局。这座城市命运的突然转变一定会让麦金纳尼笔下夜夜笙歌的人物震惊不已，他们天天沉迷于（在印着可乐广告的镜子里）欣赏自己的倩影，根本没有注意到这个时代即将迎来终结。《如此灿烂，这个城市》的背景设置在20世纪80年代早期的大城市，讲述的是一个初来乍到的无名人士的故事。他在一家颇有声望的杂志做校对员，同时自己也写了一些故事，希望有朝一日能发表到杂志的虚构作品专栏上。在行事完全不计后果的一周内，小说主人公与时装模特的短暂婚姻突然破裂，他悲伤不已、自暴自弃、疯狂地蹦迪和吸毒，最终失去了工作，也失去了自尊心。

麦金纳尼小说中的纽约正站在一场巨大变革的边缘，摇摇欲坠。在享受了几十年世界商业、艺术和媒体中心的地位之后，纽约的好运气几乎耗尽了。到了1975年，市政府离破产只有一步之遥，直到最后一刻才得到教师联盟的救助。两年后，纽约城的电网在一场雷暴中瘫痪了，过了一整天才恢复，其间盗抢横行，几个社区都遭了殃，最后整个城市的街区都燃烧了起来。

这就是书中人物生活的那座后工业时代城市，城市景观被毒品和犯罪弄得四分五裂，主人公一大早穿过时代广场时，听到了"同一位老人还在用同一套说辞招揽生意：'姑娘哎、姑娘哎、姑娘哎——来看看嘞，来看看嘞……'"。

与此同时，这座城市还孕育着无限的可能性——一个来自无名之地的无名小

卒都能带着他的时尚模特妻子大摇大摆地走进来，在著名杂志社找到一份工作。

　　因而，麦金纳尼20世纪70年代末来到纽约，也是希望在这座城市闯出一片天地。和小说的叙述者一样，麦金纳尼娶了一位时装模特，但是他很快就被抛弃了，不久之后，他丢掉了在《纽约客》的校对工作，而且那时的他也吸毒成瘾。在20世纪80年代，只有影星和上了年纪的政治家才会写回忆录，所以麦金纳尼将"有益身心"的独创性和社会评论混入了他的放荡生活实录之中，做出了一道令人愉快的文学甜品，由一个神秘、无名无姓的"你"进行叙述。

　　"你不是那种会在大清早来到这种地方的人"，小说的第一句写道。从这句大胆的陈述开始，麦金纳尼的"你"作为一个年轻的维吉尔[2]式人物，带领读者开启了一场纽约之旅，他们游历下城区各种充满汗臭的夜总会和光鲜亮丽的阁楼派

这幅标志性的《如此灿烂，这个城市》初版插图由马克·陶斯创作，展示了特里贝克区的著名地标奥迪翁餐厅的霓虹灯前景，游客现在仍然可以在这里用餐。

[2] Virgil，在但丁的《神曲》中，主人公但丁在幻游路途中遇到困难时，维吉尔出现了，引领他穿过地狱和炼狱。

但你偏偏就在这儿，而且这个地方对你来说可不能算是陌生，只是完全记不清细节了。你坐在一家夜店里，正在和一个光头姑娘聊天。这家店既不是"心碎"，也不是"蜥蜴休息室"。只要你溜进洗手间，再吸上一点儿"玻利维亚行军散"，可能就都想起来了。不过也可能完全没用。

对，见识了波希米亚式的纽约生活。"你"在早晨6点跌跌撞撞地走出夜总会，体内的毒品让你感到恶心和愧疚，清晨的太阳"像母亲责备的眼神一样让人不敢直视"。"你"到狮头酒馆拉出一个凳子，在这个老派的西村作家常去的地方，女服务员都知道你的名字。"你"在一辆加长豪华轿车里面，和名叫伯尼的犹太匪徒彻夜狂欢，直到天亮。

如今，再也找不到这样的纽约城了。曼哈顿的任何《如此灿烂，这个城市》的主题观光路线都一定会被40年的士绅化过程带来的整洁与光鲜弄得苦恼万分，20世纪80年代的曼哈顿变成了一座飘浮在故事里的诗境之城，失去了真实感。下班后找乐子的场所从布鲁克林的布什威克等地方搬到了中城的切尔西区，小说中的角色在地图上肯定找不到这些场所了。到了90年代，狮头酒馆停止营业了，曾经充满杀气的下东区街道（伯尼曾在这运送他的"产品"）如今两侧都是网红餐饮店和洒满阳光的瑜伽工作室。

不过，尽管曼哈顿的大部分地区已经变得像"曼哈顿主题公园"一样安全无害，它的旧街道和老社区还维持着原样。游客仍然能在特里贝克区的奥迪翁餐厅吃饭，那里的著名夜总会曾经定义了一个时代，小说中的人物将可卡因粉末倒在厕所的马桶垫圈上，用鼻子一条条地吸食。游客还能在西村漫步，到科妮莉亚街稍停片刻，那是一个独特的、风景优美的街区，位于布利克街和第四大道之间，《如此灿烂，这个城市》的叙述者和他的时装模特妻子刚搬到纽约时就住在那里。曾几何时，麦金纳尼写道，西村还保留着一种肮脏的魅力，当地肉铺的橱窗里挂着他们的货物——"没剥皮的兔子、光秃秃的仔猪和拔了毛的黄脚禽类"。

今天，你在城里的这片地区看到的"黄脚"，只可能是刚从荷瑞修街上的Louboutin精品店走出来的时髦女人脚下的黄色细高跟鞋。尽管如此，纽约仍然是世界之都，当你走出谢里丹广场的地铁站，或者走在中城的街道上，你还是会看到一群群眼里充满梦想的年轻人从外省来到这座大都市，希望能够征服它、占有它。

帕特里夏·格雷斯《失目宝贝》(1986)

新西兰北岛，波里鲁阿，洪哥卡湾

Patricia Grace, *Potiki*, Hongoeka Bay, Porirua, North Island, New Zealand

开发商威胁着这片位于海边的小型新西兰毛利人社区，圣地即将遭到亵渎，毛利人从与土地、大海、传统文化和人与人之间的紧密联系中找到了抵抗的力量。

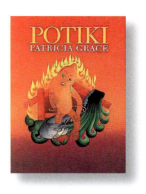

《失目宝贝》是新西兰文学界的标志性作品，它生动地呈现了当代毛利人在海边的生活状况，并以发人深省的写作手法解释了新西兰原住民与非原住民看待、对待大地和海洋的巨大差异。这部作品讲述了一个被土地开发商威胁的毛利社区的故事，开发商想要买下他们祖先的土地进行建设。书中有好几个叙述者，其中包括荣伊玛塔，她描述了社区的担忧和人们为了反抗而齐心协力悄悄做的准备；她的丈夫荷米丢掉了工作，却得到了与这片土地、他的传统文化和他的家庭重新建立联系的机会；还有荣伊玛塔和荷米收养的儿子托可，他身体残疾，却拥有"matakite"，即先知的能力。

故事发生在格雷斯和家人世世代代生活的海滨社区，位于波里鲁阿市郊普利默顿的洪哥卡，就在新西兰首都惠灵顿的北边。荣伊玛塔说：

> 我们生活在海边，大海就像是给陆地的扇形边缘缝上的褶边……我们的房子挤在这座小村庄里，通过房子的窗户能看到整洁的海岸线。我们经常望着这条海岸线，目光逆潮而行。

这片海洋像潮水一样，以稳定的节奏不停地涌进故事里，尤其是在荣伊玛塔和托可这两个人物的叙述中。他们出生在海滩上，差点将生命也交给了大海。这本书采用了多个叙述视角，这说明任何故事都不能从单一视角来讲述。它是关于土地与大海的故事，也是关于故事的故事，人们通过故事了解自己，而故事就写在这片土地上，体现在毛利人的宗祠或"瓦雷努伊"中，与之难解难分。

"瓦雷努伊"是《失目宝贝》贯穿始终的、极富表现力的主题。从开头对其中的雕像的描写一直到结尾，都在反复出现，而且瓦雷努伊烧毁和重建的过程也映射了这个反抗开发商入侵的故事。毛利人的地理和文化背景如同故事的底色，反映出人类与环境紧密相连的世界观。托可是这样描述被烧毁的宗祠和这种世界观的：

帕特里夏·格雷斯生于1937年，是一位小说家、短篇故事作者和童书作家，拥有 Ngati Toa、Ngati Raukawa 和 Te Ati Awa 部落的血统。格雷斯是首位出版短篇小说集的毛利女性，她一共出版了20多本书。作为新西兰最著名的作家之一，格雷斯因其对文学的贡献获得了新西兰功勋勋章。

《失目宝贝》出版时，非毛利族读者担心毛利语单词未经翻译就出现在书中，格雷斯回应道："我不希望毛利语在祖国被当成一门外语。"

当格雷斯写作《失目宝贝》的时候，她所在的社区还没有"瓦雷努伊"，即毛利人的宗祠。她的作品阻止了开发商的骚扰，社区终于建起了自己的宗祠，蒂娜·马克雷蒂2018年拍摄的这张照片中的建筑就是新建的瓦雷努伊。

这座他的房子、我们的房子，传承了祖先的故事，也讲述了我们今天的故事。我们的房子里面雕刻着小龙虾、鳗鱼、摩奇鱼和鳕鱼的图案。还有卡拉卡树、新西兰圣诞树、苦槛蓝、尼考棕榈树和托依托依草茎，海浪、岩石和丘陵、太阳、雨滴和星星的图案。

对于新西兰的很多非毛利祖先的白人读者来说，《失目宝贝》中毛利人生活的内部视角非常有启示性，有些人则认为这是一场政治挑衅。格雷斯本人对第二种反应感到有些讶异，她表示：

《失目宝贝》刚出版时吸引了众多评论……有些人认为我试图挑起民族争端。这本书被指是一部政治作品……很久以来，毛利人每天都会面对土地和语言的各种问题，至今仍然如此。这就是我们的日常，是普通人的普通生活。

或许这就是《失目宝贝》最非同寻常、最具挑战性的一面。正如格雷斯所说，它讲的是普通人的日常生活，但是在那之前，他们并未进入大部分新西兰人的视野。

迈克尔 · 翁达杰《身着狮皮》（1987）

加拿大多伦多

Michael Ondaatje, *In the Skin of a Lion*, Toronto, Canada

翁达杰的这部多伦多编年史记叙了在1900年到第二次世界大战之前的这段时间内，一位二代加拿大移民的生活和爱情故事，表现了移民拥有了他国身份后的矛盾心理。

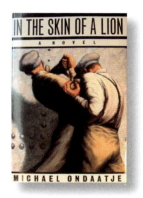

《身着狮皮》关注的是那些为了将多伦多打造成现代都市而辛勤工作的人，将他们不为人知的故事娓娓道来，同时重点探讨了"大熔炉"的主题。"大熔炉"这个词是伊斯雷尔·赞格威尔创造的。把不同民族的人放在一口国家利益的"大锅"里，炖到不分你我的状态，是政客们最喜欢的思路，而更关注细节的小说家通常对此持怀疑态度。拥有了一本新护照，整个人就能像蛇一样蜕掉旧"皮"，焕然新生吗？披上狮皮，你就会成为狮子吗？翁达杰在小说中提出了这些问题。《身着狮皮》讲述了二代加拿大英裔移民帕特里克·刘易斯的故事，揭露了一个事实——移民群体对于社会的贡献很少载入史册。尽管现代大国像古代雅典依靠奴隶一样，严重依赖移民劳工，赞格威尔的"大熔炉"却并不容易实现。"锅"里的配料仍然风味各异，"新加拿大"劳工"造就"了多伦多，但他们并不属于多伦多。

帕特里克早年间生活在开放的安大略省，那时正值20世纪初的第二个十年。小说的第一章题为"小种子"，来自一句谚语"一颗小种子也能长成参天大树"，"参天大树"当然指的是加拿大。前几章为帕特里克后续的行动做了重要铺垫，过去的抗争中潜藏的那些愤怒和隐忍，在主人公到达多伦多之后才会爆发出来。但是我们已经看到了端倪。帕特里克坐在厨房的桌子边，第一次试图触碰和理解加拿大：

> 他坐在一条长桌边，看着他的地理教科书，书里有世界各处的地图，画着白色的洋流，他试着读出那些奇特的名字。里海、尼泊尔、杜兰戈。他把书合上，用手掌擦了擦，感受着封面凸凹不平的质感，还有绘出了加拿大地图的彩色颜料。[1]

不过，《身着狮皮》还会根据1929年大萧条的事实经历，"绘出"一个更加生动的加拿大。1923年，帕特里克移居多伦多。当了几天"搜寻者"（一周4美元，负责寻找失踪人士）之后，他开始在多伦多的标志性高架桥和隧道系统做劳工，这套系统将水、电和车辆送到城市的各个角落，他主要在布洛尔大街高架桥上工

迈克尔 · 翁达杰于1943年出生在斯里兰卡，拥有荷兰、僧伽罗和泰米尔血统。他于1962年移民加拿大，成了"新加拿大人"，他的书正是对这一名称的思索和质问。

《身着狮皮》是他的布克奖获奖小说《英国病人》的先导之作，在某种意义上也是后者的续篇。

小说的标题取自《吉尔伽美什史诗》，诗中有一段写道"我将为你留起长发，我将身着狮皮，在荒野游荡"，反映了汇聚各方声音重述历史的主题。

[1] 引文参考《身着狮皮》，姚媛译，上海文艺出版社，2015年版。

作，那是一座伟大而危险的人类奋斗史纪念碑：

> 这座桥在梦中架了起来。它将连接东区和市中心。它将把车辆、水和电运送到唐谷那边。它将运送当时甚至还没有发明的火车。
>
> 夜晚和白天。秋天的灯光。雪天的灯光。他们总是在干活——马匹、火车和工人来到河谷尽头的丹福斯这边干活。
>
> 工人们在迷宫一样的模板之间向下爬进被浅色木头搅乱了的灯光之中。人是锤子、钻机和火焰的延伸。他的头发里有钻机冒出的烟。帽子掉进了河谷，手套埋入了砖尘。
>
> 然后，新的工人来了，那些"电气工程师"把网状的电线架在五个桥拱上，托起了那些异国情调的三碗灯，然后，1918年10月18日，桥建成了。懒洋洋地横躺在半空。
>
> 这座桥。这座桥。命名为"爱德华王子"。浸透着鲜血。[2]

规模庞大、平地而起、需要牺牲很多人命，这样的多伦多市区重建项目是罗兰·哈里斯的梦想，他是一个极度自私、动力十足的人。（哈里斯是多伦多历史上一个真实的英雄人物。如果提起"建造"多伦多的人，就会想到他，当然了，都是移民劳工给他建的。）他大言不惭地讲出这些计划，在实现梦想的道路上冷酷无情，疯狂地执着于哪怕是最微小的细节。

哈里斯的完美主义让帕特里克变得很极端，尽管帕特里克的人生挚爱爱丽丝是在一次爆炸中意外死亡，这一事件却成了他采取复仇行动的导火索。帕特里克发誓要报仇，他试图通过炸毁多伦多富人和名人经常出没的马斯科卡酒店来达到目的。他被抓住了，被判入狱服刑五年，不过，监狱完全没有改变他，刑满释放之后，帕特里克立即重新开始行动，这次的计划是炸断连接城市与其供水系统之间的管道。他的目标非常明确：毁掉多伦多。身为政府官员的哈里斯，生活在他亲手规划建造的富丽堂皇的工业建筑里。对于帕特里克来说，这次爆炸能起到一石二鸟的作用。

然而，翁达杰没有让帕特里克一帆风顺。帕特里克在滤水厂与哈里斯当面对峙，他手里提着爆破箱，谴责他的敌人为了实现重建多伦多的愿景，牺牲了大量移民劳工的性命。帕特里克告诉哈里斯，他的杰作中流淌的是血，而不是水。但是哈里斯成功说服了帕特里克——他（帕特里克）的本质不是一个破坏者，他是这个新近建成的加拿大的一部分，包括它的所有桥梁、隧道和大城市圈："你一定要认识到，你就像这些地方一样，帕特里克。你和市议员、百万富翁一样，都是这个体系的一部分。"正如书中最重要的"镶嵌画"意象所体现的，不论帕特里克

[2] 引文参考《身着狮皮》，姚媛译，上海文艺出版社，2015年版。

怎么想，他都是这个新兴的加拿大图景中的一片拼图。

小说的结尾非常微妙，令人难以忘怀。翁达杰的态度是不明确的，他引导人们思考那些造就了像现代多伦多这样一座伟大城市的建设性的和破坏性的力量，但是并没有告诉人们这对于今天的加拿大"大熔炉"来说意味着什么。

1917年7月，建设中的布洛尔大街高架桥，照片来自多伦多市档案馆。翁达杰在为小说做调研时，经常去查找档案。

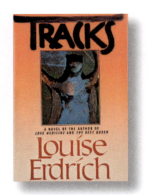

路易斯·厄德里克1954年生于明尼苏达州，在北达科他州长大，她拥有龟山阿尼什阿比部族（又称奥吉布瓦或齐佩瓦）的美洲印第安血统。

她一共写了15部小说，还创作了诗歌、童书、短篇故事和关于早期成为母亲时的回忆录。

《痕迹》是厄德里克的第三部小说，其中有些章节此前曾作为独立的短篇故事出版。这部小说刚出版时毁誉参半，它深奥难解的叙事结构让批评家们的评论出现了两极分化。

路易斯·厄德里克《痕迹》（1988）

美国北达科他州，阿格斯

Louise Erdrich, *Tracks*, Argus, North Dakota, USA

《痕迹》被赞颂为"史诗般的永恒经典"，它属于一系列四部曲中的第三部，讲述了20世纪时，齐佩瓦部族的定居地逐渐消失的故事。另外三部是《爱药》（1984）、《甜菜女王》（1986）和《宾果宫》（1994）。

路易斯·厄德里克的《痕迹》是四部曲小说中的第三部，记录了已经消失的（在这本书中正在迅速消失）北达科他州的美洲印第安人部落生活，围绕着20世纪齐佩瓦部族印第安人社区展开。《痕迹》是该系列中其他小说的前传，书中的时间跨度是1912—1924年，背景设置在虚构的阿格斯小镇——小镇坐落在真实的北达科他州冰碛草原上，北边紧邻龟山森林。小说重现了齐佩瓦族仍然像祖先一样生活在这片土地上的情景，此后他们被纳入了更广泛的社区，有的被政府收买了，有的被疾病击垮了，还有的只是为了个人的生存，抛开了对部族整体的责任。

书中人物属于这片土地，这片土地也属于他们；他们随着四季更替的节奏活动，穿越北美洲中西部偏北的大平原和宽广平坦的大草原，来到了这片满布湖泊和森林的狩猎胜地，这里河狸和驼鹿数不胜数，处处都是神话和传说。厄德里克将它栩栩如生地描绘了出来，而且展现了美国印第安部落与世隔绝的生活，偏远自然地貌上点缀着被烟熏黑的小木屋，还有北达科他州的酷暑严寒和难以忍受的极端天气。

《痕迹》有两个叙述者：自以为睿智的部落酋长纳纳普什和年轻的混血罗马天主教徒宝林，后者将祖先流传下来的印第安传说融入了她皈依的宗教。这本书的关键人物是第三个主角——皮拉杰家族的最后一个后裔芙乐，她具有磁石一般的吸引力，叛逆不羁，而且据说她是一个女巫。芙乐一心一意地相信，她的意志力（她能唤出一阵旋风、召来暴风雨）能让传统的生活方式维系下去："如同整座森林的神灵都在通过芙乐发声，声音松散，争执不休……乌龟颤抖的抓挠声、鹰的高声尖啸、潜鸟疯狂的咒骂，水獭、狼的嚎叫，熊的低吼。"但是，这片为齐佩瓦人提供自然资源和谋生手段的虚构的边境之地，遭遇了他们无法抗拒的威胁：

> 最开始只是一串遥远的低语，一阵风中的骚动。我们注意到鸟儿和其他在树上做巢打洞的动物的数量有些异常……然后有一天我们清楚地听见了他们的声音。人的喊叫、铁斧重击声从湖的对岸远远地传到了我们耳边。他们

的钢锯隐约发出刺耳的刮擦声，木车轮没上油的轮轴像远处的海鸥一样尖声叫嚣。

饱受折磨的宝林看到了各种幻象，她是周围的大自然（尤其是古老的森林和传说中的恐怖湖泊）的化身。"我不是人类，不是神灵，也不再是我自己。我只是森林的一小块。"

《痕迹》是一部富有张力的作品，故事情节魔幻现实，带有道德批判色彩，它用批判的眼光再现了齐佩瓦部落如何像美国的其他印第安部落一样逐渐落后于时代的过程。故事以循环套曲的形式展开，春去秋来，日复一日，在这个世界里，自然与人类和谐共处，齐佩瓦人依靠这片土地生活，这片土地却和齐佩瓦人的存在一样，逐渐被侵蚀殆尽，而厄德里克用长篇累牍优美的文字纪念了它的消逝。

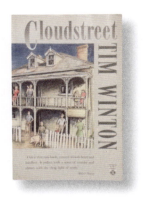

蒂姆·温顿（1960年生于西澳大利亚的珀斯）是澳大利亚最受欢迎的当代小说家，曾四次获得澳大利亚著名的迈尔斯·弗兰克林文学奖，两次获得布克文学奖提名。

《云街》是温顿公认的杰作，1991年获得迈尔斯·弗兰克林文学奖，1998年被改编为舞台剧，在澳大利亚上演，而且进行了海外巡演，2011年拍成了迷你电视剧，2016年还编成了一部歌剧。

温顿认为《云街》只能卖掉1万本，结果第一周就卖出了这个数字，此后在全球范围内卖出了超过50万本。

[1] 1加仑 =4.546 09升。

蒂姆·温顿《云街》（1991）

澳大利亚珀斯

Tim Winton, *Cloudstreet*, Perth, Australia

这部小说的标题取自书中一座摇摇欲坠的房子，小说围绕着它展开了一个关于归属的故事——归属于一个国家、一处风景、一个具体的城郊环境，还有一个给人以力量的家庭。

可能没有任何一个澳大利亚作家能像蒂姆·温顿这样专一和多产，他作品的背景都设置在他出生的这片土地上，也就是澳洲大陆的西南角。温顿并不否认这一点。在他的一部2015年出版的自传性致敬作品中，他专注于地理环境的特点更是达到了极致。他在这部副标题是"风景回忆录"的作品里写道："我坚持以地域作为出发点……去吸引读者……正如我被带入了哈代的韦塞克斯一样。"另一位作品专注于地理环境的文学大师是帕特里克·怀特，关于怀特的《探险家沃斯》，温顿说："《探险家沃斯》对我来说是一个转折点，它代表着一种可能性，即富有诗意地描绘出风景中的人物。"

温顿的这些目标在他迄今为止最受欢迎的小说《云街》中得到了体现，在这部作品中，他把人物从乡村移到了城郊，表达了他对于祖父母和他们那一代人的怀念和敬意。温顿创造了一个珀斯的市郊地区，它位于城市的边缘地带，仍在试图摆脱农村的气质。

从第二次世界大战一直到战后，西澳大利亚的首都被视为"世界上最偏僻的乡村小镇""它试图成为世界上最与世隔绝的城市，拼命想要做些惊天动地的大事"。20世纪中叶之后，变革的速度加快了，也更加激进："所有的老房子都被推倒了，取而代之的是橙红色砖砌的双层小楼。"在《云街》的开头，兰姆和皮克尔斯家族的故事开始时，乡村和城市互不相让，勉强共存。

这里离市中心很近，却不是普通的城郊，而是一个"胜利的城郊"。书中人物拥有"用破茶箱和一个四加仑[1]容量的老油桶"在后院建起禽舍的自由。这部小说仍然承认城市与农村的紧密联系。

书中的地域描写可以唤起当今老一代澳大利亚人关于过往种种快乐的回忆：鞭炮之夜、玩具小木屋、玩弹珠。这是一种被遗忘的生活方式，报童在街上卖报，下午的图片展将他们那些"眯眯眼的顾客们拉回了现实"，还有"疲惫的老妓女唤着水手"的"二人游戏"。所有这些细节都体现了一种室内室外活动兼顾的生活方式。温顿将处在风口浪尖上的，变革时代的澳大利亚市郊生活之精华提炼了出来，

创造了澳洲文学中难得一见的景观。

这是因为澳大利亚的作品生发于郊区景观时，会习惯性地贬低本国的历史和价值体系，而《云街》却不同，即使不能称它为田园牧歌，至少也能从它的字里行间看到一种全新的、具有显著意义和价值的生活正在逐渐形成。不过，温顿清楚地意识到，不能将它描绘成尘世间的伊甸园。故事中的人物都是社会边缘角色，比如赌徒、酒鬼、精神病患者、一无所有的人。另外，温顿笔下过去的美好生活，是围绕着表象之下的严酷事实展开的，"内德兰兹怪兽"破坏了安静祥和的氛围。正如一名珀斯记者所预言的那样，这位连环杀手的出现意味着市郊地区培育并窝藏了"可怕的东西"。

这部小说也表达了对当时支撑着劳动阶级人民的价值体系的崩塌的惋惜。温顿受到父母的启发，将这本书献给了他的父辈："80 年代，我注意到父母那一辈人讲述的故事正在逐渐消失……仅仅一代人的工夫，珀斯就被摧毁了，然后'发展'成……一座生活艰难、文化贫瘠的城市。"温顿扼腕痛惜，"他已经找不到几个对家庭有重大纪念意义的地方了"，因此，温顿无所顾忌地"试图在想象中重建一座失落的城镇"。

小说中的两个家庭各自占据同一座大宅邸的一半，却直到住在一起二十年之

河流的那头吸在天空上，流到中间变得平坦起来，闪闪发光，人们走向它，光着后背，穿着马裤，划起了船。河流入海的地方，沙滩向南北两头延伸，洁白、宽阔，犹如梦中的高速公路……

后，生活才真正有了交集。最初，两家人对于这个新地方毫无认同感。他们都失去了重要的东西，其中一家的丈夫赌博输掉家产，另一家"失去了一个儿子"。他们相信"我们不属于这里"，直到逐渐形成了自己的社区，构建了"一个新部族"。最后，他们的内心世界和外在世界终于达成了一致。

他们共享的宅邸"云街"如同有感情般默默地主导着这一切。它的名字就是虚无缥缈和平凡尘世的结合，说到底，也是相对的两极能够达成和解的地方。这栋房子曾经建立在原住民流浪者的痛苦之上，象征着这个国家本身：一个拥有不堪回首的历史的混合体。小说寻回了这栋房子失落的纯真；作者也承认，可能他"对于国家仍然抱有感性的期望"。

"云街"和它的居民一样，是书中的重要角色，这充分体现了它的二重性。兰姆一家第一次看到它时，它是"一座巨大的豪宅，墙皮剥落，仿佛有眼有耳"。它通过"隆隆声和震动"来表达自己，那声音"整夜响个不停，像一只肚子痛的熟睡鲸鱼"。兰姆一家已经习惯了灌木丛的声音，如今却被"把关节掰得咔咔响的房子"的声音取代了。

兰姆一家将房子的前厅临时改造成澳大利亚常见的街角小卖铺，结果这间商店却成了常驻景观。随着它逐渐融入周围的社区、变成了一个"路标"，两家人也接受了对方，同时他们被房子完全接纳，进而融入了这个国家："一段时间之后，这家小店成了'云街'本身，人们说着说着，云街就变成了一个惯常的名词，云与街从此再也不会分离。"

当两家缔结婚姻后，住在云街的鬼魂终于"被送往遗忘之地……房子里只剩下活着的人，住在一个干净而温馨的空间里"。温顿希望他的国家和这座房子一样，都能实现"没有痛苦地顺畅呼吸"。小说中原住民的灵魂说道，"地域是强大的、重要的"，两家人共同构建新部族的经历也说明了这一点。小说的结尾体现了一种终极智慧："我们最终都会与某个地域融为一体。"就这样，这部充满奇迹的小说为读者清晰地描绘出一片归属之地。

对页：由大卫·戴尔·帕克拍摄，蒂姆·温顿执导的改编版《云街》的剧照。

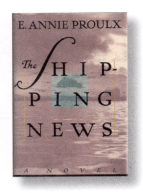

安妮·普鲁《船讯》（1993）

加拿大纽芬兰

E. Annie Proulx, *The Shipping News*, Newfoundland, Canada

妻子在一次车祸中不幸身亡之后，"小报的三流记者"奎尔移居到了祖辈的故乡——浓雾环绕的纽芬兰岛。

安妮·普鲁因第一部小说《船讯》获得了普利策文学奖，书籍出版时她已经57岁了。小说于2001年改编成电影，主演是凯文·史派西和朱迪·丹奇。

普鲁是美国人，但是曾在一次采访中表示，她第一次踏足纽芬兰岛，感受"光秃秃的坚硬岩石、呼啸的风"时，"真的被震撼了。""与其说是感受到一阵力量，不如说是一阵共鸣。"

15世纪，欧洲人发现这座位于加拿大东海岸外的大岛时，纽芬兰周围"全都是鱼"。到了20世纪90年代早期，当地的鳕鱼产业由于多年的过度捕捞已经难以为继了。

[1] 引文参考《船讯》，马爱农译，作家出版社，1998年版。

安妮·普鲁的小说中，奎尔的姑妈阿格妮丝·哈姆第一次为读者描述了她眼中的纽芬兰岛。她的侄子因不忠的妻子去世而悲伤不已，她怂恿他回到她几十年前离开的家乡。"这个地方，她想，这岩石，裹在迷雾中的六千英里海岸。起皱的水面下的岩石，在结着冰痂的峭壁间穿行的船只。苔原和瘠地，这里长着发育不良的矮小的云杉，人们把它们砍倒、拖走"[1]，随着他们的船离纽芬兰越来越近，她这样想道。"只有冰的城市，那核心为海绿色的冰山，像白宝石包裹着蓝宝石，有人说它能散发出一种杏仁气味。"奎尔第一次来到肮脏又粗鲁的祖先的土地，感到"好像他曾经梦到过这个地方，然后忘掉了"。

《船讯》被随意而巧妙地介绍为"奎尔一生中几年时间的记录"。的确，书中记叙了肥胖的主人公在美国经历的毁灭性的孤独——和孩子们一起搬家，在纽芬兰小之又小的锚爪镇的当地报纸《拉呱鸟》找到一份工作，他和姑妈为修复她童年的房子做出了各种努力，这房子里藏着黑暗的秘密。奎尔被分配了写车祸新闻和船讯的任务，他刚开始非常惊恐，因为他的妻子就是在一场车祸中死去的，但是他慢慢地适应了纽芬兰岛的新生活，开始寻找一份"没有痛苦和不幸"的爱。

普鲁于1993年出版了《船讯》，当时鳕鱼的数量大幅减少，加拿大政府宣布无限期暂停鳕鱼捕捞。小说描述了传统生活方式和新的生活方式之间的冲突。不过，《船讯》的核心仍然是故事背景中的纽芬兰岛和它的天气，其重要性不亚于书中的人物角色，而且从某种角度来看，它几乎就是一个角色："去北方的念头已经吸引了他，他需要有什么东西使他打起精神。"

普鲁不是纽芬兰人，但是她热爱这个地方。她的文字表现出位于加拿大边缘的这座岛的寒冷、雾气、严酷性和奇异感，永恒不变，宛如奇境："窗外的雾像牛奶一样浓。"还有："记得星期一整个都是黄的——天空一片丑陋的黄色，像一壶隔夜的陈尿……一批冻鸭落在了华特大街，共有八到十只，羽毛齐全，闭着眼睛，像在做梦，冻得硬邦邦的，像极地的冰冠。伙计们，发生这种事情的时候，你们可得留点儿神。"

大海、海风、浓雾、冰雪和发育不良的小树，然后又是大海：普鲁笔下的纽芬兰岛的自然环境严酷得令人震惊，美得震慑人心。作者本人第一次参观这座岛时曾说过："我太喜欢这个严苛、嶙峋、赤裸、空旷而又美丽的地方了，简直令人无法忍受。"

纽芬兰岛的地图（1903），这座大型岛屿位于加拿大东海岸外。纽芬兰和拉布拉多在1949年之前都在英国管辖范围内，此后成了加拿大的一部分。

大卫·布莱克伍德于 1979 年所作的画《拖拽乔布·斯特奇斯的房子》，这幅蚀刻版画出现在 1993 年美国版《船讯》的封面上。加拿大画家布莱克伍德以绘制纽芬兰生活图景闻名。

京极夏彦《姑获鸟之夏》（1994）

日本东京

Natsuhiko Kyōgoku, Ubume no natsu, Tokyo, Japan

《姑获鸟之夏》是京极夏彦的第一部小说，讲述了失意的自由作家关口巽的故事。他在战后的东京四处追寻，试图解开一个关于受诅咒的妇产科诊所的谜团：年轻医生在封锁的房间中离奇失踪。

在创作小说之前，京极夏彦（生于1963年）经营着一家自己开的设计公司。他积极地参与每本书的精细设计。他的作品获得过2004年的日本直木奖，同时他也是一位日本民间传说专家。

《姑获鸟之夏》由讲谈社首次出版于1994年，2009年由亚历山大·史密斯和侬莱·亚历山大译成英语，并在Vertical出版社出版。由小说改编而成的电影于2005年上映，导演是实相寺昭雄。

鬼怪故事在日本广为流传，在判断哪一个更恐怖之前，你首先需要掌握关于鬼怪的百科知识。京极夏彦知识渊博，曾认真研究日本民间传说，尤其是其中关于"妖怪"的。他获奖的几部推理小说都探索了日本为数众多的超自然现象引起恐惧的方式。他的故事很长，常常达到1000页之多，作者有充分的空间探讨关于神秘事物心理学的哲学思考。

不过，京极夏彦不只写鬼故事，他的作品通常都是按照硬汉推理小说的叙述方式展开，铺设奇异、阴暗而复杂的情节，吸引读者进入犯罪世界。这是我们熟悉的体裁，却采用了离奇的表现方式。

《姑获鸟之夏》的故事发生在20世纪50年代的东京，一座经历了第二次世界大战的空袭和战火、伤痕累累的城市，而且与战后的日本一样，这座城市仍然在为拼凑起自己四分五裂的身份而苦苦挣扎。在这个阴暗的背景下，通俗作家关口巽被迫变身侦探，层层深入，调查了一系列围绕久远寺一家和他们开设在林子里的妇科医院展开的离奇事件。这些事令人费解，逐渐成了城市中越来越多的谣言关注的焦点。围绕这间诊所有很多关于孩子消失、可怕的蛙脸小孩、古老诅咒和怀胎20个月的奇异传说。

小说的情节足以让神经最坚强的读者汗毛直竖，而京极夏彦对东京地形的熟练使用才真正让这个恐怖故事如同发生在身边一样惊悚。京极夏彦描述了环境给主人公关口巽的情感冲击，将读者带入了他创造的世界。故事的开头和结尾都发生在"墓之町的晕眩坂"上，那是一条长长的、两面都是高墙的坡道，它曾多次让关口巽在身体和情感上失去平衡。高墙挡住了关口巽的视线，他看不见墙那边的墓地，所以忘记了它的存在，也忘记了近在咫尺的死亡。这与京极夏彦的理论一致，即超自然现象是认知与现实之间的一道屏障。东京有无数条这样的坡道，很多都因为路人经过时感到惶恐不安而被称为"戾坂"（也称"幽灵坂"）。

京极夏彦用人们熟知的地理知识将书中人物与他们所居住的城市景观联系在一起。他描述了一道虚构的、会带来厄运的"缘尽坂"，它所在的板桥区曾经贸易

繁荣，如今却一片废墟。京极夏彦借助东京的地理，尤其是起伏变化的城市景观，表现主人公身体和情感上的不适。关口巽将爬缘尽坂形容为"一种折磨"，还表示在东京迷宫般的街道穿行非常容易迷失方向，他熟悉那些街道，却经常在那里失去自我，陷入压抑的记忆之中。

京极夏彦对小说中关键地点的丰富描述，大部分来自对真实地点的细致观察。神保町"书城"、久远寺诊所、京极堂的旧书店和杂司谷墓地，他引导着读者穿过半虚构的东京，这座城市如同书中常常出现的鬼魂一样，既是真实的，又是想象出来的，而且令人难以忘怀。《姑获鸟之夏》用令人不安的手法介绍了日本的首都，它那层层叠叠的历史中隐藏的谜，读者可以在书里书外探索和找寻。

东京的杂司谷墓地，书中的主人公关口巽为了到达"被诅咒"的医院，穿过了这片墓地。

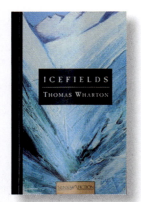

托马斯·沃顿生于1963年，他为成年人、青少年和儿童都创作了虚构小说。他的作品在美国、英国、法国、德国、意大利和日本相继出版。

《冰原》是沃顿的第一部小说，是他在艾伯塔大学读创造性写作硕士学位时的毕业论文，他当时的导师是冰岛裔加拿大小说家克里斯迪亚·贡纳斯。该书获得了英联邦作家奖的"最佳处女作奖"和首届班夫山岳图书大奖。

他的研究项目中有一项是埃德蒙顿互动文学地图，埃德蒙顿是他和妻子、孩子的现居地。

托马斯·沃顿《冰原》（1995）

加拿大艾伯塔省，贾斯珀

Thomas Wharton, *Icefields*, Jasper, Alberta, Canada

托马斯·沃顿的处女作将历史、地质学与神话传说融合起来，令人印象深刻，它带领读者走进阿萨巴斯卡冰原那美丽的冰冻世界，在那里，真实的景观被赋予了象征意义。

托马斯·沃顿将有记载的事实与他丰富的想象力结合起来，创造了一个独属于他的文学景观。故事的中心人物爱德华·伯恩博士是一名英国科学家。在1898年皇家地质学会组织的一次前往加拿大落基山脉哥伦比亚冰原的探险之旅中，他在一片冰川上滑倒，掉入了一道60英尺深的裂缝。他以头朝下的姿势被卡在了冰缝里。幸亏他的背包卡住了，才让他没有继续往下坠，动弹不得的他看见冰墙里有一个长了翅膀的人影，整部小说都在讲述他的猜想——这个人影是天使，还是冰里随机形成的图案。

伯恩获救了，但是那次经历一直令他念念不忘，将他与冰川紧紧地联结在了一起。他深深地为之痴迷，这种自然形成物如此令人着魔，它"不是液体，也不是固体。它缓缓流动，如同岩浆、熔蜡、蜂蜜"。他认为那场险些致命的意外是命运的安排，冰川"成了他视野的中心，而且比中心更甚：它是他的必然"。

他住进了冰川边上的一间棚屋，把研究冰原当作一生的使命。他还见证了小说在25年的时间跨度之内，艾伯塔省的贾斯帕（离冰原最近的边境小镇）是如何随着铁路的建设，变成一处旅游胜地的。伯恩的救命恩人弗兰克·特拉斯克是一个企业家，他下定决心要从游客身上捞一桶金。他搭建了一个小木屋，开发了一条冰原徒步线路，对于可能带来的自然破坏漠不关心。

然而，冰原远不只是游客观光地那么简单。它代表着几世纪以来缓慢流动的时间，远在人类出现之前的地球历史在这里徐徐展开。伯恩在日记里写道："冰原深处的冰层可能有上百年的历史，在人们发现美洲之前，在莎士比亚出世之前，在工业革命发生之前，由降雪累积形成。"在后面的一篇日记中他还写道，有些科学家相信"早期文明能够形成正是拜最近的一次冰河时期所赐"。

伯恩与冰川环境之间还有一种深层的个人联系："我从冰川中学到了很多东西，学会了一种看待剩下的整个世界的方式，学会了耐心和控制情绪。"于是，冰川成为故事的主角，而故事本身像冰川一样缓缓向前发展。《冰原》可以看作是一场引人入胜的深思——人类不仅能影响周围环境，同样也受到环境的影响。

冰原是一个强大的、富有诗意的符号。沃顿把冰川的科学术语及定义用作章节标题，进一步强调了这一点。其中"冰川消融区"尤其令人痛心，因为自从1995年这部小说出版以来，冰原已经缩小了三分之一，而且根据预测，冰原有可能在一代人的时间内完全消失。"在冰原冰冻与冰川融化部分之间有一个界限，一旦越过它的界线，冰就会开始消亡。在冰川最低点，温度哪怕稍微升高一点，也会导致显著的融化加速。比如上百台照相机的闪光灯也能造成这个后果。"

或许沃顿在这本书中最大的成就，是将一个人置于古老而宏大的冰川景观之中，作为一个充分理解冰川之广博的人，他让读者心生敬畏，意识到我们作为人类的渺小与无知。

高山小镇贾斯珀坐落在白雪皑皑的加拿大洛基山脉之中，这里是贾斯珀国家公园的中心地带。照片来自贾斯珀-耶洛黑德博物馆和档案馆，拍摄时间为1945年。

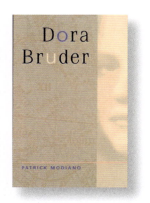

[1] 引文参考《多拉·布吕代》，黄荭译，人民文学出版社，2017年版。

[2] 同上。

帕特里克·莫迪亚诺《多拉·布吕代》（1997）

法国巴黎

Patrick Modiano, *Dora Bruder*, Paris, France

1941年冬天，一份旧报纸上的公告让叙述者踏上了寻找失踪少女多拉·布吕代的旅途。60年前，多拉·布吕代失踪于战时的巴黎。叙述者沿着巴黎破旧不堪的街区里的偏僻暗道一路搜寻，试图找到线索、确切的消息以及一个结局。

> 巴黎：寻失踪少女多拉·布吕代，十五岁，一米五五，鹅蛋脸，灰栗色眼睛，身着灰色运动外套、酒红色套头衫、藏青色半身裙和帽子，栗色运动鞋。有任何消息请联系布吕代先生和夫人，奥尔纳诺大街41号。[1]

这是一则出现在第二次世界大战最黑暗的日子里的寻人启事，它将失踪人物的特征逐条列出，让人过目难忘。几十年之后，巴黎作家帕特里克·莫迪亚诺偶然看到它，它便成了小说《多拉·布吕代》的催化剂。莫迪亚诺是诺贝尔奖得主，他的很多作品都是个人传记、事件报道和虚构小说的综合体，这部阴郁的小说也不例外。故事发生在巴黎城里一些人迹罕至、远离观光景点的地方，比如第18区克里尼昂古尔门周围破旧的道路，下蒙马特一些远离圣心大教堂和传奇般的红磨坊的地方。莫迪亚诺的叙述者立即认出了布吕代的地址：

> 我试图找到一些踪迹，回到悠远的往昔。大概在我12岁的时候，我陪母亲一起去过克里尼昂古尔跳蚤市场，一个波兰犹太人在卖行李箱，在他右边是马里克市集和维内尔松市集，街道两边摆满了摊位……[2]

这是1957年的记忆。记忆看起来很准确，却是难以捉摸的、不可靠的："隔着岁月，景物在我眼前变得模糊，1965年的冬天和1942年的冬天也分不清了。"

1942年年初，多拉·布吕代刚刚失踪不久，那时的巴黎与1965年或如今的巴黎完全不同。但是，这些年，街道和建筑都没有变化，仿佛转过一个街角你就回到了过去。时间与回顾过去的"狂热"，是莫迪亚诺的小说最典型的特点。1942年，巴黎被德国人占领，每天晚上都有宵禁，法国的犹太人遭到维希政府的迫害。多拉·布吕代一家是犹太人，而且家境贫寒，必然无法幸免。然而，多拉的名字并不在官方人口调查中，因为她的父母为了保护她，早就把她送到了位于市中心的一所天主教寄宿学校。

1941年的严冬，她就是在那儿失踪的。她绝望的父母在报纸上发出求助，公

ON RECHERCHE une jeune fille, Dora Bruder, 15 ans, 1 m. 55, visage ovale, yeux gris marron, manteau sport gris, pull-over bordeaux, jupe et chapeau bleu marine, chaussures sport marron. Adresser toutes indications à M. et Mme Bruder, 41, boulevard Ornano, Paris.

多拉·布吕代的寻人启事，刊登在1941年12月31日的《巴黎晚报》上。

开了她的存在。小说中的叙述者发现，奥尔纳诺大街41号是家旅店："一栋19世纪末的五层楼房。"附近的43号建筑是个电影院，地铁站叫辛普朗。这些都是表面的细节，而莫迪亚诺像考古学家一样带着我们继续探寻。"消失的记忆需要花很长时间才会重新浮现""我是个耐心的人，我能在雨中等好几个小时"。他从多拉失踪写起，写到1942年4月她意外出现（她是怎样度过那个严酷的寒冬的？），再写到6月她被逮捕，以及全家人被杀害，仅仅几个月里，多拉的关押地一变再变，从20区的图雷尔兵营转移到德朗西集中营，然后从那儿送到奥斯维辛集中营。这几个月就是小说中大部分内容的时间跨度，中间穿插着叙述者的个人经历。

《多拉·布吕代》还是一部漫步之书，记录着漫步路上的很多景观：半空咖啡馆里的雪茄烟雾、秘密通道、看不见人影的审讯、两侧梧桐荫蔽的大街，还有蒙眼布、秘密、暗号、名单和警觉的氛围。还有恐惧，大屠杀中失落的焦虑之音：

> 我穿过空无一人的街道。甚至在晚高峰的时候，当人们朝地铁口蜂拥而去，对我而言，这些街道一直都是空空荡荡的。我忍不住会想起她，在某些街区感到她存在的回音。有一天晚上，是在火车北站附近。[3]

[3] 引文参考《多拉·布吕代》，黄荭译，人民文学出版社，2017年版。

卡洛斯·鲁依斯·萨丰，1964年生于巴塞罗那，2020年逝世于洛杉矶。他曾在广告业获得成功，还曾为青少年写书，后来他成了畅销书作家。

他的现象级畅销书《风之影》于2001年出版，由露西娅·格雷夫斯于2004年率先将之翻译成英语。随后，《风之影》被翻译成各种语言，在40多个国家出版，卖出超过2500万册。

这是"遗忘书之墓"四部曲中的第一部，目前四部曲已经全部完结。

卡洛斯·鲁依斯·萨丰《风之影》（2001）

西班牙加泰罗尼亚，巴塞罗那

Carlos Ruiz Zafón, *La sombra del viento*, Barcelona, Catalonia, Spain

萨丰这部畅销作品是塞万提斯式的哥特历险故事、侦探小说、浪漫传奇和煽情剧的结合体，呈现了20世纪40年代巴塞罗那的巴洛克式图景。

　　与我们熟知的那个生气勃勃的地中海城市不同，萨丰笔下的巴塞罗那是一座黑暗之城，拥有昏暗的角落、破败的街道，这座黑暗之城还有另一层令人沮丧的含义，埋藏在西班牙内战的废墟之下。故事发生在1945年到1956年的巴塞罗那，讲述了达涅尔·森贝雷成年之前的生活，那时的巴塞罗那正值战后最恐怖、最压抑的年代。他10岁时，父亲带他去了一家存放废弃书籍的地方，叫作"遗忘书之墓"。任何来到这家秘密图书馆的访客都可以拿走一本书，前提是他必须发誓保护选中的这本书。达涅尔找到了一本题为《风之影》的书，作者是一个名叫胡利安·卡拉斯的人。从达涅尔翻开这本书的第一天起，它就占据了他的思想。

　　小说的情节像迷宫一样复杂，一个故事嵌套另一个故事，故事们各自展开，然后交汇在一处。达涅尔发现他自己的处境和《风之影》的主角有很多相似之处，好奇心驱使他想要揭开作者卡拉斯的神秘面纱。达涅尔只知道卡拉斯在内战刚开始时就被杀死了，他找不到卡拉斯的任何其他小说，除了遗忘书之墓里的少数几本，卡拉斯的其他作品都消失了。随着达涅尔的调查逐渐深入，他开始着了魔般地探寻小说家的过去，想要为他报仇。他的搭档费尔明是一位令人印象深刻的无政府主义者，在费尔明的帮助下，达涅尔不顾警官哈维尔·傅梅洛的威胁，坚持不懈地寻找。最终，他与他所爱的人一起过上了美好的生活，在故事的最后，达涅尔带着10岁的儿子胡利安来到了同一个"遗忘书之墓"。

　　即使小说中的巴塞罗那在地理细节上与20世纪40年代的实际情况不完全相符，但城市的氛围仍然一致。当然，这不是一部传统意义上的19世纪的现实主义小说，其中偶尔提到地理位置也只是为了实现一种特殊的共鸣，而不是为了将它详细如实地描述出来。拉瓦尔和巴塞罗内塔区、佩德拉尔贝斯和萨里亚区的对比让我们注意到社会阶层的分化；莱埃塔那大街的警察局意味着严刑拷打是国家批准的行径。这些地点起到了提喻的作用，它们如同拼图块或者碎陶片，可以拼凑成一幅画。萨丰借用高迪的加泰罗尼亚"trencadís"（镶嵌画）方法，用这些地点拼凑出一座支离破碎的废墟之城。

　　萨丰的拥趸会选择"风之影游览线路"，沿着标志性的兰布拉大街在一个个卖花、鸟和书籍的摊位之间漫步，参观中世纪的老城区、港口、蒙特惠奇山和提维达波山，还有中世纪的海洋圣母教堂。但是，他们无法真正体验到书中的巴塞罗那，因为它只鲜活地存在于萨丰的想象之中。为了给这本书提供写作灵感，萨丰谱写了一些钢琴曲，只要听着这些旋律，他就能置身于小说的忧郁氛围之中。哥特元素加深了威胁、孤寂和恐怖氛围，小说中的迷雾更是为它蒙上了一层不确定性的面纱。萨丰认为，过去是捉摸不透的，如同风的影子，或者历史的飓风。

　　萨丰想象中的巴塞罗那为小说的核心主题——死亡、消失与记忆——代言。在故事的结尾，当城市如同光明、静默和幽灵般的维纳斯女神一样从海洋中重生，我们会想起，即使书籍再危险、再可怕，也是生存的必需品，巴塞罗那无法直面暴力的过去，却拥有无与伦比的文学传统，它能够帮助这座美好的城市继续存活下去。

巴塞罗那哥特区的叹息桥，"风之影文学徒步游览线路"会带领游客领略这片地区的独特气质。

奥尔罕·帕慕克，1952年生于伊斯坦布尔，2006年他被授予诺贝尔文学奖，成为首位获得该奖项的土耳其作家。《雪》是他的第五部小说，在他获诺贝尔文学奖的四年前发表。

费伯与费伯出版社于2004年出版了由莫琳·弗雷丽翻译的英语版本。

帕慕克曾经这样评论这本书："我强烈地感觉到，小说的艺术建立在人类与'他者'达成身份认同的能力的基础上，尽管这种能力是有限的。"

奥尔罕·帕慕克《雪》（2002）

土耳其卡尔斯

Orhan Pamuk, *Kar*, Kars, Turkey

这个故事设定在安纳托利亚半岛偏僻的边境城市卡尔斯，描述了土耳其的世俗主义与本地主要宗教之间的紧张关系，讲述了主人公卡经过12年的政治流放重回土耳其的过程。

　　诺贝尔文学奖得主、土耳其作家奥尔罕·帕慕克的《雪》，看起来颇具堂吉诃德式乐观主义，可实际上，它是激动人心的政治惊悚剧、寓言和知识分子式冥想的结合体。2004年，《雪》首次译成英文出版，广受赞誉，因为它揭露了土耳其四分五裂的灵魂的复杂性，特别是世俗主义和本地主要宗教之间的微妙平衡。小说开篇就把读者带入一个奇特的、另类的水下世界——卡尔斯城（"卡尔"在土耳其语中是雪的意思）。卡尔斯城坐落在安纳托利亚半岛上，与世隔绝——三天的暴风雪突然切断了它与世界其他地方的联系。

　　一辆巴士不顾危险，驶入了这场暴风雪：

　　　　路标被雪掩盖，完全看不清。当暴风雪开始狂暴地肆虐时，司机关掉了车的大灯，调暗了车里的灯光，想要在半明半昧中将路看得更清楚些。乘客们默不作声，提心吊胆，眼睛盯着外面的景象：荒废的村庄，暴雪覆盖的街道，昏暗的、摇摇欲坠的平房，通往其他村庄的道路已经封闭了；在路灯下，旁边的深谷隐约可见。即使他们说话，也只敢窃窃私语。

　　在众多乘客中，有个名叫卡的陌生人，小说中隐匿的叙述者（自称是卡的老朋友奥尔汗）神秘兮兮地称他为"我们的旅行者"。卡是一位42岁的诗人，在德国经历了12年的政治流放后，才回到伊斯坦布尔参加母亲的葬礼。这趟突如其来的回乡之旅再加上失去亲人的痛苦，令他心绪烦乱。一时冲动，卡决定去卡尔斯城旅行。

　　但是，卡尔斯城并不完全是一个梦境般的、充满诗意的目的地。最近，城中出现了一个可怕的现象：年轻女性的自杀率异常飙高，而且还在不断增加，她们这么做是为了抗议必须在学校解下头巾的强制命令。这些年轻女性之于小说叙事的作用就如同古希腊戏剧中的歌队。卡尔斯城在政治上正处于一个关键的时间节点：本地主要宗教势力决定横扫即将到来的地方选举。卡的旅行不是出于好奇心，他以记者的身份来到这里。这样一来，他就成了叙述者理想的信息接收者。叙述

多年之后，他仍然记得，那晚的雪异乎寻常的美，它带给他一种在伊斯坦布尔从未体会过的强烈的愉悦感。他是一个诗人，作为诗人他曾写过……我们的梦中只下了一次雪。

者向读者传达的信息都通过他来传递。卡还想找到学生时代的前女友伊佩切克，为分裂的自我寻求答案。他的这种自我分裂回应了土耳其的分裂：西方化带来的空洞感——他在德国流放期间一直能感受到本地主要宗教对西化的排斥；个人主义和民族主义的对立贯穿始终。卡思忖着这座经由同化的努力和各种影响最终演化成的两极化城市。与此同时我们了解到，20年前，当他还是个年轻人，他曾经来过这个地方。他审视着这片历史造就的多元化的穷乡僻壤，难抑怀旧之情。奥斯曼帝国时代的日渐腐坏的废墟、拥有千年历史的亚美尼亚教堂、19世纪末被俄国军队占领的城堡，纷纷让位于阿塔图尔克统治下的"现代化"进程：

> ……街道和大块鹅卵石铺成的人行道，土耳其共和国建立后栽下的梧桐树和夹竹桃。它们赋予这座城市一种忧郁的气质，奥斯曼帝国时期的城市对此一无所知，然而，那时的木房子也在民族争斗和部族战争的年代被大火烧毁了。

卡刚到卡尔斯城就目击了一起暗杀事件和一场极端暴行，这些看似随机出现的残酷暴行与推动小说情节的、既甜蜜又苦涩的爱情故事形成了鲜明对比。帕慕克以穿插交错的叙述方式闻名。在他的写作生涯中，这部设定在1992年的小说已经以独特的方式尽可能地接近现实主义了。这个非同寻常的故事预言了土耳其如今的境况：备受争议的独裁领导者将记者、学者、诗人和作家关押起来。帕慕克作为作家、观察者和影子般的叙述者，在叙述中掺入讽刺和遁词，描述了一座令人着迷的"鬼城"，它象征着土耳其的过去、现在与未来。

后页：帕慕克用他亲自绘制的卡尔斯风景作为小说第一版的插图。这幅画为了2014年12月的一场慈善拍卖而创作，在这场由佳士得组织的拍卖中，该作品募集了1.3万美元，全部捐赠给了美国笔会中心。

Ne zaman Kars'ı
hatırlasam böyle
bir resim geliyor gözür
ve yanlız köpek ...

ı önüne   2014

Orhan Pamuk

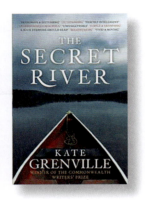

凯特·格伦维尔，1950年生于悉尼。她是澳大利亚最著名的作家之一，一共出版了15本书。她获得了英联邦作家奖和橘子小说奖。2018年，她因为文学和出版业做出的卓越贡献被授予澳大利亚荣誉勋章奖。

《神秘的河流》与《中尉》（2009）和《萨拉·索尼尔》（2012）共同构成了一个结构松散的三部曲，讲述了生活在澳大利亚殖民地的三代人的故事。

这部小说曾入围布克奖，还获得了15项其他国际或国家级奖项的提名。

凯特·格伦维尔《神秘的河流》（2005）

澳大利亚新南威尔士，霍克斯伯里河

Kate Grenville, *The Secret River*, Hawkesbury River, New South Wales, Australia

一部备受赞誉的现实主义历史小说，小说以新南威尔士州的殖民地为背景，探讨了罪犯对陌生景观和原住民的反应。

自然景观可以承担重大意义甚至拥有神圣的地位，人类对占有或归属于一片景观的需求，景观对人类的承诺和威胁的双重性，这些主题在凯特·格伦维尔的《神秘的河流》中都出现了。小说以霍克斯伯里河为背景，这条河位于悉尼往西北方向75千米处，格伦维尔的祖先所罗门·怀斯曼曾在这片地区定居，后来他成为著名的"霍克斯伯里之王"。

这部在世界范围内广受好评的现实主义历史小说记录了威廉·索尼尔的生活，从18世纪他在伦敦穷困潦倒的日子，到1806年他作为罪犯被运送到新南威尔士，再到他最终转变为一个富有的殖民地地主。

作为泰晤士河上经验丰富的水手，索尼尔深知景观的脾性，能够"猜到河流的状态、潮水涨落和风向"。但是他面对着流放地时，就完全傻眼了："他从没见过这种地方……处处不同，又处处相同。"不过最后，神秘的河流取代了他想象中的泰晤士河。然而，一直令索尼尔感到困惑的是，他决定拥有自然景观的一部分，可是对于欧洲人来说，它看起来缺少所有者的印记："那些黑人似乎不认为某块土地属于他们……看不到定义所有权的栅栏。"

由于白人定居者与原住民和土地的关系带来的问题笼罩着这部作品，格伦维尔探讨了种族暴行与和解的主题。尽管这使她的书引起了一些学者的异议，读者却接受了它，他们发现这个故事背后的历史非常感人，不枯燥，也不遥不可及。

《神秘的河流》是格伦维尔在2005年至2011年间出版的殖民地三部曲中的一部，不过，它也可以和介绍其创作过程的书《寻找神秘的河流》（*Searching for the Secret River*，2006）一起读。她在书中承认了景观的核心角色，并表示她发现自己在用描述人类的词语来描述景观，比如"岩石暗黑的皮肤下面金色的血肉，做手势的树，生动、警觉的灌木丛"。格伦维尔采用这种视角的理由引人深思："将景观人性化是展示原住民和他们的土地之间的关系的一种方法，因为……国家就是人民。"用索尼尔的话说，"眼睛能看见，但是无从知晓那是几根树枝……还是一个拿着长矛的人在盯着你"。

这本书更深层次的目的是对澳大利亚白人与土地和原住民的关系提出质疑。书中高潮部分的土著大屠杀的惨状一直令索尼尔难以忘怀，这场杀戮造就了一条新的神秘河流——血河，也是在白人的澳大利亚历史之下涌动的悲惨暗流。这场悲剧让索尼尔对土地的"所有权"变成了一个虚无的成就，他的儿子迪克因为同情土著人而与家人日渐疏远，而他直到死都没能与儿子达成和解。

小说刚开始不久，书中人物在试图与新景观达成和解的过程中面临的两难境地就已经非常清晰地呈现了出来："他从没见过这种地方。"对于在澳大利亚出生和长大的读者而言，《神秘的河流》想要达成的愿景就暗藏在这种二元对立之中。这部小说能够让澳大利亚本地人用一个全新视角重新认识他的祖国，这就是格伦维尔最大的成就。

这幅由 J. 莱西特于 1822 年创作的《悉尼、新南威尔士的北视图》呈现了霍克斯伯里河宽阔的河口，该作品存放在新南威尔士州立图书馆。

埃莱娜·费兰特《我的天才女友》（2011）

意大利那不勒斯

Elena Ferrante, *L'amica geniale*, Naples, Italy

《我的天才女友》作为埃莱娜·费兰特（化名）创作的一部畅销成长小说，记叙了两个来自那不勒斯的女孩延续多年的友谊。

埃莱娜·费兰特是作家的化名，很多人都尝试揭开"费兰特"的面纱，克劳迪奥·加蒂在2016年的爆料是流传最广的一次，但是任何猜测都没有得到费兰特本人或者出版社的证实。

费兰特的那不勒斯四部曲在世界范围内销售了超过550万册，《我的天才女友》被HBO拍成了一部迷你电视剧。

《我的天才女友》中不知名的那不勒斯社区的原型是真实存在的里昂卢扎蒂区。

　　《我的天才女友》是埃莱娜·费兰特一系列那不勒斯小说中的第一部，这是一本关于二元性的书。叙述者莱诺·格雷科永远处于"焦虑"状态；她最好的朋友莉拉·赛鲁罗"很可怕，很耀眼"。她们出身于那不勒斯一个普通的、穷困的社区，通过不同的方法重塑了自己。莱诺继续读书，莉拉嫁给了一个富有的年轻杂货商。她们都嫉妒对方，又被对方吸引，她们做的每一件事都完全相反。她们生活的这座城市也是充满对立性的，这种对立性在两个女孩极端的性格中体现了出来。

　　费兰特笔下20世纪50年代的那不勒斯既诱人又肮脏，既贫穷又富足。莱诺和莉拉居住的社区代表了一个极端，它是在一个充满暴力的地方建设起来的，到处都是无法无天的黑帮团伙。莱诺说："我们生活在一个儿童和成人都经常受伤的地方，血从伤口里流出来，会感染，有时人们会死。"一家家人挤在高耸的公寓楼里，空气中充满"disperazione"，这个词在方言里的意思是"失去一切希望，并且破产了"。

　　对于莱诺和莉拉，财富是一种"执念"。她们规划着未来无忧无虑的奢华生活，莱诺对此做出了讽刺的评论，"听我们这么说，就好像财富藏在附近的什么地方一样"。青少年时期，她们目睹了其他那不勒斯社区里理想的富裕生活："就像跨越边界来到了另一个国度……（这里的女人）呼吸着另一种空气，吃着另一种食物，穿着来自另一个星球的衣服，学会了御风而行。"

　　在这部小说中，边界是非常重要的概念，跨越地理和社会的边界是书中重复出现的主题。莱诺和莉拉小时候曾冒险穿过隧道，离开了她们居住的社区，但是到了另一边，她们却越来越害怕，赶紧转身往回走。之后，莱诺超出了父母的期望，考上了高中，"我跨越了社区设下的界限"，她写道。

　　《我的天才女友》最重要的情节发生在莱诺在一年夏天去伊斯基亚旅行的路上。"我第一次离开家，"她说，"我踏上了旅途，一次海上旅行。我母亲的胖身子、社区的问题和莉拉的麻烦离我越来越远，随后完全消失了。"伊斯基亚给莱诺叛逆的

上图：四位年轻女性在那不勒斯的街道上闲逛，炫耀她们最漂亮的衣服。照片拍摄于1955年。小说中，莱诺和莉拉非常向往那不勒斯更富裕的那些社区。

前页：劳拉·迪贝斯2013年拍摄的照片。这些那不勒斯的小巷里挂满了衣服，看起来很像费兰特小说中人物成长的地方。由于公寓空间狭小，居民们不得不拉起公用的洗衣线来晾衣服。

青春期身体带来了神奇的影响，在这个远离幽闭的家的地方，她晒黑了，也更自信了，她爱上了一个名叫尼诺的男孩。

在这系列作品后续的几本书中，莱诺去了更远的地方旅行。她所受的教育为她叩开了那不勒斯和其他城市的显赫家庭的大门，随着"（她的）世界突然变得更广阔"，莱诺与她儿时生活的环境之间的鸿沟越来越深。回顾那不勒斯，她觉得那里充满恶意："那座城市仿佛憋了一肚子火，却无法排解。"她在《新名字的故事》里写道，"所以从内部侵蚀它，或者从表面的脓疱里喷出来，它胀满了毒液，与所有人作对"。但是她最终意识到，她此生都会与那不勒斯紧紧相连，正如她与莉拉之间无法割舍的联系，《我的天才女友》的开头就告诉我们，"莉拉一生从未离开那不勒斯"。

与莉拉和莱诺一样，那不勒斯也有很多副面孔。它拥有财富和奢华，也充斥着黑暗、暴力和绝望。在某些地区，机会似乎随处可见；而深入社区的心脏地带，会感觉无处容身，却又无处可逃。这座城市本身就是一个美妙的造物，与费兰特笔下迷人的角色一样复杂而多变。

阎连科《炸裂志》(2013)

中国河南省

Yan Lianke, *The Explosion Chronicles*, Henan Province, China

这部讽刺小说《炸裂志》的背景设置在作者的家乡河南。炸裂村是一个虚构出来的地方，因火山喷发意外形成，小说讲述了这个小村庄如何逐渐发展成拥有上百万人口的非同寻常的大都市的故事。

阎连科是中国最受尊敬的作家之一。他出生在河南省，凭借对出生地的深入了解，基于早年在乡村地区的贫困经历创作了《炸裂志》——一部集道德寓言、讽刺文学和魔幻现实主义于一身的作品。一个名为"炸裂"的虚构村庄，以惊人的速度从泥瓦屋错落的落后农村变成了摩天大楼林立、占地广阔的超级大都市，在短短30年间，"炸裂"经历了痛苦的转变。

炸裂村之所以起名"炸裂"，是因为最初的一批居民是宋朝一场火山喷发的逃难者，火山喷发又形象地称为地裂或地炸，同时"炸裂"也暗示着村庄即将迎来迅猛的进化。小说关注的主要是新中国成立之后的几年时间，炸裂村"从此更加密切地与这个国家经历着共同的荣誉和伤痛"。在小说中，阎连科化身为一位虚构的作家，接受了为发生翻天覆地变化的炸裂村编撰志书的委托。这种变化一开始发生在地理层面，然后进入了社会层面。阎连科将村庄置于河南省的真实地理环境中，作为与这片土地紧密联结的人，他情深意切地描述着这个地方："村落初成……村前平底开阔，始有农人至炸裂相聚，以物换物，以银购物，初成乡村之小集微市。"

河南省及其省会郑州所在的黄河流域是中华文明极为重要的发源地之一。这里有中国最早的一批佛教寺庙。小说中有一幕是，在禁止土葬之后、新火葬法生效之前，老人纷纷自杀，为的是能够按照佛教传统被葬在坟墓里；另一个情节是，上千只死猪漂在城市被污染的河流里，而这条河是数百万居民的饮用水水源。

随着情节推进，村庄逐渐发生改变。阎连科在注解中提醒读者，"当代中国正在迅速跨越一系列经济和发展的里程碑，而欧洲用了两个多世纪才完成这些变革"。而社会的变化同时也会影响自然的变化："鸡开始生鹅蛋，鹅开始生鸭蛋"。

另一个虚构与现实难以区分的特征是伴随权势而生的乱象。阎连科在小说的开头，就利用老村长朱庆方被民众吐的痰淹死的惨状说明了这一点，而这一幕也预示着小说后面更加骇人的冷酷无情。朱庆方在公众面前惨死的场景是小说人性戏剧的催化剂，也加速了这片穷乡僻壤上的灾难性"进步"。镇长和随行人的一段

阎连科是中国当代最重要的作家之一，他于1958年出生在河南省嵩县，目前生活在北京，担任文学教授。阎连科曾说过，他仍心系河南，并将很多小说和短篇故事的背景设置在那里。

该书于2013年首次在中国出版，英语版本在2016年分别由查托和温达斯出版社、格罗夫·大西洋出版社在英国及美国出版。

沈源绘的《清明上河图》局部，画中呈现了河南省的农业社会景象。这幅画描绘的是宋朝古都汴京（今开封市）的景观。

令人难忘的对话总结了从农业化走向工业化的眼花缭乱的转变，还有工业化进程对个性的磨灭。

> 他们绕过街道，到半山坡上时，回头望一下，镇长有些惊住了，这才看见炸裂镇在短短的时间里，沿河而筑，这边那边都楼房林立，街道宽阔，再也不像早先山脉中的村街那般土热闹。街道上的路灯电线杆，和筷子样均匀地树在路边上。各家大厂、小厂的烟囱，插在天空间，吐出的浓烟如雨天罩在头顶的云。而这儿或那儿，把土地破开、合上的工地，一处又一处，像外科大夫随意地开肠破肚样。将大地破开来，重又缝合上。挖开来，重又草草填起来。新土旧土，伤痕累累，到处都朝气蓬勃，疤痕疤痕的。[1]

阎连科的关注点是"进步"的本质，是对古代中国文化根基被毁坏的痛惜。飞速前进的步伐越来越疯狂，当"炸裂村"完成超级大都市的升级之后，它已面目全非。

[1]　引自《炸裂志》，阎连科著，上海文艺出版社，2013年版。

河南省省会郑州已经发展成工业、制造和技术中心。河南省总人口接近一亿，是世界上人口最稠密的地区之一。

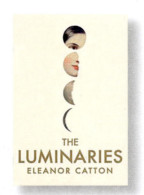

埃莉诺·卡顿于1985年出生在加拿大，但是她在新西兰的基督城长大。《明》是她的第二本小说。

小说于2013年赢得了布克奖，并刷新了多项纪录：卡顿是有史以来年龄最小的获奖者，当时她才28岁，而且这本小说共有832页，是有史以来最长的获奖作品。

埃莉诺·卡顿《明》（2013）

新西兰南岛，霍基蒂卡

Eleanor Catton, *The Luminaries*, Hokitika, South Island, New Zealand

卡顿令人回味无穷的维多利亚风格小说讲述了关于不那么广为人知的、新西兰西海岸淘金热的故事，她记录了一个错综复杂的世界，在这里，财富与命运变幻莫测。

　　我们都知道19世纪中期的美国淘金热，那些年的场景立即浮现在眼前：在加利福尼亚州的沙漠某处，一个探矿者用锤子把木钉砸进地里，宣示对这片土地的所有权。育空地区的黄昏，一只狼在远处蓝色的天幕下嚎叫，然后一只接着一只，狼群集结。矿工围着微弱的篝火挤成一圈，摸着来福枪，确认它还在才感到放心。赛尔乔·莱昂内和杰克·伦敦是这些景观的桂冠诗人。

　　但是，提到新西兰的淘金热，就没有多少人知道了，埃莉诺·卡顿篇幅宏大、情节复杂的小说《明》讲的就是这个事件，故事的背景设置在1866年的霍基蒂卡镇。卡顿稳重的行文呈现了一个如此真实的世界，甚至会让你感觉自己都成了镇上的人。听说南岛的河流和沙地里有黄金，投机者、资源整合者、银行家和装备店商蜂拥而至，霍基蒂卡镇人满为患。掘金者挖遍了西海岸，寻觅闪闪发光的矿石的踪迹。霍基蒂卡东侧，地势上升，变成了一片布满罗汉松林的高低起伏的山丘，清澈的河流在山间流淌，河床上铺着"光滑的灰白色卵石，敲开后能看见绿色玻璃一样的内里，像钢一样坚硬"，那是毛利人的圣石"普纳姆"。看起来神圣不可侵犯的南阿尔卑斯山顶着白色的雪盖，静静地俯视着这一切。

　　这部小说试图解开一个谜，人们在一个隐士的小屋中发现了一批黄金，它们来源不明，也不知道所有者是谁。死亡藏在金钱的面具后面，在这片土地追寻猎物。用《火线》里的莱斯特·福瑞蒙的话说，读者的第一项任务是跟踪金钱。我们跟着它在未来和过去之间穿梭，穿越南岛多样的景观。随着我们从一个地点移动到另一个地点，扩展脑海中的地域范围，情节也在向前推进，故事像太阳系天体仪一样华丽而复杂。

　　这是一个发生在狂野国度的故事，而作者却会经常将我们带入室内空间，比如酒吧、台球室、法院、棚户区和鸦片窝点，并对这些室内空间进行极为详尽的描写。卡顿的叙述者似乎能注意到一切，甚至是台球桌台面中间的一条接缝，因为它"曾经在悉尼码头被锯成两部分，这样才能顺利运送过来"。

　　这本书的厚度和占星术语可能会让一些读者望而却步。多么可惜啊！每次阅

读这本长长的书，你都能得到新的收获。淘金热带来的后果引起了人们的关注，卡顿煞费苦心写就这本书不仅是为了提供读书的乐趣，也是为了探索价值的本质而开展的一场巨型思想实验。

霍基蒂卡的每个人都致力于取得财富，获得最多的利润。这是一个由资本驱动的社区，人与人的关系建立在了成本－收益分析之上。为数不多的能够击败这种可怕逻辑的方法之一，是一个年轻的探矿者和一名"妓女"之间滋生出的无条件的爱。他们的爱情最终成了一道黄金法则，一块检验万物价值的试金石。

因此，这部现象级的作品表面上是关于挖掘地球、寻找财富，实际上却挖开了人类的内心，去寻觅真正的价值。与此同时，自然景观仍然自行其是，硕大的雨滴啪啪击打着霍基蒂卡上百家酒吧的屋顶，暴风雨侵袭了沙洲，山峰的融雪使河水高涨，河流冲向大海，漩涡载着闪耀的金子，用一位早期勘探者的话说，"如同一个漆黑、寒冷的晚上，夜空中的猎户座星星"。

西海岸淘金热期间，韦斯特兰掘金者在霍基蒂卡的早期档案照片。霍基蒂卡沿海地区作为重要的内河港口，在19世纪后期成了新西兰人口密集的地区之一。如今，这里是人口约有2000人的小镇。

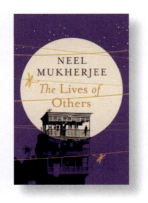

尼尔·穆克吉《别人的生活》(2014)

印度西孟加拉邦，加尔各答

Neel Mukherjee, *The Lives of Others*, Kolkata, West Bengal, India

这部雄心勃勃的家乡赞美诗讲述了1967年加尔各答的一场政治动乱中发生的故事，这首对家乡城市的赞歌富有抱负和同情心，全面剖析了一个地域和一个民族。

尼尔·穆克吉，1970年生于加尔各答。他曾就读于贾达珀大学、牛津大学和剑桥大学，后成为研究文艺复兴（时期）的学者，随后在40岁时转行成为作家。

这是穆克吉的第二部小说，2014年入围布克奖和科斯塔文学奖，2015年获得安可文学奖的最佳二作奖。

小说背景设置在西孟加拉的首都加尔各答，讲述了纳萨尔巴里起义期间发生的事件。纳萨尔巴里起义的名称源自第一个起义中心，西孟加拉的纳萨尔巴里村。

在2018年的一次采访中，尼尔·穆克吉坦诚地表示，他构思《别人的生活》时，是想要写一本与自己的出身做抗争的书："大多数作家都需要和自己长大的地方至少算一笔账……这是我的'孟加拉小说'。"于是，最终写就的这本书涉猎广泛，却不会杂乱无章，它细腻地呈现出其中熟人之间微妙的关系，同时毫不留情地将极端残酷的行径与被剥夺的痛楚展示出来。

这段复杂的故事围绕着一栋宅邸和一个家族展开。加尔各答的高希家族人员众多，纷争不断，从各个成员只能住在宅邸的不同楼层，就能看出家庭内部的等级制度。家族的一家之长已经当上了祖父，他和妻子位于家族层级的顶端，负责发号施令，而仆人和小儿子的寡妇（出身于下层种姓）只能住在底层，和臭气熏天的喧闹街道只有一墙之隔。本来只要写这个大家庭的故事，将它作为孟加拉社会的缩影就足够了，但是这部小说的野心更大，将背景设定在印度政治历史的关键节点，而且暗含了一个根本性的二元对立——"内与外：世界永远会被归于这两个类别"。小说中从社会和地理环境角度看都完全相异的两条故事线就突显了这一点：城市与国家；拥有与缺乏；第三人称叙事与不可靠的第一人称叙事。

穆克吉带着对"平凡生活的洪流"的敏锐的感知力，常常离开巴桑塔博塞路22/6号，去描写外面发生的事情：贫困农村地区的生活重担，加尔各答贫民窟的真实景象，施虐狂警察的残忍。他对一个家族的刻画被拓展成了一部1968年西孟加拉纳萨尔巴里起义纪实录，并深入思考了社会公正、平等和同情的限度等重要问题。

高希家族在他们的方寸天地里过着小资产阶级的"室内"生活，外面的世界似乎离他们很遥远。家里最激进、年龄最大的孙辈苏普拉提克将他们的存在比作"加了缓冲垫的真空地带"，于是他离开家人，参加了印度共产党的活动。"我不关心家里的事……我关心的是世界。"小说在他关于"大事"的叙述与家族历史的叙述之间来回切换，但是在加尔各答，城市生活并不舒适，声音和气味不断地侵犯感官，潮湿的空气"凝结成一块让人透不过气的毯子"。家族的秘密把我们的

视线引向繁荣的乔林基商业街附近肮脏的贫民窟。这些场景的描述带有一种强烈的紧迫感。在一段骇人的情节中，我们看到一个小男孩一动不动地呆立在一个死去的女人旁边，她的身体"以奇特的姿势形成许多折角，像一个可折叠的古怪装置"，被一群乌鸦啄食，男孩"眼睁睁地看着这些猛禽亵渎他的母亲，看起来非常无助"。这个地方不仅看上去令人厌恶，"全是开放的下水道和脏污的房子"，而且连"黑暗"都活动了起来："黑暗勉强退守在角落里，迫不及待地等着涌出的那一刻，重新接管一切。"

小说的最后，普拉提克发现，"内与外"的严格界限并不在于地理分界，而在于看待事物的角度。自私有很多面孔，单纯地认为家庭和政治没有交集是愚蠢的，在集体的结构中，个人的作用充其量只是微不足道的。

最终，同理心不仅是跨越"我们"与"他们"之间鸿沟的桥梁，而且是探究每个人内心生活的出发点。穆克吉精心构想了这部"孟加拉生活歌剧"中的每一个场景，无论是描绘美景（"雨季的稻田就像一块块明亮的绿宝石"），还是晦暗的现实。"我感觉，我们是环境的产物。"他在采访中继续说道，这本书正是这种信念生动而清晰的体现。

1962年加尔各答街头的照片，喧闹的"露天剧场"每天都会吵醒高希家族的人："金属桶的撞击声，乌鸦呱呱地叫个不停，流浪狗吵闹不休……"

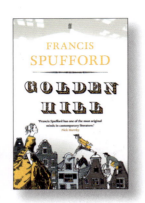

弗朗西斯·斯布福特《金山》（2016）

美国纽约

Francis Spufford, *Golden Hill*, New York City, USA

神秘的英国年轻人带着一笔财富来到革命前的纽约，却拒绝透露他的目的。

50多岁的弗朗西斯·斯布福特（生于1964年）写了五部非虚构作品，主题非常多元化，比如极地探索、苏联经济和在现代世界作为基督徒的感受等，然后他写了第一部小说《金山》。

这部作品2016年一经出版，就获得了广泛好评，入围沃尔特·斯各特历史小说奖和福里奥文学奖，获得了科斯塔文学奖和德斯蒙德·艾略特最佳小说处女作奖，并因为传达了"一个地域的精神"而获得皇家文学学会翁达杰奖。

　　小说开篇，年轻的英国人理查德·史密斯来到纽约，这座城市令他困惑不解，每条门廊里都可能藏着危险、乐趣或者幸福（第一种他经历了很多，第二种只有一点点，而第三种……？）。纽约也对史密斯困惑不解，他身上带着1000英镑的信用证，那可是一笔不小的财富，但史密斯拒绝透露这笔钱的来源和用途，引起了一番猜疑。于是，谣言四起：他或许是个骗子，也可能是间谍。事实是他陷入一桩更令人意外的丑闻。

　　小说中的纽约也会让读者无所适从。那是1746年，美国人仍然是乔治国王的臣民。纽约仅有7000人口，与史密斯离开的伦敦相比，简直是小巫见大巫，当时的伦敦是欧洲最大的都市，人口有70万之多。抵达纽约的第一天早晨，史密斯望向窗外，他看到的城市天际线，与我们在无数电影和电视剧中看到的一排高耸的钢筋水泥混合物完全不同，"迎接他的是屋顶和钟楼；一堆杂乱的阶梯状荷兰檐和普通的英式瓦，建筑都不太高……远处那一排缓慢摇晃的桅杆，如同雕刻精细的工艺品"。

　　斯布福特是一位极为多才多艺的非虚构原创作家，他能熟练地使用小说家的所有武器来征服读者的想象，比如出乎意料的比喻、隐喻、猜测、寓言和丰富的描述，等等。在《金山》里，他使用了多种技巧，帮助读者忘记那个我们熟悉的现代城市，重新勾勒出一个纽约。它更像一部科幻小说，而不是历史小说。它一点一滴地搭建起这个新世界，让读者和旅客一起了解一切是怎么运转的，金钱、礼仪、僵化的财富与社会地位层级，还有打破这些规则的各种派系势力（总督与地方法官，英国人与荷兰人）。史密斯学得并不快，他总是激怒某些人物，在政治和复杂交易中犯了很多错，他觉得自己与这里的权力集团格格不入。他交了一些意料之外的朋友，坠入了爱河，变成舞台上的明星，之后锒铛入狱，参与了一场决斗。最后，他给纽约带来的惊喜比这座城市给他带来的惊喜要大得多。

　　这部小说的诀窍之一是让史密斯的惊奇与困惑和读者的保持一致。和现代的读者一样，史密斯也对纽约的朴素和规模之小感到震惊，"宽街"一点儿也不宽，

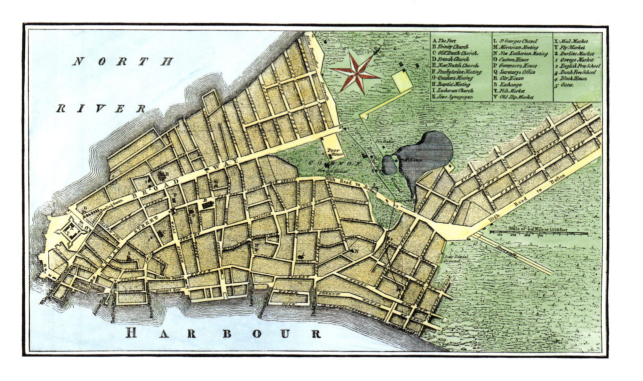

两侧都是树。不过有时，一些史密斯能欣然接受的事情仍然会让读者感到惊讶，比如他将纽约迷宫一般的街道和破旧的建筑与伦敦西区既时尚又宽阔的广场做对比，这与我们通常的认知完全相反。

斯布福特在隐喻方面的天才得到了充分的体现，浓雾包裹中听起来含混不清的声音被比作"盒盖里有厚衬垫的首饰盒，将里面的东西紧紧压在不透气的天鹅绒布里"。不过《金山》除了描绘这座城市的模样，还表现出了它的声音、臭气（比肮脏的伦敦干净多了）、冬天深入骨髓的寒意和四处透风的木质建筑，还有永远无法摆脱的恐惧感。这座纽约城如同一扇大门，通往一片地图上没有的、充满敌意的大陆，而不是一个伟大的国家。在盖伊·福克斯之夜[1]，纽约人骄傲地展示着他们对于英国皇权的忠诚，庆祝着罗马天主教徒阴谋的失败。在史密斯的眼中，节庆的篝火如同这片辽阔、黑暗的美洲大陆上一颗微弱的星火。纽约也有它的黑暗面。史密斯差点因为不受控制的暴力而丧命，而且，尽管这是一个拥有30座教堂的虔诚的城市，却仍然罪恶横行，其中还包括美国的原罪——黑奴。这本书的成就不仅在于它对18世纪纽约的生动再现，更在于它讲述的这段历史，让今日的美国拥有了更丰富的层次。

1767 年的曼哈顿地图档案，当时纽约只是"曼哈顿岛末端的一个小镇"。

[1] 英国的纪念"火药阴谋"的传统节日，时间为每年的11月5日，通常会有烟花表演，篝火晚会，还会把盖伊·福克斯的人物模型扔到火中，付之一炬。

米盖尔·鲍尼伏1986年出生于法国，他的母亲是委内瑞拉人，父亲是智利人。他获得了索邦大学的硕士学位，在委内瑞拉教法语。

《黑糖》是他的第二部小说，第一部小说《奥克塔维奥之旅》(2015)入围龚古尔文学奖。

《黑糖》最初由海岸出版社在法国出版，2018年由艾米丽·博伊斯译成英文，高卢图书出版社出版。

米盖尔·鲍尼伏《黑糖》(2017)

委内瑞拉，亚马孙热带雨林

Miguel Bonnefoy, *Azúcar Negra*, Amazon Rainforest, Venezuela

鲍尼伏的这个世代传奇故事为他母亲的家乡绘制了一幅生动的画像，它不仅为今天的委内瑞拉发声，还表现了南美洲热带雨林的灵魂和一个民族"超越部族，未成国家"的状态。

　　故事从一起船难讲起。"它的船尾扎进一棵几米高的杧果树的树冠上……缆绳中间垂挂着果子。"这艘船的历史就此止步于亚马孙热带雨林中，我们随即走进了热带雨林丰富的植被华冠之中：

　　　　一阵微风夹杂着干杏仁的味道吹了进来，整艘船的尸体……船身如同一个正在被放入地里的古老财宝箱般，嘎吱作响。

　　这一处文学景观没有名字，只是一个符号。故事的核心就是地图上的一个叉号，标记着武装货船船长亨利·摩根埋葬财宝的位置，这个叉号也代表着人的贪婪。虽然距离船难事故已有300年了，但它藏匿的财富仍然吸引着冒险家不断前来。雨林已经将它的宝藏收回、藏好，同时给予人们其他形式的财富，比如糖、朗姆酒和石油。

　　如今，赛琳娜·奥特罗就生活在这里，她是远方年迈的父母的独生女。现代广播和插播的小广告的出现让赛琳娜兴奋不已，广播将周围的社区联系了起来。她是一个天生的植物学家，被自然世界和一切有机物深深吸引，并融入其中。

　　　　每天早晨，她拿着一个铲子和一把修枝刀穿过田野，一边走，一边用手拨开树叶，剪掉球茎。
　　　　在雨林里，她采摘蝎尾蕉、鹤望兰、龙船花、火炬姜，收集植物标本。她腋下夹着一本自己用皱巴巴的纸装订的速写本，木炭棒染黑了她的口袋。

　　晚上，她梦想着有一天，她的爱人会答复那些她用电波送出的小广告："她已经把心泡在了朗姆酒桶里，作为奖励送给前来喝酒的人。"

　　终于有人来到了这一小片蔗糖种植园，然而他却远非她想象中的样子：一个前来寻找宝藏的淘金者，随之而来的是一系列后殖民地的噩梦和暗示。但是，赛琳娜很快就让他着了迷。

　　热带雨林为故事提供了丰富的感官盛宴：

　　他们踩过一堆堆沾在泥地里的树叶，深入灌木丛。他们爬上一个小丘，跨过一条溪流，衣服沾满了泥土。

　　从本质上讲，这是一个女人的传记，也是一个民族面对现代世界的贪婪和欲望的心路历程，她的故事如同一条快速生长的藤蔓，一圈又一圈，紧紧缠绕着雨林的树干，过早透露太多会破坏故事的娱乐性。

　　不过，鲍尼伏没有让他笔下的人物走得太远，他们之间的对话并不多，因为他才是故事的主要叙述者，这是他的雨林。与其说这是一部历史，不如说这是一则五彩缤纷的、简单的、甚至有点残酷的寓言。

　　小说中的意象如同一个复杂的矩阵，不停地移动、消失和重现，最终牢牢地固定在一个位置。小说的行文如同雨林本身，绿意盎然的伪装下潜藏着很多东西，比如委内瑞拉的心跳与阵痛。这部作品所展现的是另一个南美洲国家哥斯达黎加的灵魂和色彩——"纯粹的生活"。从这个意义上讲，这是一部为整个南美洲大陆代言的小说。

亨利皮蒂尔国家公园里的一棵榕树。委内瑞拉是世界上生物多样性最丰富的十个国家之一，拥有超过2.1万种植物。森林和种植园覆盖其三分之二的陆地面积。

编者简介

约翰·萨瑟兰（John Sutherland）| 主编

约翰·萨瑟兰是一位英国学者、专栏作家和作者。伦敦大学学院现代英语文学系诺斯克里夫勋爵名誉教授。约翰于1964年从莱斯特大学毕业后，在爱丁堡担任讲师，开始了他的学术生涯。他在加州理工学院任教多年，研究兴趣涉及维多利亚小说、20世纪文学、通俗小说和出版历史等领域。他的著作包括《小说阅读指南》（*How to Read a Novel: A User's Guide*，2006）和《文学拾遗：书籍爱好者的饕餮盛宴》（*Curiosities of Literature: A Feast for Book Lovers*，2008），他是《伟大的虚构》（*Literary Wonderlands*，2016）的主要撰稿人。他是《泰晤士报》《卫报》《新政治家》《纽约时报》和《伦敦书评》的定期撰稿人。

负责编写的章节：《呼啸山庄》（第24页）、《还乡》（第38页）、《身着狮皮》（第205页）。

劳伦斯·巴特斯比（Lawrence Battersby）

劳伦斯·巴特斯比毕业于格拉斯哥大学，获得文学（创意写作）硕士学位、工商管理硕士和心理学学士学位。他住在巴黎，创作多种体裁的作品，最近完成了一部关于19世纪西班牙的历史小说和一部关于第二次世界大战（背景设置在20世纪40年代的欧洲）的中篇小说。

负责编写的章节：《诱拐》（第46页）、《落日之歌》（第104页）。

迈克尔·伯恩（Michael Bourne）

迈克尔·伯恩是《诗人与作家》（*Poets & Writers*）杂志的特约编辑，他的作品曾在《纽约时报》《经济学人》和《沙龙》上发表。他曾经是个纽约客，现居温哥华，在西蒙弗雷泽大学和不列颠哥伦比亚理工学院任教。

负责编写的章节：《如此灿烂，这个城市》（第200页）。

玛丽亚罗莎·布里基（Mariarosa Bricchi）

玛丽亚罗莎·布里基是一位语言学家和自由编辑。她在米兰大学和帕维亚大学任教，并在纽约的哥伦比亚大学做访问学者。

负责编写的章节：《约婚夫妇》（第18页）。

朱莉·柯蒂斯（Julie Curtis）

朱莉·柯蒂斯是牛津大学沃弗森学院的俄罗斯文学教授，她写了四本关于布尔加科夫的书（传记和解释性研究），以及其他与布尔加科夫同时代的好友——叶夫根尼·扎米亚京有关的书。她目前的主要研究方向是21世纪俄语戏剧。

负责编写的章节：《大师和玛格丽特》（第170页）。

加里·达金（Gary Dalkin）

加里·达金是一位自由编辑和作家。近期项目包括一部新的故事选集《不可能的植物学》（*Improbable Botany*，2017），以及编辑安德鲁·大卫·巴克、本·格拉夫、琳恩·奇蒂、莎拉·泰利和大卫·劳伦斯-杨的著作。他每个月为《写作》（*Writing Magazine*）杂志撰稿，并且是"Gateway Writers"创意写作项目的创始人。

负责编写的章节：《劝导》（第16页）。

托尼·恩肖（Tony Earnshaw）

托尼·恩肖是一位英国作家、编辑和电影史学家，曾写过许多著作，包括《演员和稀有小说：彼得·库欣饰演福尔摩斯》（*An Actor and a Rare One: Peter Cushing as Sherlock Holmes*，2001）、《劳伦斯·戈登·克拉克的圣诞鬼故事》（*The Christmas Ghost Stories of Lawrence Gordon Clark*，2014）、《重新审视牛奶树下：狄兰·托马斯的威尔士》（*Under Milk Wood Revisited: The Wales of Dylan Thomas*，2014）和《奇想：恐怖、科幻与奇幻电影制作人访谈》（*FANTASTIQUE: Interviews with Horror, Sci-Fi & Fantasy Filmmakers*，2016）。他获得了谢菲尔德哈勒姆大学的英语研究硕士学位。

负责编写的章节：《牛奶树下，声音的戏剧》（第140页）。

艾丽森·弗勒德（Alison Flood）

艾丽森·弗勒德是《卫报》的图书评论家。她非常喜欢《船讯》，并因此特意去纽芬兰度蜜月。

负责编写的章节：《船讯》（第214页）。

韦恩·古德哈姆（Wayne Gooderham）

韦恩·古德哈姆是《卫报》《观察家》和《瓦撒非利》（*Wasafiri*）的自由撰稿人。他的第一本书《献给……》（*Dedicated To...*，一系列二手书中题词的选集）入选了迪内希·阿里拉贾短篇小说奖，这本书于2013年由环球出版社发行。他目前正忙于第二本书的写作。

负责编写的章节：《魔山》（第78页）。

鲁斯·格雷厄姆（Ruth Graham）

鲁斯·格雷厄姆是 Slate 网络杂志的特约作家。她曾为《纽约时报》《华尔街日报》《波士顿环球报》《政客》杂志、TheAtlantic.com 和许多其他出版物撰稿。她住在新英格兰北部的一个小镇。

负责编写的章节：《克里斯汀的一生》（第 67 页）。

丹尼尔·哈恩（Daniel Hahn）

丹尼尔·哈恩是一位作家、编辑和翻译，他署名的书共有 50 多本。他的作品获得了都柏林国际文学奖和蓝彼得图书奖，并入围了布克国际图书奖，等等。最新出版的作品有新版《牛津儿童文学指南》（*Oxford Companion to Children's Literature*，2015）。

负责编写的章节：《悲惨世界》（第 32 页）、《小熊维尼》（第 89 页）。

罗伯特·汉克斯（Robert Hanks）

罗伯特·汉克斯是一位自由新闻记者和广播员，居住在剑桥。他为《伦敦书评》和电影杂志《视觉与声音》（*Sight & Sound*）等刊物贡献了稿件。

他为英国广播公司电台节目（BBC radio）撰写稿件，并在节目中亲自讲解了写作与酒吧的关系、狗在人类生活中的位置等话题。

负责编写的章节：《跳墙者》（第 196 页）、《金山》（第 242 页）。

罗伯特·霍尔登（Robert Holden）

罗伯特·霍尔顿是澳大利亚的讲师、策展人和历史学家，撰写了 30 多本书，曾获得澳大利亚理事会文学委员会颁发的奖项，拥有米切尔图书馆研究员职位，并在澳大利亚的大学、牛津和剑桥做了多次演讲。他还为《伟大的虚构》做出了贡献。

负责编写的章节：《探险家沃斯》（第 154 页）、《云街》（第 210 页）、《神秘的河流》（第 230 页）。

乔恩·休斯（Jon Hughes）

乔恩·休斯是伦敦大学皇家霍洛威学院德语和文化研究专业的高级讲师。他曾出版过关于德国文学、历史和文化等多个领域的书，对柏林和魏玛共和国尤其感兴趣。他的最新著作是《麦克斯·施梅林与 20 世纪德国民族英雄的塑造》（*Max Schmeling and the Making of a National Hero in Twentieth-Century Germany*，2017）。

负责编写的章节：《柏林，亚历山大广场》（第 96 页）。

玛雅·贾吉（Maya Jaggi）

玛雅·贾吉是一位屡获殊荣的全球文化记者、作家和编辑。她是《金融时报》的特约艺术评论家，十多年来为《卫报》撰写艺术档案和图书评论。她在牛津大学和伦敦经济学院接受教育，曾报道过五大洲的文化，并因"拓展国际文学地图"而被英国公开大学授予荣誉博士学位。所有作者的引语均来自玛雅·贾吉在 1990 年、1998 年和 2018 年对厄尔·拉芙蕾丝的采访。

负责编写的章节：《龙不能跳舞》（第 189 页）。

戴克兰·基伯德（Declan Kiberd）

戴克兰·基伯德是《〈尤利西斯〉与我们：日常生活的艺术》（*Ulysses and Us: The Art of Everyday Living*，2009）的作者。他写了许多关于爱尔兰文艺复兴运动的书，包括三部曲《创造爱尔兰》（*Inventing Ireland*，1995）、《爱尔兰经典》（*Irish Classics*，2000）和《爱尔兰之后》（*After Ireland*，2017）。他曾为企鹅现代经典丛书版《尤利西斯》作序，并在该系列丛书中出版了一部注释学生用书。他曾经担任都柏林艾比剧院的导演，并在许多关于爱尔兰的电影和广播纪录片中露面。他目前是圣母大学爱尔兰研究专业的基奥教授。

负责编写的章节：《尤利西斯》（第 74 页）。

雷耶斯·拉扎罗（Reyes Lazaro）

雷耶斯·拉扎罗是马萨诸塞州史密斯学院的西班牙语和葡萄牙语副教授，拥有马萨诸塞大学阿默斯特分校的西班牙语博士和哲学硕士学位，以及德乌斯托大学（位于西班牙毕尔巴鄂）的哲学学士学位。她还曾就读于巴塞罗那自治大学新闻专业。

负责编写的章节：《蜂巢》（第 133 页）、《惶然录》（第 193 页）、《风之影》（第 224 页）。

尼古拉斯·勒扎德（Nicholas Lezard）

尼古拉斯·勒扎德是一位英语记者和文学评论家。他定期为《卫报》《独立报》和《新政治家》撰稿，并出版了《不运会：一个人与体育歇斯底里症的斗争》（*The Nolympics: One Man's Struggle Against Sporting Hysteria*，2012）和回忆录《痛苦经历教导我》（*Bitter Experience Has Taught Me*，2013）。

负责编写的章节：《荒凉山庄》（第 28 页）。

罗伯特·麦克法兰（Robert Macfarlane）

罗伯特·麦克法兰是许多有关景观、语言和自然的著作作者，包括《荒野之境》（*The Wild Places*，2007）、《古道》（*The Old Ways*，2012）、《地标》（*Landmarks*，2015）和《无言的自然》（*The Lost Words*，2017）。他的作品被改编为电影、广播剧、电视剧和现场演出。他是剑桥大学伊曼纽尔学院研究员。
负责编写的章节：《丧钟为谁而鸣》（第116页）、《明》（第238页）。

蒂娜·马克雷蒂（Tina Makereti）
蒂娜·马克雷蒂是新西兰的小说作家、散文作家和创意写作讲师。她的著作包括《雾日骨之歌》（Where the Rēkohu Bone Sings，2014）、《白纸上的黑点》（Black Marks on the White Page，2017）和《詹姆斯·波内可的想象生活》（The Imaginary Lives of James Pōneke，2018）。
负责编写的章节：《失目宝贝》（第203页）。

伊恩·马洛尼（Iain Maloney）
伊恩·马洛尼是三本小说和一本诗歌集的作者。他还是编辑、记者和老师。他住在日本，作为"村里唯一的老外"进行创作。
负责编写的章节：《潮骚》（第142页）。

凯特·麦克诺顿（Kate McNaughton）
凯特·麦克诺顿是一位作家、翻译和电影制片人，自称是《孤独的伦敦人》的粉丝。她的父母是英国人，却在巴黎出生和长大，目前居住在柏林。她对文学中地域的角色兴趣浓厚。她的小说处女作《我如何失去你》（How I Lose You，2018）在英国和法国出版。
负责编写的章节：《孤独的伦敦人》（第148页）。

萨拉·梅斯勒（Sarah Mesle）
萨拉·梅斯勒（西北大学博士）是南加州大学的写作教授、《洛杉矶书评》的高级编辑，她还定期撰写有关电视、文学和大众文化的文章。她与萨拉·布莱克伍德共同担任 Avidly 电子杂志和纽约大学出版社即将出版的"尽情阅读"系列的编辑。
负责编写的章节：《绿山墙的安妮》（第56页）。

劳拉·米勒（Laura Miller）
劳拉·米勒是《伟大的虚构》的总编辑，她与其他人共同创立了 Salon.com，并作为编辑和撰稿人在那里工作了20年。她目前是 Slate 网络杂志的图书与文化专栏作家。作为记者和评论家，她的文章经常出现在《纽约客》《哈泼斯杂志》《卫报》和《纽约时报书评》中，她为"最后的话"专栏撰稿两年。
负责编写的章节：《城市故事》（第186页）。

马哈维什·穆拉德（Mahvesh Murad）
马哈维什·穆拉德是一位来自巴基斯坦卡拉奇的编辑、评

论家和语音艺术家。她是《顶尖世界科幻小说丛书：第四卷》（Apex Book of World Science Fiction: Volume 4，2015）的编辑，与贾里德·舒林作为《巨灵坠入爱河》（The Djinn Falls in Love，2017）的共同编辑。
负责编写的章节：《瓦解》（第161页）。

玛格丽特·奥克斯（Margaret Oakes）
玛格丽特·奥克斯是美国南卡罗来纳州格林维尔弗曼大学的英语教授，专门研究早期的现代英国诗歌和戏剧。她拥有英语学士学位，伊利诺伊大学厄巴纳-香槟分校的法学博士学位以及斯坦福大学的英语博士学位。
负责编写的章节：《啊，拓荒者！》（第60页）、《杀死一只知更鸟》（第164页）。

蒂姆·帕克斯（Tim Parks）
蒂姆·帕克斯在伦敦长大，就读于剑桥大学和哈佛大学。1981年，他移居意大利，此后一直居住在那里。蒂姆翻译了莫拉维亚、卡尔维诺、卡拉索、马基雅维利和莱奥帕尔迪的作品。他是《纽约书评》和《伦敦书评》的定期撰稿人。他创作了14本小说，包括《欧罗巴》（Europa，1997，入围布克奖）、《命运》（Destiny，1999）、《砍刀》（Cleaver，2006）、《性禁令》（Sex Is Forbidden，2013），以及最近出版的《绝境》（In Extremis，2017）。
负责编写的章节：《夜晚：冬天的故事》（第126页）、《阿图罗的岛》（第158页）。

丹尼尔·波兰斯基（Daniel Polansky）
丹尼尔·波兰斯基于1984年出生于巴尔的摩。他的第一本小说《下城故事》（Low Town，2011）是一次相当明显的尝试——在偏写实的背景中对钱德勒行文风格的模仿，但从那时起，他觉得自己进步了很多。出于习惯和对漫无目的地流浪的喜好，他目前居住在威尼斯海滩的一家文身店楼上，并且相信自己是洛杉矶唯一一个步行去所有地方的居民。
负责编写的章节：《漫长的告别》（第136页）。

泽诺布·珀维斯（Xenobe Purvis）
泽诺布·珀维斯曾在牛津大学学习英语文学，获得了皇家霍洛威学院创意写作硕士学位。她是一位作家、研究员和批评家。她的作品曾发表在《独立报》和《格拉斯哥图书评论》上。2017年，她被伦敦图书馆的新兴作家计划录取。
负责编写的章节：《冰宫》（第168页）、《我的天才女友》（第232页）。

埃里克·拉布金（Eric Rabkin）

埃里克·拉布金是密歇根大学英语语言文学和艺术与设计专业的名誉教授，他的著作涉及幻想文学、科幻小说、文学理论和教育学。他正在写一本从视觉角度探索语言的书。

负责编写的章节：《了不起的盖茨比》（第86页）。

蕾切尔·雷维斯（Rachael Revesz）

蕾切尔·雷维斯是一名记者和作家，她在纽约住了一年，为《独立报》报道了2016年的总统大选。她正在写自己的第一本小说。

负责编写的章节：《纯真年代》（第70页）。

亚当·罗伯茨（Adam Roberts）

亚当·罗伯茨是一位作家和批评家，他是《帕尔格雷夫科幻小说史》（*The Palgrave History of Science Fiction*，2006）的作者，并出版了17部科幻小说。他正在写一部H. G. 威尔斯的文学传记，目前居住在伯克希尔郡萨里边境附近，离威尔斯笔下的沃金不远。

负责编写的章节：《世界之战》（第52页）。

毛里西奥·塞尔曼·奥利维拉（Mauricio Sellmann Oliveira）

毛里西奥·塞尔曼·奥利维拉获得了曼彻斯特大学（英国）博士学位，主要研究若热·亚马多城市小说中的城市。他目前是达特茅斯学院西班牙语和葡萄牙语系的访问学者。

负责编写的章节：《无边的土地》（第118页）。

苏珊·希林洛（Susan Shillinglaw）

苏珊·希林洛是加利福尼亚州萨利纳斯市国家斯坦贝克中心的主任，也是圣何塞州立大学美国文学教授。她发表了许多关于斯坦贝克的研究，最近出版的作品包括《卡罗尔与约翰·斯坦贝克：婚姻画像》（*Carol and John Steinbeck: Portrait of a Marriage*，2013）和《读〈愤怒的葡萄〉》（*On Reading The Grapes of Wrath*，2014）。

负责编写的章节：《罐头厂街》（第120页）。

贾里德·舒林（Jared Shurin）

贾里德·舒林是屡获殊荣的流行文化网站"极客文化"和十多部文学选集的编辑，其中包括《巨灵坠入爱河》（与马哈维什·穆拉德共同编辑）。

负责编写的章节：《哈克贝利·费恩历险记》（第42页）、《法国中尉的女人》（第174页）。

德鲁·史密斯（Drew Smith）

德鲁·史密斯是作家兼编辑，他管理着一个博客（www.

101greatreads.com），主要关注20世纪的文学作品。他的记者生涯始于短篇小说杂志 *Argosy*，编辑了威廉·特雷弗和肖恩·奥法兰的作品。他是《牡蛎：美食史》（*Oyster: A Gastronomic History*，2015）的作者。

负责编写的章节：《冷暖人间》（第152页）、《黑糖》（第244页）。

艾莉森·塔普（Alyson Tapp）

艾莉森·塔普在剑桥大学教授俄罗斯文学，撰写了关于托尔斯泰、陀思妥耶夫斯基（Fyodor Mikhailovich Dostoevsky）以及有轨电车在俄罗斯文学及挽歌诗中的意象的文章。

负责编写的章节：《安娜·卡列尼娜》（第35页）、《古拉格群岛》（第181页）。

安德鲁·泰勒（Andrew Taylor）

安德鲁·泰勒是英国记者和作家，在中东地区生活和工作过几年。他曾在牛津大学英文系学习，目前居住在埃文河畔斯特拉特福德附近。

负责编写的章节：《梅达格胡同》（第130页）。

凯瑟琳·泰勒（Catherine Taylor）

凯瑟琳·泰勒是伦敦的作家、编辑和评论家。她曾在弗里欧书社做出版工作，并且曾担任英国笔会的副理事，英国笔会（创立于1921年）是支持文学和言论自由的国际组织的发源地和中心。

负责编写的章节：《海姆素岛居民》（第49页）、《虹》（第64页）、《达洛维夫人》（第82页）、《敖德萨故事》（第99页）、《你好，忧愁》（第145页）、《最蓝的眼睛》（第177页）、《痕迹》（第208页）、《多拉·布吕代》（第222页）、《雪》（第226页）、《炸裂志》（第235页）。

伊恩·汤姆森（Ian Thomson）

伊恩·汤姆森是一位作家兼评论家，也是普里莫·莱维传记的作者，他还写了游记和其他非虚构作品，其中包括一项关于但丁的研究。他目前正在为第二次世界大战期间波罗的海城市塔林写一本书。

负责编写的章节：《冷漠的人》（第94页）。

詹姆斯·瑟吉尔（James Thurgill）

詹姆斯·瑟吉尔担任日本东京大学的项目助教授。他目前的项目主要研究M. R. 詹姆斯和拉夫卡迪奥·赫恩（Lafcadio Hearn，又名小泉八云）的鬼故事中"不在场"的文学地理。詹姆斯和他的妻子凯特以及小猫丹坦一起住在东京。

负责编写的章节：《姑获鸟之夏》（第218页）。

伊娃·蒂汉伊（Eva Tihanyi）

伊娃·蒂汉伊住在加拿大安大略省的圣凯瑟琳斯，并在尼亚加拉学院任教。她出版了8本诗集，其中包括最近出版的《拯救之大》（*The Largeness of Rescue*，2016）和一本短篇小说集《真理与其他虚构》（*Truth and Other Fictions*，2009）。

负责编写的章节：《冰原》（第220页）。

丽莎·塔特尔（Lisa Tuttle）

丽莎·塔特尔是科幻、奇幻和恐怖小说的获奖作家，也曾创作儿童文学。她的非虚构类作品有《女权主义百科全书》（*Encyclopedia of Feminism*）。她出身于美国得克萨斯州，目前已经在苏格兰生活了25年以上。

负责编写的章节：《草原上的小木屋》（第106页）、《夏日书》（第179页）。

安德鲁·沃茨（Andrew Watts）

安德鲁·沃茨是伯明翰大学法国研究专业的高级讲师。他是《保护地方：奥诺雷·德·巴尔扎克作品中的小镇和乡村》（*Preserving the Provinces: Small Town and Countryside in the Work of Honoré de Balzac*，2007）的作者，并与欧文·希思科特共同编辑了《剑桥巴尔扎克文学指南》（*The Cambridge Companion to Balzac*，2017）。

负责编写的章节：《人间喜剧》（第21页）。

埃拉·韦斯特兰（Ella Westland）

埃拉·韦斯特兰在康沃尔郡南海岸生活了多年，她是一年一度的达芙妮·杜穆里埃音乐节（现在的福伊音乐节）的联合创始人。她出版了《解读达芙妮》（*Reading Daphne*，2007），并撰写了很多关于维多利亚时期文学、浪漫小说和康沃尔文化的文章。

负责编写的章节：《蝴蝶梦》（第112页）。

本杰明·威迪斯（Benjamin Widiss）

本杰明·威迪斯在汉密尔顿学院教授文学。他是《晦涩的邀请：20世纪美国文学中作家的坚持》（*Obscure Invitations: The Persistence of the Author in Twentieth-Century*，2011）的作者。他撰写的关于福克纳的文章发表在《新版剑桥威廉·福克纳文学指南》（*Cambridge Companion to William Faulkner*，2015）和《小说：虚构论坛》（*Novel: A Forum on Fiction*）中。

负责编写的章节：《押沙龙，押沙龙！》（第108页）。

对页：1954年由何塞·德·阿尔玛达·内格雷罗斯绘制的"费尔南多·佩索阿画像"。

版权声明

由 Jessica Payn 编辑并补充文字。

罗伯特·麦克法兰关于《丧钟为谁而鸣》和《明》的文章首先出现在《*Intelligent Life*》杂志上。

第4-5页：17世纪的画家克洛德·洛兰是最早把注意力放到"风景"题材的艺术家之一（见导言，第10、11页）。这幅油画描绘了希腊神话中的一个场景，"阿斯卡尼俄斯射杀西尔维娅的雄鹿的风景"。

第14-15页：唐罗德里戈对露琪娅说话的场景，来自亚历山德罗·曼佐尼的《约婚夫妇》。19世纪尼古拉·钱法内利的壁画印刷品。

第62-63页：乔治·格罗兹的德国表现主义作品《大都会》（1916—1917年），捕捉了现代主义城市环境的活力和混乱。布面油画。

第124-125页：1959年约翰·斯坦丁拍摄的伦敦屋顶景观照片，展示了战后城市的发展情况。

第184-185页：1960年拍摄的色彩斑斓的旧金山，当时正值嬉皮士运动的高峰期。

图书在版编目（CIP）数据

伟大的虚构 . Ⅱ，重回73部文学经典诞生之地 /
（英）约翰·萨瑟兰主编；杜菁菁译 . -- 福州：海峡文艺
出版社，2020.12

ISBN 978-7-5550-2415-6

Ⅰ . ①伟… Ⅱ . ①约… ②杜… Ⅲ . ①世界文学－文
学评论－文集 Ⅳ . ①I106-53

中国版本图书馆 CIP 数据核字 (2020) 第178186号

Literary Landscapes：Charting the Real-Life Settings of the World's Favourite Fiction
Conceived and produced by Elwin Street Productions Limited
Copyright Elwin Street Productions Limited 2018
14 Clerkenwell Green
London EC1R 0DP
www.elwinstreet.com
Chinese Simplified translation copyright © 2020 by United Sky (Beijing) New Media Co., Ltd.
All rights reserved.
著作权合同登记号：图字13-2020-054

伟大的虚构Ⅱ：重回73部文学经典诞生之地

〔英〕约翰·萨瑟兰 主编；　杜菁菁 译

出　　版：海峡文艺出版社
出 版 人：林玉平
责任编辑：蓝铃松
编辑助理：张琳琳
地　　址：福州市东水路76号14层 邮编350001
电　　话：(0591) 87536797（发行部）
发　　行：未读（天津）文化传媒有限公司

选题策划：联合天际·文艺家工作室
特约编辑：刘 默 潘钰婷 夏 琳
营销编辑：张若依
装帧设计：刘彭新
美术编辑：程 阁

印　　刷：小森印刷（北京）有限公司
经　　销：新华书店
开　　本：787毫米×1092毫米 1/16
印　　张：16
字　　数：300千字
版次印次：2020年12月第1版　2020年12月第1次印刷
书　　号：ISBN 978-7-5550-2415-6
定　　价：138.00元

关注未读好书

未读 CLUB
会员服务平台